赖尔 著

来自
1942 de/的
重修生

REPEATER
FROM 1942

作家出版社

作者简介

周丽　笔名"赖尔",网络作家。中国作家协会会员、中国新四军研究会特邀文学创作员、江苏省网络作家协会理事、南京市作家协会副秘书长、南京市青联委员,现任三江学院网络文学院院长。

自 2003 年开始文学创作,至今已出版长篇小说 40 余部,多部作品被翻译成英语、日语、泰语、越南语等多种语言于海外出版,并被改编成漫画动画、真人影视、手机游戏,或设计为实体主题公园。

代表作《我和爷爷是战友》是中国首部以"穿越"形式创作的抗战文学作品,《女兵安妮》根据南京大屠杀惨案史实创作,《无声之证》《沧海行》等多部作品被 IP 改编,文学课程《创意写作》被评为"江苏省一流本科课程"。

曾获全国精神文明建设"五个一工程"贡献奖、江苏省"青年五四奖章"、江苏省扬子江网络文学作品奖、江苏省高校教师教学创新大赛一等奖、金陵文学奖等诸多文学、教学类奖项。是江苏省"紫金文化优青"、江苏省新兴青年群体榜样、江苏省广播电视和网络视听行业青年创新人才、南京市"三八红旗手"、南京市青年文化人才、南京市社会治理网络专家。

目 录

第一章　明月照我还

夜沉，风冷。

枯枝梢头，挂着明月如轮。圆月之畔，是星星点点的光。那是无人机阵列组成的彩灯，华光有序变幻，先是组成了五环的图案，又排列成了四个大字：中国加油。

呵，加油？

望着远处的灯光，陆芸芸扯了扯嘴角，一声嘲讽的"呵"，化作迷蒙的烟气，在暗淡的夜空中绘出可见的叹息，又被冷风卷去，消散在路灯昏黄的光晕里。

今天是正月十五，本该是阖家团圆的元宵佳节，却成了她的催命符。

她是一个罪人，一个彻头彻尾的、失败到底的人。

家里的饭桌上，总是会摆上那个孩子的碗筷。父母不曾言说，也没有责备的话语，但那副碗筷，还有弟弟生前最爱吃的菜，无一不在提示她：

是你，让这个家永远无法团圆。

你，就是凶手。

她可以逃离那张饭桌，她可以逃出家门，却无法逃避那一千七百个日夜、如山一般压着她的负罪感。

深吸了一口气，陆芸芸随手抄起一块石头，狠狠地砸向空中圆月——她恨不得砸碎那明亮的圆满，砸碎那欢庆的华灯！

然而，当石块坠落，砸碎的，却只有面前的冰水交融的湖面。

被击中的冰面发出细微的、碎裂的声响。与湖水一起降到冰点之下，并且正在破裂的，还有陆芸芸的一颗心。

风很冷，水更冷。她却缓缓走上前，一步又一步地走向脆弱的冰面。直到她迈入冰冷的湖水里，又慢慢地没入其中。

水面轻漾，皱起的涟漪划破了水镜中的圆月，却又慢慢地平静下来，渐渐归于圆满。

……

在遥远的时空那头，同样的圆月，映照在小小的水洼里。

一只沾满泥尘的破草鞋，踩进了水坑，踏破月影，激起泥水四溅。

纷乱的脚步声，踏碎秋夜的静谧，惊起夜鸟纷飞。如玉盘般的大月亮，照出田野间急速奔跑的年轻人的身影——

那是一支穿着灰蓝军装的队伍。穿草鞋，打绑腿，背上绑的是刺刀，腰里别的是木柄手榴弹，手里握的是老套筒和汉阳造。月光之下，刀锋映寒光，却亮不过小战士满是怒火的炯炯双眼。

"这鬼子真特么下贱，趁着咱们中秋节搞偷袭！幸好咱们师长，那是一等一的厉害，"一张脸未脱稚气的李大伟，得意地拍了拍胸脯，又竖起大拇指，"师长绝对这个！厉害！一下子就看穿了鬼佬保田的阴谋！"

一只手拍上他的后脑勺，打断了李大伟的夸赞，他扭头一看，忙立正站好：

"班长！"

被称为班长的青年，也是一脸的青涩，看年纪比对方大不了多少——他是新四军七团五连的一班长周水生，那映着月华光辉的眼神，明亮得犹如星辰闪耀。

只见周水生先是剜了李大伟一眼，然后神情严肃，将双手背在身后，朗声命令自己的队员：

"注意听号！这次战斗非常特别，为了麻痹日本鬼子，我们吹的不是攻击号，而是开饭号：第一次准备出击，第二次部队出动，第三次完成包围——都给我记住了！"

"是！"

一班的全体战士，异口同声地答，这回答整齐、短促、有力。

"注意埋伏，没听到号声，谁也不许动弹，"周水生的眼光犀利如刀，一一扫过自己班的战士们，"这是纪律！"

月华如练，映出新四军战士们疾步行军的队伍。在连长的带领下，五连沿着弯曲的河道一路前行，最终埋伏在了水边的芦苇荡里。

这里是谢家渡，水面开阔，河道曲折。秋夜的风，拂动河畔的芦苇丛，层层叠叠地摆动着，掀起绒絮纷飞，宛若落雪。

半身伏在河水中，战士们将头埋得低低的，掩没在芦苇荡中，半点瞧不出端倪。

水波涟涟，在月下粼粼。也不知等了多久，等到月亮都斜到了另一半夜空，小战士李大伟有点耐不住了，本就靠近周水生的他，压低声音附在了自家班长耳边：

"班长，咱们还要等多久才吹号啊？小鬼子他们会来吗？"

"一定会的，"周水生目不斜视地瞪着波光如鳞的河面，小声却坚定地答复，"鬼子要进攻二窎镇，必定要经过谢家渡。"

1942 年 9 月 24 日，这一天是中秋。驻扎在南通二窎镇的新四军三旅第七团，正在做月饼、筹备联欢节目，让战士们在这烽火硝烟弥漫的年月里，也过个节。

日本鬼子狡猾得很，知道中国人的传统，于是日军第十二混成旅团长南浦襄吉派出了四百余人的日伪军，由他们的王牌五二大队的保田中佐率领，想要偷袭二窎镇的新四军据点。他们假扮成商人，将枪支弹药藏在船舱里，分批乘船集结，趁着夜色的掩护，兵分两路，准备发起偷袭！

日军的计策阴险又隐蔽，但我新四军机警的侦察兵瞧出了商船不对劲儿，立刻向团部汇报情况。师长明察秋毫，迅速做出决定——

将计就计，请君入瓮。各单位配合作战，在谢家渡伏击敌人！

在师长和团长的指挥下，南通警卫团负责诱敌深入，六连、七连则在谢家渡外围组成包围圈，封死渡口的退路，关门打狗。而周水生所在的五连，则坚守在河岸边，等待军号的命令，一举歼灭这支日军部队！

然而此时此刻，月光之下，河面一片平静。偶有夜鸟咕咕之声，更显月夜的静谧。

就连目光炯炯的猫头鹰都未能发现，在那宛若皑皑白雪的芦苇荡中，竟藏着年轻热情、勇敢无畏的小战士们。

被秋风吹皱的河面，忽荡起一漾一漾的波纹，自远处扩散而来。

被芦苇掩住的周水生，身体骤然紧绷。五连的战士们都屏住了呼吸，瞪视着河流弯转之处：只见一艘商船拐过弯曲的河道，进入了视野。紧接着，更多的船转过河道，跟随在后。

为首的那艘商船，船舷上立着一道人影。那人拿着望远镜，显然是在观察水面的状况。

秋风拂动芦苇荡，芦花轻盈摇摆。藏在那河岸水边的新四军战士们，却纹丝不动。

不对！动了！

周水生感觉到身边异样的动静——看见日本鬼子的船只，只有十五岁的李大伟顿时回忆起了家乡被"扫荡"的凄惨景象。血海深仇在胸膛里燃起怒火，烧得他失去了理智，立刻端起了汉阳造步枪，想要迎敌射击！

李大伟的动作快，周水生的动作更快！他一手扯住李大伟的腰带就往水里拉，以制止对方的失智举动。同时，他微微挺身，拦在了战友身前。

芦苇荡微一晃动，旋即恢复了平静，大概只持续了不到两秒，仿佛那些微的动荡，不过是青蛙或鱼儿导致的罢了。

然而，日本兵残忍好战，绝不是等闲之辈。船头那人放下望远镜，抄起一柄99式步枪，冲芦苇荡传来声响的方向就放了一枪。

刹那间，胸口爆开一阵剧痛，周水生理智地意识到自己中枪了，在肺部。

或许是怕枪声走漏风声，日本兵没有再继续射击，而是再次抓起望远镜观察芦苇荡：河面如此平静，唯有浅浅的、正常的秋水涟漪。

对面船上的日本兵不会想到，芦苇荡中的新四军战士们也不会想到，有一个连呼吸都伴着痛楚的人，会任由血液灌满整个肺部，任由自己一点一点慢慢地窒息。

周水生用手掌捂住胸腔的创口，不是为了止痛，而是为了不让鲜血肆意地汇入河流之中。

不能让敌人察觉。

从 1939 年入伍，周水生见过太多的死亡。他看过头部中枪、溢血而亡的战友，也看过被炮弹炸得四肢不全、血肉模糊的同志。战场上枪林弹雨、炮火纷飞的生死历练，让他懂得了，肺部中枪不会立刻死亡，如果及时救治，有生还的机会。他也知道，若是放任不管，就会在十几分钟内形成血肺，窒息而死。

后果，他都是知道的。

然而，他已然做出了选择。

哪怕每一次呼吸，都带来撕心裂肺一般的疼痛，每一口气息都是无边的折磨与煎熬，但那些巨大的痛楚，却敌不过战士更加伟大的意志——

没有分毫的移动，周水生的身体像钉在了水中一样，坚若磐石，安如泰山。

战斗的号声，还没有吹响。

时间一分一秒地过去，哪怕血液让他无法呼吸，哪怕无垠的痛苦与黑暗一寸一寸地吞噬着他，然而，他的意志、他的理智，还在无声地搏斗着。

这是一场无声的战斗，哪怕他竭尽全力、以命相搏，却未在水面上激起半分的涟漪。

满月如轮，映在宁静的河面上。

此时，还没有人知道，这位年轻班长年仅十七岁的生命，已经一点一点地流尽，尽数浸没在了暗夜秋水之中。

在丧失意识的最后一刻，周水生似乎隐隐听见了军号声。然而，他已无法再带领战友对敌人发起进攻。阻滞了呼吸的他，只能任由沉重的身躯，将他拖入幽暗的河底，一寸一寸地沉下去。

幽冥的河水吞没了他，引他坠入黑暗深渊。他睁不开迷蒙的双眼，恍惚之间只能看见，水面上盈盈的月光，一漾一漾的。

……

空中明月，映在碎裂的冰面上，映入冰寒的湖水中。

银霜一般的月华，隐隐地透过水面，在黑暗深渊中，亮起微弱的光芒。

放任自己坠落，也放弃了全世界的陆芸芸，眼前闪过些微的银光。

如萤火般的微芒，在水中轻漾，映出了一道身影，似是一个落水的青年。

水里有人！

陆芸芸猛然瞪大了双眼。这一瞬，无数的情感向她袭来——

昔日，目睹弟弟溺水而亡，那一刻的悲恸，那些年的愧疚，那无数个日日夜夜的悔不当初，此时汇成了一团浓烈的、炽热的心火，在她的心脏里爆开！

失落的勇气和力量，重新盈满了她的四肢百骸。陆芸芸奋力地划动双臂，向那个黑影游去！

夜已深。

夜空的无人机却还没有解散队形，它们在月光下轻快地舞蹈，从奥运的五色圆环，变幻为闪亮的数字——2022。

在这璀璨缤纷的灯光下，湖面冒出两个湿漉漉的人影。陆芸芸费尽气力，连拖带拽地将青年的身体挪向河边。她先自己翻身上岸，然后拽着青年沉重的身躯，好容易才把他拖到了小路上。

路灯昏黄，映出青年苍白的面孔，以及一身灰蓝色的军装。陆芸芸来不及感到怪异，她跪在青年身侧的地面，双手狠狠地按压他的胸腔，一次，两次，用力地施救——她的脑子里只有一个念头：把这个溺水的人救回来！

胸部按压之后，陆芸芸左手捏住对方的鼻子，右手托住对方的下颌，弯腰凑向溺水者的嘴——

　　当周水生睁开眼，看见一个陌生大姑娘向自己靠近的嘴唇。他吓得一个哆嗦，两手一推，狠狠地将对方推了出去。

　　未曾设防的陆芸芸，顿时摔了个四仰八叉。她好半天才捂着头坐起身，只见那个被自己营救上岸的青年，用双臂捂住胸口，他瞪大的双眼里，是百分的紧张、千分的防备：

　　"这位女同志，你想干什么？"

第二章　盛世烟火

2022 年 2 月 15 日，元宵节。

夫子庙里游人如织，秦淮河上灯影绰绰。繁华热闹的老门东，连着古朴又巍峨的中华门城堡，在那高耸的明城墙上，灯光和投影打出了"元宵节快乐"和"中国健儿加油"的美好祝福——谁又能想到，在八十多年前的黑暗岁月，这里曾遭受连天的炮火，日本侵略者的炮弹将这座城墙轰成残垣断壁。紧接着，在长达一个多月的时间里，长驱而入的残暴日军，在这座城市里烧杀掳掠，无恶不作。

周水生正是从那个悲惨的时代、从那无边的暗夜穿越而来。然而，此时此刻的他还不知道，自己竟然从 1942 年的抗日战场，穿越到了 2022 年的南京。

他，来到了八十年后的中国。

此时的他，只是用双臂捂着胸口，戒备地瞪着面前的陌生姑娘，义正词严地重复着："这位女同志，请你注意纪律！军令严明，咱们新四军战士，决不能调戏女同志——"

他顿了一秒，更加严肃地又补上一句："……当然，也不能被调戏。"

"……"陆芸芸瞠目结舌,只能无措地瞪视着对方。直到这个时候,她才注意到对方怪异的打扮——虽然衣服被河水泡得看不出颜色,但从款式上,能明显辨认出是一种军装。还有那奇怪的腰带和绑腿,都透露出落后于时代的气息。

"你,你刚才说,"陆芸芸吞了吞口水,脑子有点转不动,又困惑又崩溃,"你是个什么、什么军?"

"新四军。"

周水生正色回答,他放下双臂,冲陆芸芸敬了一个工工整整的军礼。

糟糕,她救了个傻子,还是 cosplay 爱好者。陆芸芸的内心充满了嫌弃,脑海中的弹幕成串儿飞过,简直连成了跑马灯。

不只是她愣着发蒙,回过神来的周水生,也觉得有点不对劲儿。他先是意识到疼痛消失了。伸手摸索自己的胸膛:中弹的创口没有了,呼吸也变得正常而顺畅了。

难道她是军部的卫生员?把他给治好了?周水生收起防备,又是一个毕恭毕敬的军礼:

"感谢卫生员同志。请问我昏迷了多久?这里是哪个根据地,距离我们二鸢镇有多远?"

这抗战片的口吻,让陆芸芸倒吸一口凉气:这小家伙,入戏有点深啊……

没错,在陆芸芸的眼里,对面的青年——不对,可能称他为"男孩"更加合适——就是一个小家伙。别看他一脸的严肃,神情动作都跟个小大人一样,但五官根本就还没完全舒展开,带着少年人的青涩。最重要的是,他的个头不高,跟陆芸芸差不多,估计也就一米七的样子。

看样子，也是个离家出走的学生，说话动作似乎还有点妄想症的样子……他不会也是有什么想不开的事，才三更半夜地跑来这湖边吧？

陆芸芸叹了一口气，心底闪过些许同病相怜的共情。她的语气缓和下来，轻声道："乖，别胡思乱想了，早点回家吧——这里好冷，冻死了都。"

说到这里，陆芸芸才感觉到刺骨的凉。全身湿透的她，被正月的冷风一吹，寒意都侵进了骨头缝儿里。这一刻，她脑子里只剩下一个念头：回房间吹暖气，喝口热的。

心中解不开的郁结，经这冰水寒风一冻，似乎也被封冻住了。这一刻，她再也没了赴死的勇气。

这小家伙，反倒是他救了她。

陆芸芸瞥向对方，带着九分惆怅，一分感激。可这一瞥，就看见对方蹙起的眉头，满脸都是复杂的情绪。陆芸芸哪里猜得到，她那一句"回家"，勾起了对方的回忆——欢愉的、痛苦的、愤怒的、憎恶的……

"我家没了，"周水生握紧了双拳，低沉着声音说道，"三八年日本鬼子扫荡村子，我爹娘、爷爷奶奶，还有九岁的弟弟、六岁的妹妹，全没了。"

周水生已经很久没提过家乡了。儿时记忆中的鱼米之乡，在那一天，变成了人间炼狱。1937 年 11 月 26 日，日本鬼子占领了宜兴县城。之后的几年内，鬼子时不时地向周边农村扫荡，见民房就要烧，见姑娘就要奸污，见青年就要抓要杀……

他家在宜兴附近的乡下，虽是每天活得提心吊胆，但祖祖辈辈的农田在此，农民们又没钱，想逃也没法逃。久而久之，村民们摸索出一条保命的路数，那就是"躲"字诀。每每一听到风声，知道日本人要来扫荡了，全村人就躲起来。农民停耕，私塾停课，大伙儿结伴地逃，躲进水田里，躲到丘陵上……等日本鬼子走了，再一起回村子。就这么周而复始，提着心、吊着胆，将命拴在裤腰带上过日子。

再苦难，再黑暗，人还得活，日子就总得想着法儿过下去。

好容易熬过一个冬天，那是1938年的2月，有一天，娘亲带着他回了趟老家，为外公外婆送了些吃食，又待了两个晚上才回村——他做梦也想不到，等着他们的，不是弟弟妹妹迎上来抱大腿的撒娇，而是一地的焦土。

家，没了。

房子倒了，残断的木梁烧成了黑炭。一家五口人的尸体，也无人收殓，只被幸存的村民草草地遮了，盖了张破草席。

跪倒在地的他，从席子的破洞那儿瞥见，六岁小妹妹曾经软软嫩嫩的手，被烧成了黑乎乎的皮子，就那么无声无息地横在泥地上。

他娘当场就晕厥了过去，之后迷迷糊糊接连发了三天的高烧——最终，没能挺过来。

全家七口，便只剩下一个孤零零的他。

那一年，他十三岁。

他也是后来才听人说，那一天，村里来了个穿便衣的鬼子，看上了一个妹子，当场就要奸污她。妹子的兄长气炸了，抄起锄头把人打了出去。紧接着第二天，鬼子带了一队人疯狂报复，从村东烧到村西，见到一个活人就杀一个，几乎屠光了全村。

抢光、杀光、烧光，这就是日本侵略者的"三光"政策。而在那暗无天日、满目疮痍的中国大地上，罹难的又何止他们一个村子，何止一个宜兴！

在那之后的六月，他听私塾的老先生说，新四军在镇江韦岗打败了日本鬼子，歼灭了日军二十多人，还抢了枪，抢了炮，抢了日本军车！

从听到消息的那一刻，他就暗暗立了誓：他要加入新四军，打鬼子，给全家报仇！

四年前的景象，如今仍是历历在目。周水生咬紧牙关，将拳头捏了个死紧，捏得关节都泛了白——他眉间的愤怒、眼中的恨火，被路灯映照着，落入陆芸芸的眼睛里，直将她看蒙了。

好家伙，这真是个戏精啊，脑内自动开了弹幕。陆芸芸足足愣了好几秒，然后"噗嗤"一声笑了出来，并忍不住给他鼓起了掌：

"你这演技厉害了，吊打网剧里一群小鲜肉啊！"

这孤零零的掌声，将周水生从回忆中拉了回来。他抬起双眼，看到了对面陆芸芸的脸上挂着戏谑的笑容。这让周水生心间一沉，厉声质问道：

"这位女同志，你这是什么态度！国仇家恨，难道是什么笑话吗?！"

他眉间成川，正色呵斥，严肃的态度又让陆芸芸给看蒙了。戏谑的弧度僵在嘴角，她不由得开始琢磨：这小家伙是不是……脑子有什么问题？自己是不是该报个警，让警察送他回家？

正这么想着，却听到一声热烈的轰鸣，夜空中随即绽开闪亮的光——

"小心！卧倒！"

对面的大男孩飞也似的冲了上来，一下扑到陆芸芸的身上，直通通地将她撞倒在地，然后用双臂护住她的脑袋，并用整个身体盖住了她。

"找掩体！"

耳边炸开男孩的暴吼。面对这诡异的状况，惊得压根反应不过来的陆芸芸，只觉得自己被对方半拖半拽，拉向树林后方。

"你神经病啊！"

终于回过神的陆芸芸，想要用力挣脱对方的桎梏，可对方的力气贼大，两条胳膊宛若铁臂，将她护得紧紧的：

"日本鬼子又来轰炸了，快找掩体！"

什么他妈日本鬼子，什么他妈轰炸，陆芸芸简直气疯了，她好心救人，谁晓得救了个疯子流氓！

"救命，性骚扰啊！"

她大声呼救，这叫嚷似乎起了一点用处，男孩的胳膊松了松，获得喘息之机的陆芸芸，趁机挣脱他的怀抱，甩手就是一个耳刮子：

"轰你个头啊！那是烟花！臭流氓！"

这一巴掌清脆又响亮，周水生捂着半边脸，直愣愣地瞪着陆芸芸。伴着那声咒骂，远方又是一阵轰鸣，紧接着，他便看见深沉的夜空中，绽开了一朵朵璀璨的光——

不是敌机投下的燃烧弹，而是烟花——漂亮的、绚烂的、还写着字儿的烟花：

我 ♥ 中国

猛然间，全身的血液似乎被冻结了一样，周水生忘记了呼吸，只是愣在那里，梗着脖子，睁大了双眼，瞪视着从未见过的绚丽景象。

五颜六色的光，在天空中绽放，绘成了美妙的图案。

红的、黄的，数不清的光束蹿上了天，"轰——"的一声炸开，组成了镰刀与锤子。

庆祝中国共产党成立一百周年

金色的图案，红色的大字，在夜空中闪耀着，又散成了漫天的星星，洋洋洒洒地飘落人间。

烟火的光，映在他苍白的脸上。那是一张稚气未脱、充满青春气息的面庞，五彩斑斓的眩光，映在他睁得大大的双眼里，无比闪亮。

金红色的烟花，聚成一团炽热的火焰，在空中绽出一簇簇盛放的花朵。星星点点的小烟花，在盛开的红花旁闪耀、轻快、闪亮、欢乐——

中国人民　节日快乐

一排排从未见过的小飞机，在烟花前组成了文字。一闪一闪像星星，如此欢快的频率，又像是在奏唱着有力的歌曲，让他的脉搏都随之加快了跳动。

僵硬的身体内部，是疯狂跳动的心脏，情绪之海掀起轩然大波，满满当当的，如潮水撞击着，撑得周水生五味杂陈，说不出一句话来。

"我……"

他努力地张开嘴，似乎要从牙缝里挤出问题。可刚说了一个字儿，就又说不下去了。只有一行眼泪，顺着他青涩的面颊滑落，亮晶晶的，映着闪亮的烟火：

"我、我们……赢了？"

而气疯了的陆芸芸哪里会知道，对面大男孩心中的巨大冲击与百转千折？被"性骚扰"的她，已经掏出手机，拨通报警电话了：

"喂，110吗？这里有一个疯子……"

她狠狠地瞪向对方，亮出屏幕上110的数字，想要以此威慑他。可没想到，对方看都不看她，只是直愣愣地望着天。他明明将嘴唇紧紧地抿成了一条线，可嘴角却止不住地抽动起来，下巴挂满了水珠。

陆芸芸心弦一颤，也愣住了。她看过那么多电视，却从没见过这么能让人共情的演技……就……看着对方那刻意隐忍可又忍不住的表情，挺让人难受的。

她赶忙别开眼，不想被对方神奇的演技蛊惑，可就在这时，她瞥见了一个掉落在地上的奇怪的东西：那是一支怪异而老旧的手枪，她在抗战片里看见过，是民间土法制造的"撅把子"，握把那儿竟然还是个空的，用粗布绳一圈一圈地缠着。

台词可以背，衣服可以cospaly，但这土枪总不能仿制吧，而且是在枪支管控如此严格的南京城里。

陆芸芸的心里"咯噔"了一下，她惊诧地望向那个大男孩：他是从冰面之下被她捞上来的，这不合理！还有那些奇奇怪怪的话语，神经兮兮的动作……

陆芸芸脑子里乱作一团，觉得刚刚发生的一切，都是那么诡异而荒谬，荒诞到超出了常理。

手机里传来110接线员的问题，一句"您好，请问您的位置在……"对方还没问完，就被陆芸芸慌慌张张地挂断了电话。

"喂，你，"陆芸芸吞了吞口水，呼唤对方，"你刚刚说，你是新四军？"

听见"新四军"三个字，周水生终于从复杂而震撼的情绪中走了出来，转头望向陆芸芸，他点头道："是。"

"你从1938年来？"这个问题一出口，陆芸芸就觉得自己大约是疯了。

"不，我离开家已经四年了。"

那就是1942年，八十年前？

迅速在心中做了一道算术题，得出"80"这个差值的陆芸芸，不由得在心底暗暗吐槽自己：还算时差？你疯得好厉害啊！

不过吐槽归吐槽，她还是继续问了下去："你叫什么名字？多大了？"

或许是她提问的方式，实在太像来视察的首长了，大男孩立刻挺直脊梁，立正站好，又是一个军礼，亮开嗓门：

"三旅第七团五连一班班长——周，水，生！今年十七！"

简直太荒谬了。陆芸芸冲天上翻了个白眼，她的理智一直在吐槽这神奇的情况、吐槽对方的一举一动；但在内心深处，她已经选择了相信。

她知道原因：如果不是在水里看见了他，自己现在已经死了。

与其说是她救了他，不如说是他的存在，激起了她求生的意志。

而这一秒的她，已经没那么想死了。

"谢谢你。"

陆芸芸抿紧嘴角，无声地向对方道谢。这一份"救命之恩"，被她用来交换成了无条件的信任——哪怕这件事，听上去太过不可思议——于是，无数个问题冒了出来：

"等等！你十七？这么小就是部队的班长了？你是怎么到这儿

来的？你是在那儿死了吗？这是什么玄学，你是怎么一下子穿越了八十年的？"

她连珠炮似的问题让周水生一个头两个大，听得云里雾里，不知从哪里开始答起。直到最后一句问话中的"穿越八十年"，吸引了他全部的注意力：

"什么八十年？"

陆芸芸伸出手指，指了指夜空，无人机排列出一个硕大的彩灯数字：2022。

"你，那边，1942，"她挥动纤细的食指，先是指向对方，然后在空中转了个弯儿，又转回自己身上，"我，这里，2022——不就是刚好八十年吗？"

"咦——"周水生倒吸了一口凉气，瞳孔地震。

第三章 新世界的味道

　　破棉服被冰水浸透了，裹在身上像是一件冰冻的铁甲，可那寒冷的触感、那刺骨的北风，周水生通通感受不到——只有胸腔里搏动的心脏，越跳越快，越跳越热。

　　这里是……八十年后的中国。

　　这个认知像是给他打了一剂强心针，周身的血液涌上了头，将他的脑袋瓜子烧成了一团糨糊。他短暂地丧失了思维的能力，只能傻憨憨地张大嘴巴，望向夜空盛放的烟花。再然后，他就保持着那样瞠目结舌的表情，被陆芸芸连拖带拽地拉上了路。

　　一切都是那么新鲜。路面是平整的，道边有电灯——这玩意儿，他只在宜兴县城里见过一次。电灯的黄色暖光，透过红灯笼的罩子，映在了灯柱上。于是，悬挂在灯柱上的那两面红色旗帜，显得格外炽热。

　　赤红的旗帜，一左一右，相互辉映。其中一面旗子，他是认得的：锤子和镰刀，那是中共临时党员证上的图案。可那面红底黄星的，又是什么旗？

　　疑问一个接着一个在心底涌现，每走一步路，他都会发现一个新的世界：小路边安放着一排排的长椅，木制面板上嵌着洋钉，椅子表面如此平滑，没有一点毛糙。周水生忍不住快步上前，坐在长椅上，用手抚摸它光滑的木板和背后支撑的铁架。

走在前面的陆芸芸也是浑身湿透，早已冻得嘴唇发紫，试图用两只胳膊把自己蜷住以便保暖。她一边走一边打哆嗦，恨不得一个箭步飞到市民公园的大门——之前寻死觅活，她特地找了个僻静人少的场所。现在不想死了，光是走到大门这截路，就让她苦不堪言，真是肠子都悔青了。

走着走着，她意识到后面情况不对，回头一看，只见周水生磨磨蹭蹭地在路边的长椅上坐了下来。

"你干吗呢？"陆芸芸有些不耐烦地问。

周水生正用指腹摩挲着木板，听到陆芸芸没好气的声音后，他抬起头，一脸欣慰地感叹道："造得真好。咱们的工业果然进步了，都不怕费洋钉了。"

"费什么？"陌生的词汇，让陆芸芸听得有点蒙，她都没 get 对方的意思，"你说什么钉？"

"洋钉。"

陆芸芸在周水生的答案上足足愣了三秒钟，才终于从记忆最深处的历史课堂上，找到与之对应的词语。

是的，洋钉。在旧中国，很多我们日常用品的名称前都会被冠以"洋"字，因为我们自己的制造能力有限，都要依靠从国外进口。

直到这一刻，陆芸芸才突然意识到，"80"这个数字，代表的不仅仅是岁月的逝去，更是旧貌换新颜，是山海巨变。

就她人生这二十二年的有限感知和经历来说，时间流逝的具象化表现，无非是智能手机从小米到华为换了几代，是 QQ 秀从土土的像素卡通图片到艳丽的 3D 人像，是那些童年记忆里的电视电影被再次翻拍……仅这些，就已经让她感到"时代的眼泪"了。

可现在，她望着他，这个穿着破烂的旧军装的大男孩，路边一条再普通不过的长椅，就能让他爱不释手地反复用手摩挲，并在十七岁青涩的面孔上激荡出满脸的惊喜与满足——这一刻，她的脑中突然蹦出了一个词儿：恍如隔世。

八十年，说长不长，说短不短，可他与她，却像是来自两个世界，是天上与地下，是沧海与桑田。

心里好像是被什么东西扎了一下，陆芸芸莫名地觉得有点酸。原本因为寒冷而不耐烦的语气，瞬间就缓和下来。心底里的那一点酸，化作了一点暖。暖意星星点点，又汇成了一丝兴奋与雀跃。她费力地扯动本已冻僵的嘴角，笑着对他说：

"放心啦，我们早就实现洋钉自由了。走！走快点，姐带你看更牛的！"

这一声自然而然的"姐"，让周水生尴尬了一下：

"这位女同志，请问贵姓？怎么称呼？"

"陆芸芸，我比你大五岁，你喊我'芸姐'就好。"

陆芸芸一点也不拘谨，她强硬地拉住对方的胳膊，拽着这位年纪很大、但又未成年的青少年"老战士"，快步走向公园大门。

走出静谧的小树林，踏上宽阔道路的那一刻，周水生的眼睛瞪得更大了——

城墙下巍峨的城门，点缀着数不清的灯火，星星点点，仿若落入人间的繁星。两束强光照在城门上，映出"解放门"三个字。而从拱门下经过的，是来来往往的车辆，即便是在这夜间，也川流不息。

他不是没看过聚光灯，也不是没看过汽车，更不是没看过飞机——但那是日军的探照灯，是日本兵的车和坦克，是日本侵略者的轰炸机……

陆芸芸哪里知道，对方的心中此时此刻又掀起了一场轩然大波。她径直掏出手机，开始操作打车软件：家是不能回了，毕竟和爹妈闹得太僵……再说了，她也没法解释周水生的事，总不能说自己在路上突然捡了个半大的小伙子，还把他带回家吧？

想来想去，只能先回学校宿舍。打定主意，陆芸芸输入了目的地，叫到了一辆快车，顺着地图指示的箭头，往来车方向的路口看去——这一抬头，却对上了一双震惊的大眼睛。

周水生抬头瞪着她，又低头望向她手里的那个"小板板"，眼睛瞪得是又大又圆：

"这、这是啥？会亮？还会动？"

呃，要怎么跟他解释手机？陆芸芸想了一下，决定用一个简单的类比法："你就把它当成一个缩小版的电视机，但这个电视有运算功能，你可以进行互动操作……呃，'互动操作'这个词儿是不是有点难了？"

陆芸芸担心地望向对方，果然，周水生是一脸的迷茫：

"电视机……是啥？"

原本以为他不懂什么叫"运算功能"和"互动操作"，没想到他连电视机都不知道，陆芸芸也愣住了："等等，电视不是早就发明了吗？我记得老上海的电影里，就有电视的呀！"

这种问题，问周水生还不如问百度。不过，还没等陆芸芸"百度一下，你就知道"，快车就抢先一步，"滴滴一下，马上出发"。

快车停靠在路边，陆芸芸打开车门，向里面努了努嘴，示意周水生上车。

在她的指示下，周水生一脸局促地坐进车里，却连手和脚都不知道该往哪里摆似的，整个人挺直了背，雕塑似的僵在了后座上。

看出了他的手足无措，陆芸芸不由得觉得好笑。她关上车门，先与司机师傅确认了一下手机尾号和订单目的地。不过，师傅接下来的问话，着实让她犯了难：

"两位，请出示绿码，戴好口罩啊。"

这……别说绿码了，这家伙啥码他都没有呀。陆芸芸一边在心里吐槽，一边亮出自己的支付宝健康码，同时又顺口编了个解释：

"师傅，他手机掉水里了……"

司机从后视镜里一瞥，看这俩人果然都是落汤鸡的模样。他"哎哟"一声，赶忙把车里的空调开大了。呼呼的暖风吹在脸上，让凉透了的身体，很快就暖和起来。陆芸芸冻僵的嘴皮子都随之溜了一些，继续辩解：

"师傅，我保证，他绝对没'新冠'！绝对不可能'新冠'的，您放心哈！"

她这信誓旦旦的语调让司机师傅乐了："美女哎，你光保证有啥用？'新冠'能听你发誓不？人家网上不都说了嘛，这'新冠'啊，专治各种不服。"

这一声"美女"，落在周水生的耳中，显得太过轻佻。他立刻板起脸，义正词严地更正道："这位老乡，咱们要尊重女同志。喊'同志''同学'都是可以的，'美女'可不太好。"

"……"这番老干部似的发言，从一个年纪轻轻的小伙子嘴里冒出来，直接让司机师傅听蒙了，生生顿了两秒钟没敢接茬儿。而周水生当然不知道师傅为何惊讶，他将目光投向陆芸芸，询问他另一个关注点：

"你们刚说的，新什么官？怎么治不服？"

"'新冠'，"接着陆芸芸继续蒙圈了，她知道没法儿跟周水生具体解释"新冠"病毒的科学原理，只能概括，"一种病毒，害人的。"

周水生顿时紧张起来，眼睛瞪得像铜铃，一脸的戒备："日本鬼子放的？"

"这哪儿跟哪儿啊，"陆芸芸简直要崩溃，"那是自然界生成的病毒，叫'新型冠状病毒'——哎呀，跟你说了你也听不懂啊。"

没想到她这一句，倒让司机师傅接上茬儿了。师傅登时来了劲儿，差点又一句"美女"脱口而出："美……呃，同学，那可不一定啊！网上有人调查了，说这'新冠'啊，不是自然生成的，可能是从德特里克堡泄漏出来的生化武器！"

从日本鬼子到美帝国主义，陆芸芸简直无语了，只能转移话题，催促道："师傅，你健康码也看过了，咱们快点出发吧。"

"得嘞！"司机师傅虽然挺贫，人却很大气，他一脚油门踩下去的同时，从副驾驶座的手套箱里拿出两个口罩，给后座的两位递了过去：

"拿着，戴好口罩啊。"

陆芸芸接过口罩，说了声"谢谢"。周水生没动。

"喏，同学。"师傅把口罩抖了抖，示意周水生接着。

"同志。"周水生纠正。

"啥？"师傅又愣了，举着口罩的手僵在那里。

"请称呼我'同志'，"周水生严肃地回答，并把口罩推了回去，"还有，部队里有纪律，不能拿老百姓的一针一线。"

司机师傅圆瞪着眼，从后视镜里看这个奇怪的小伙子，茫然而不知所措。虽然口罩遮住了师傅的脸，看不出他完整的表情，但后视镜映出的那双眼睛里，实打实全是惊讶。

陆芸芸唯恐周水生再说什么明显落后于时代的话，赶忙从师傅手里接过口罩，反手丢给周水生，压低声音告诫："戴上，闭嘴。"

周水生摸了摸口罩，惊叹于这质感和工艺，他刚想偷偷摸摸地塞进口袋里，就接到陆芸芸一个飞刀似的白眼——这警告的意味，已经显而易见了。周水生抿紧嘴唇，只好心疼又惋惜地、"浪费地"把口罩戴上了。

车里恢复了平静，唯有空调呼呼的暖风声。师傅专注地看路开车，也不再逗俩人说话。而收到"闭嘴"命令的周水生，则将目光投向了窗外——

他从没见过那么多的房子——那！么！多！

他从没见过那么高的楼——那！么！高！

周水生将脸贴在车窗上，额头在玻璃上蹭出了油脂的光，要不是有口罩隔着，他就亲到玻璃上去了。他的两只眼睛贪婪地望着窗外，想将一切都收进眼底。

明明是深夜，城市里却灯火通明。他看见一轮大大的月亮挂在天边，而远远近近的，是鳞次栉比的高楼，那么高，那么闪——

等等！那个楼、那整个儿一栋楼，竟然会发光！

这一瞬，周水生惊讶到忘记了呼吸。他贴着窗、弓着背、歪斜了脖子，费劲地寻找角度，却始终看不到高楼的楼顶。

司机师傅从后视镜那儿看见了他诡异的坐姿，于是向陆芸芸投去好奇的、询问的目光。

"……"陆芸芸无语，只是深吸一口气，她竖起了食指，无声地在太阳穴那儿绕了一个圈。

"哦。"司机师傅恍然大悟，再望向周水生的视线，明显就和蔼了很多：小伙子年纪轻轻的，怎么偏偏就脑袋生了毛病呢。

同情油然而生，司机师傅打开了车窗，给周水生更多的空间，让他可以尽情地、贪婪地、欣喜地望着这多彩的人间。

于是，他终于看见了那栋高楼的楼顶。从上到下，高耸的楼面上，有光芒一直在闪烁。他不知道那是什么，只知道那熠熠光华不断跳跃着、闪动着，组成了各式各样的图案。

先是亮晶晶的冰蓝色大雪花，从楼顶上飘落而下，银光闪闪的。接着，雪花向四周飘散，化作了蓝、黑、红、黄、绿五种颜色的圆环。继而，一只胖墩墩的动物，从圆圈圈里跳了出来，双手拄着棍儿，蹦蹦跳跳的。

这里的一切，简直突破了他想象的极限。周水生当然没见过奥运五环，也没见过冰墩墩，但他突然看见，那黑眼眶的大白熊钻进了红圈圈里，画面转动，变成了一团赤诚的红色。

四个红色的大字，在高耸入云的大楼外墙上闪烁，亮得方圆百里都能看见。

上过一小段时间私塾的他，认得那四个字：

中国加油

突然，周水生觉得下巴那儿有点凉，什么东西冰冰的。

不透水的口罩，将他的眼泪兜住了，兜在了下巴那儿，汇成了一摊小水洼。

自从加入了新四军，他就告诉自己，绝对不能哭。哪怕是在收殓战友的尸体时，他也没掉过一滴泪，因为他是班长，他得以身作则，他得告诉班里所有的战士：男子汉大丈夫，流血不流泪，咱们得抗战到底，咱们得撑下去！

他自中国最黑暗的时刻而来。他目睹家国沦陷，目睹战火连天，在那黯淡无光的日日夜夜里，他和他那些来自五湖四海的新四军战友，尚未看到胜利的曙光，只看见敌人烧杀掳掠的火光与硝烟。在那至暗时刻，他们不会呐喊"加油"，却在默默地彼此支撑。

为了家为了国，为了老百姓不被欺凌屠戮，为了四万万同胞不成为丧家之犬，他们必须撑下去。

可现在，他在这灯火辉煌的城市里，在宽阔整洁的马路上，在那人们可以安居乐业的楼房上，在这做梦都梦不到的、仿佛天上的世界里，看见了这炽热的、赤红的大字，仿佛是在替他们发出嘶吼与呐喊——中国加油！

在战场上被刻意隐忍和压抑的情绪，此时，随着不受控制的眼泪，从口罩的缝隙里溢了出来。周水生仰起头，将身体更多地探向车外，他向那天高海阔的世界，向那灯火明艳的高楼，随着那红色与金色变幻的灯光，一起放声高呼：

"中国——加油——"

他这突如其来的爆发，吓了陆芸芸一跳。眼看周水生半个身子都探出去了，她赶忙拽住他的胳膊往回拉：

"危险！回来啊你！"

司机师傅也吓得不轻，赶忙按动开关，试图关窗。可周水生哪里会知道车窗会自动上移。正在抒发胸臆的他，根本没有往回撤的意思，也没有这个意识。

就这样，他被上浮的车窗玻璃夹住了脖子，一声"加油"变成了歪脑袋的"哎哟"。周水生当然不会知道，旁边车门上就有操控的按钮，他只是被车窗夹得歪了脖子，慌乱地用手扒住了玻璃的边缘。

这景象，急得师傅都冒了汗，赶紧靠边停车。

刹车发出嘶鸣，车刚一停下，司机就一声暴吼，狠狠地把这位不省心的乘客数落了一通："同学你别害人啊！万一旁边车道有车过来——哎哟妈呀，不能想、不能想……"

说到这里，师傅都打了个哆嗦。哆嗦完了，他横眉怒目地瞪向对方："这种危险举动，千万不能再乱搞了啊！这要真出了什么事儿，我赔都赔不起！"

自觉有连带责任的陆芸芸，只好跟着赔不是："师傅，不好意思，这家伙……我这个弟弟脑子有点那啥。"

"那你这个当姐姐的，更要多注意，"司机师傅接着数落，这次则把炮火对准了陆芸芸，"不然出了什么岔子，你怎么跟你爹妈交代？"

师傅无意中的一句话，像是一把尖刀，精准地戳中了陆芸芸的伤心事。心中的万般情绪，瞬间堵在了胸口。她垂下眼，再也说不出一句话来。

她的失落，也被周水生看在眼里，他小声呼唤了一句："陆芸芸同志？"

没反应。

看见她的表情，司机师傅也估计自己说重了，害小姑娘心里难受，于是转头又炮轰周水生："同学，以后不能这么干啦，要遵守交通规则！"

说实话，周水生没太懂这个"交通规则"指的是啥，但眼下的气氛，也让他明白这并不是追问的好时候，便只好顺着驾驶员的话点了点头："老乡，您教训得是。"

司机师傅听这一句"老乡"，哭笑不得，不过考虑到小伙子脑袋不好使，也不好多计较了，只是重新发动汽车。

快车一路疾驰，接下来的十几分钟，周水生老实了，三人一路无话。直到学校门口前的一个巷子，陆芸芸才打破了沉默："师傅，停这儿就好。"

停车，下车。周水生虽然来自战时，但也在县城里见过黄包车夫，赶忙从怀里掏出珍藏的几张新纸币，小声问："陆芸芸同志，这是新四军华中根据地发行的钞票，能付账吗？"

陆芸芸瞥了一眼：江淮银行，伍角，落款时间还是民国……好家伙，这哪里是钱，是红色历史收藏还差不多。

"你别管，我付过了，"陆芸芸晃了晃手机，"晚点给你解释。"

周水生知道自己是个啥都不懂的"外来户"，也猜出这隔了八十年的钞票大约是不能用了，于是不再执着，只是转头对着快车远去的车屁股，狠狠地挥舞右手，动作幅度极大，显示了百分百的热情：

"谢谢老乡，老乡再见！"

他这一声致谢，吼得气壮山河，引得路人纷纷侧目。陆芸芸觉得丢脸，赶忙一巴掌拍掉他挥舞的右手，压低声音嘱咐道：

"你别乱喊。一会儿进学校，保安师傅盘问你，你就说是文新院的，手机掉水里捞不着了，然后跟着我走就行。"

这让周水生大惊失色："学生进学校，为什么还要被盘问？难道这么多年过去了，国民党反动派还在实施'白色恐怖'、镇压学生革命吗？"

这几个词语连在一起，陆芸芸蒙了半秒，然后陷入了崩溃："什么乱七八糟的，这都哪儿跟哪儿啊！以前学校都是开放的，现在这不是疫情嘛，特殊时期、特殊情况！"

什么"疫情"的"特殊时期"，周水生是有听没懂，只能用那双炯炯有神的大眼睛，看着陆芸芸继续发飙：

"……还有，咱们这是新中国，是中华人民共和国，你别拿民国那套乱猜！哎呀，这知识差异太大了，你得补课了！"

说到最后，陆芸芸放弃了科普，决定以后再说，"……这些回头我跟你慢慢讲。你先跟着我进学校，不然你睡大街上啊？"

周水生很是疑惑，不明白陆芸芸为什么有此一问："我们新四军的队伍，听从组织安排，服从部队纪律，行军到哪里就睡在哪里，睡大街有什么关系？"

这简直是鸡同鸭讲啊，陆芸芸更崩溃了："这都什么年代了，还睡大街？你看这街上有流浪汉吗？"

她这一提醒，周水生才发现，环顾四周，大街上干干净净，店铺灯火通明，周围确实没有乞丐流浪汉——这和八十年前的世界，绝对是天渊之别。

陆芸芸继续掉他："还睡大街呢，你只要往地上一躺，没几分钟，警察叔叔就要来关心你、查你身份证了——你有证吗？你连个绿码都没有！"

"绿马……那是个什么马？绿毛的吗？"在车上也听过这个词儿，周水生更加疑惑了，"我只读过《三国》，书上说'马中赤兔'，汗血宝马，是红色的啊。"

"……"陆芸芸瞬间噎住，她纠结地皱起了鼻子，不知道该从哪句话开始吐槽：第一，这码可不能是红的；第二，此码非彼马；第三，你一农村小战士，还读过《三国》？

槽点太多，无从吐起。陆芸芸深吸一口气，选择无视对方的疑问。她脱下自己湿漉漉的摇粒绒长外套，给周水生披上。

"陆芸芸同志，这可不行，"周水生赶忙摆手，"我们怎么能让女同志照应呢？"

"谁照应你，是罩着你的军装！"陆芸芸没好气地回应，她指向他的脚踝，"绑腿拆了，太怪了。还有你这鞋……"

周水生动了动脚指头，那双开了线的破草鞋，便完美地展现出他满是泥巴印子的脚趾。

陆芸芸又叹了一口气："……这鞋，你还不如脱了走呢。一会儿保安师傅问起，你就说鞋也掉水里了。"

在她的指挥之下，周水生只好解了绑腿，脱了草鞋，然后罩上了长外套——好在陆芸芸的外套是白色的，款式也比较中性化，周水生个头跟她差不多，披着也毫不违和。

她又抬起手，想去稍微拾掇拾掇他的头发。没想到周水生倒退一步，瞪着眼厉声喝止："陆芸芸同志！你是女同志，怎么能动手动脚的！"

他义正词严的制止，换来的却只有陆芸芸的白眼，她完全不理会周水生的抗拒，直接上手将他的头发揉乱，然后再这么上下一打量——

微乱的头发，青涩的面庞，长款的大衣松松垮垮地拖到了膝盖，他瞪着眼、有点气呼呼的模样——这哪里还是什么新四军战士小班长，很有些嘻哈少年的意思了。

明明，他也只有十七岁啊。

她突然心里一沉，再然后，心底里就涌起了那么点儿微微酸楚的难受。

放在当下，他不过就是一个高二学生，正处在恼人的青春叛逆期。很可能就是个猫嫌狗厌、经常被爸妈一顿嫌弃的主儿。说不定还沉迷游戏，以《王者荣耀》里的段位作为自己人生的奋斗目标呢。

可是，八十年前的他，却得扛起枪、扛起炮，揣着他那把简直不成形的"撅把子"，在硝烟弥漫的战场上，跟日本侵略者战斗，甚至拿命去拼……

她不是没读过历史。虽然她没有专门了解过新四军的抗战史，但身为南京人，这么多年的爱国主义教育也不是白学的。她大概知道在新四军、八路军的队伍中，有不少未成年的小战士，选择抗战到底，为国捐躯。甚至还有七八岁孩子组成的"儿童团"，也是抗战的一分子。

心中的酸楚，像是湿润的春雨，弥散在了整个胸腔里。陆芸芸突然改变了主意，她不着急带周水生进校门了，而是调转方向，冲他勾了勾手指：

"来，跟姐走，姐带你见识见识咱们学校出了名儿的四号门，超多好吃的，南京有名的小吃一条街——网红！"

周水生当然不懂什么叫"网红"，但当他随着陆芸芸的步伐，拐过路口，便看见了那传说中"出了名儿"的四号门。瞬间，他的眼睛都看直了。

不过短短一百米的小街上，摆了一溜儿一溜儿的排档。摊主们支着小摊儿，蒸的煮的炸的，扑鼻的香气溢满了夜空。天气本就冷，那迷人的香味和热气，便化为白色的、袅娜的烟气，曲曲折折地飞向空中的大月亮。

天上的月华满满，照不过地上的人间灯火。这是太平盛世的烟火气，就该这么暖、这么香，带着煎饼果子的油味儿，带着烤肠的荤香。

羊肉串上撒的孜然粉的味儿，混着隔壁摊上烤面筋的辣椒油的香，刺激得周水生打了一个喷嚏。或许是喷得力气大了，他的眼眶都红了，眼角湿漉漉的。

陆芸芸开启了"买买买"模式，好像小吃不要钱一样，开始疯狂扫货，然后往周水生手里塞：红烧猪肘、铁板大鱿鱼、鸡蛋汉堡，接着还带了三杯coco奶茶，然后豪气冲天地冲店员交代了一声：

"我要冬季限定的那个仙芋青稞牛奶，热的，全糖！"

一杯暖烘烘的奶茶，被硬塞进周水生的手里。在陆芸芸紧迫盯人的目光之下，他就着吸管嘬了一口——

瞬间，芋泥的甜香和奶茶混在一起，弥散在整个口腔里，激活了每一个细胞。在那个没吃没穿、糙米糊糊都得分着喝的困苦年代，他连做梦都想不到这种味道。

或许这份全糖的甜，就是幸福的味道。

热茶暖了身体，甜奶润到了心间。不由自主地，周水生弯了眉眼，如新月弯弯，黑眸里映着灯火的光，闪亮亮的。

那明艳闪亮的笑容，感染了陆芸芸，她得意地挑了挑眉，一边喝着奶茶一边向他介绍："这不还没全面开学嘛，有的小摊儿还没出呢。等下个星期，学校完全开学复课了，我再带你来吃好吃的，什么郭阿姨的月亮馍，刚哥的双皮奶，都超有名的！啊，这有旺鸡蛋，你吃吗？"

"够了够了，别买了，"周水生赶忙收起笑容，严肃地出言制止，"陆芸芸同志，咱们要节约粮食。"

后街不长，说话的工夫两人便走到了学校的后门。保安师傅守在岗位上，还没等他开口，陆芸芸已经掏出手机，亮出了绿色的健康码，然后又顺滑地调出校园码，在闸机上"哔"地一扫：

"师傅，我同学刚手机掉水里了，他下水去捞，差点人都没了，"她哭丧着一张脸，跟保安师傅大吐苦水，"还害得我下水去捞他……"

保安师傅哪里会想到，这两个人，原本一个是离谱的穿越者，一个是不要命的跳河人？他打眼这么一扫，看这俩学生都成了落汤鸡，还是在这大冷天的，顿时担心起来：

"哎哟哟，赶紧回宿舍换衣服！冻感冒了咋办，现在这时候，可不能轻易感冒发烧啊！"

他赶紧招呼二人进门，完全没有纠结校园码的事情。不过，码可以不查，这疫情防控可不能忽略，他摸出一把测温枪，冲陆芸芸的额头指了上去：

"来，给我测个温。"

他这一抬"枪"口，那测温的按钮还没摁下去呢，就被人狠狠地攥住了手腕子。

"……"周水生不言不语，只是一脸戒备地瞪着他，他的五根手指如钢铁之钳，生生地将保安师傅握"枪"的手，一寸一寸地挪了开去。

糟了！陆芸芸立刻意识到，周水生哪里见过什么测温器，一定是直接将它当成武器了！他对和平时代一无所知，她真怕这家伙会当场掏出"撅把子"，把"反动派"给崩了！

这这这……这要圆不过去了啊！陆芸芸脑子转得飞快，好在她是文科出身，学汉语国际教育的，还真给她编出了个离谱的借口：

"师傅，你别理他，"她先是一把抢下测温枪，快速冲自己脑门来了一下，然后亮出 36.3℃ 的数字给俩人看，"他广编专业的，最近忙着拍课程视频，天天搁那儿演戏呢，要不然也不会大半夜跑水塘边上折腾，把手机都给折进去了——来，看我。"

在周水生惊异的目光中，陆芸芸给了他一"枪"。体温自然是正常的。她将测温枪塞回了保安师傅手里，然后顺手递上那杯故意多买的奶茶：

"师傅辛苦啦，喝点热的。"

"这可不行。"一看学生有这心意，保安师傅也顾不上刚刚测温的事，赶忙推开陆芸芸递来的奶茶，推辞着怎么都不接。

陆芸芸拗不过大爷，于是一脚跨进保安室，把奶茶往桌面上一搁，然后牵起周水生的手，拉着他一路狂奔，一溜烟儿地跑了。只留下无奈又感动的保安师傅，冲着他们的背影大吼：

"同学，谢谢啊！"

第四章　请叫我"同志"

　　虽然还有两天才正式开学，但已经有学生拖着大包小包的行李、带着核酸检测报告，陆陆续续地返校了。也亏得两人刚才没带半包行李，只是抓着零食小吃进门的，又是两只彻头彻尾的"落汤鸡"，保安师傅一来心软，二来误以为他们是已经返校注册了的学生，才没要求他们出示核酸报告和行程码。

　　顺利过了第一关，陆芸芸让周水生赶紧把草鞋穿回去，然后拉着他一直跑到了宿舍楼下。宿舍区管理严格，宿管阿姨更是火眼金睛，虎视眈眈地坐在门卫室，一双眼凌厉地扫射着，绝不容许男同学踏入雷池半步。

　　陆芸芸在宿舍楼门口突然停步，转身向周水生摊开手掌："来，按你们那儿的话，缴枪不杀。把你那'撅把子'给我。"

　　"为什么？"周水生不解，捂住了自己腰上的枪。

　　"还为什么？"她加重了语调，柳眉倒竖，"这是和平年代！你拿把枪，像话吗？你根本就搞不清楚这个时代的状况，万一伤了人怎么办？刚刚吓死我了，生怕你会打我们保安师傅！"

　　被她一顿数落，周水生撇了撇嘴角，表情都带了那么一点儿小委屈："我哪儿知道那是个测温计嘛……这技术太厉害了，怎么隔这么老远就能测着了？我不理解。"

"你不理解的事情多了呢，你得补课——喏，拿来！"陆芸芸把手抬了抬，继续催促。

"……"周水生没动弹，就那么直愣愣地戳着，显然拒不合作。

"周，水，生，同，志，"陆芸芸模仿他的语气，严肃地指示，"我再说一遍，这是和平年代，不用枪了，我先帮你保管着——你那儿有你那儿的部队纪律，我们学校也有学校的校纪校规，你不能揣着这么危险的东西到处跑。"

这番话说得有理有据，而且周水生还真就吃这套"纪律性"的说辞。他琢磨了一小会儿，慢吞吞地取下了"撅把子"，递到了陆芸芸的手里。

陆芸芸"缴了枪"，又安排了个妥妥当当："你先在这儿等会儿，吃点东西，我一会儿就下来。"

她抬手指向路灯，又把手指往地上一压，按着路灯映照的范围，给周水生来了个"画地为牢"。这指令式的动作，倒是周水生最好理解的方式，他一个立定，挺直脊梁骨，接着一个军礼：

"是！保证完成任务。"

陆芸芸无语，又好笑又崩溃，她用两根手指竖在自己的眼睛下，又转而指向周水生，做了一个"我在盯着你"意味的动作，然后转身冲进了宿舍楼。

不能怪她防贼似的动作，主要是周水生初来乍到，连个路灯，连张椅子，对他来说都是新奇的，她真怕这家伙搞出点儿什么事来。她不敢多耽搁，只在门口那儿冲阿姨招呼了一声，就飞也似的冲进了楼梯。

拿出百米赛跑的劲头，陆芸芸奔进了宿舍——没人，但灯是开着的。她瞥了一眼邻铺，书桌边横了个还没来得及收拾的行李箱。看来，室友柳心仪也返校了。

此时，室友不在，陆芸芸也就毫不顾忌地开始"大闹天宫"。她先把"撅把子"用塑料袋包好，藏在了自己的书柜底下。然后她翻箱倒柜，换下了湿透的衣服，穿上了一身干爽舒适的。

再然后，她又拖出了一堆运动款、休闲款的衣服扔在床上，挑挑拣拣地选了些男孩子能穿的颜色。至于衣服尺码和裤子长度，她皱着眉头思考了两秒，又用手大概比画了一下——差不多，可行。

周水生虽然是小伙子，但毕竟年纪不大，加上在那个困苦的时代，吃的喝的都是糙米野菜，根本没营养，所以整个人瘦巴巴的，确实也没能长高，也就一米七的样子，跟陆芸芸差不太多。

挑好了衣服，陆芸芸又找了双厚厚的白色毛绒拖鞋，全部装到了袋子里抱着。就在她奔出门的那一刻，刚好室友回来，两人打了个照面——

柳心仪抱着一堆资料，正准备掏钥匙开门，突然见到陆芸芸，显然有些惊讶。不过这惊讶也只持续了短短一秒钟，就换成了甜美的微笑：

"新年好啊，芸芸，你也来得好早哦，"她真心地称赞道，"不愧是咱们寝的'卷王'，你也太用功啦！"

一句"卷王"，不过短短两个字，却刺痛了陆芸芸的内心。

周水生的突然出现，让她短暂地忘却了自己的状态：一个罪孽深重的罪人，一个拼尽一切却无能为力的失败者。

前一秒的兴奋，像是被人兜头泼了一盆冷水。陆芸芸敷衍地回了一句"新年好"，然后抱着那一堆衣服鞋子就失魂落魄地下了楼。

脑子里乱成一团麻。许多画面，她本不愿去回忆，却自顾自地跳了出来，折磨着她的每一根神经。

那一年，弟弟溺水的模样，母亲悲恸的哭泣，父亲恶狠狠的一个巴掌、咒骂她是故意害死弟弟……

再然后，便是元宵节的饭桌，那个空荡荡的位置，那个满当当的碗。它们的存在，就像是一种控诉，一种持续了五年的指控：是你害死他！

她希望自己能从这份负罪感中走出来，能补回那些失落的岁月，所以拼了命地读书，复读，考学，从大一开始就立誓要考研：她要进入 985 或 211，要证明她是一个优秀的人，她无需嫉妒弟弟。

可是，她失败了。

研究生考试的那一天……她竟没能赶上，于是注定要再错过一年。

这还不是最惨的。最惨的是，为了考研，她奋斗了整整三年，就像是柳心仪说的那样，她就是整个宿舍里的"卷王"——永远在看书，永远在刷题，永远在重复两个字：考研！考研！考研！

为了这个目标，她怠慢了其他的一切。她不去交际，也就没什么真心的朋友。她没有参与任何社团活动，而是把所有时间精力都放在拼命刷学分、攒绩点上。在考研倒计时三个月时，她更是把所有事都抛在了一边，包括毕业实习，包括毕业论文的开题……

可是，她没能考上——不，确切来说，她根本没能参考。因为当她赶到的那一刻，迟到超过半小时的她，已经失去了进入考场的资格。

整个寒假，她都在极度的痛苦和自责中度过。她做了许久的心理建设，才能坐在桌旁，重新面对自己的父母。可就在这元宵节的"团圆饭"上，她的手机微信里，突然跳出了一条信息。

那是共有十一个人的毕业论文群。导师在群里祝愿大家节日快乐，提醒大家开学之后要交毕业论文的初稿——也就是说，她只有五天的时间，要从无到有地，完成一篇完整的毕业论文。

当时，她迟疑了几分钟，慢慢地在群里回复：

老师，我能晚一点交吗？

导师的回复很快到达：

可以啊，如果你不想按时毕业的话。

其实她能理解，导师的话并没有恶意，只是一种督促。而且早在去年年底，导师就三令五申地提醒大家进行毕业论文开题，进入初稿的创作阶段——她没做，她没写，这是她自找的，怪不了别人。

这明明是她都知道的，可是"不能按时毕业"这个假设，还是扎穿了她。

她深深地吸了一口气，努力想要调整自己的心态。可就在她按下锁屏键、试图屏蔽手机群里一切消息的那一刻，努力抬起头的她正看见母亲用筷子夹了一只鸡腿，放进了那只空空的碗里，放在了无人的桌位上。

这一秒，她的情绪彻底崩溃了。她推开椅子，不顾一切地跑出了家门。

她觉得，她无法再忍受下去了。她只想告别这一切，告别失败的自己——将这个罪孽的身躯，重新还回去。

走进湖水里的那一刻，她只觉得平静。冰水包围了她，让她从那些纷乱的情绪中渐渐沉静下去。于是，再没有纷扰，再没有愧疚，再没有她无法承受的压力。

然而，就在她放弃自己，任由意识逐渐游离的时候，她在水里看见了那个人影。

昔日弟弟溺亡的景象，和水中的人影渐渐重叠。

就在这电光石火间，她那原本只求个解脱的心里，忽地燃起了一团火——自己还能挽回，还能把人救回来！

一点小小的希冀，化作了她求生的动力，不是为了自己，而是为了那个落水的少年。

……

种种情绪，涌上心头。脑中纷杂一片的陆芸芸，拖着失落又沉重的步伐，缓慢地走出了宿舍楼的大门。她缓缓地抬起头，将目光投向了那个被她救回来的人。

那半大的小伙子，蹲在路灯下的马路牙子上，一口一口地啃着半个油汪汪的鸡蛋汉堡，脸上绽满了笑容。那笑容，不只咧在唇角，也笑进了弯弯的眼睛里——似乎这四块钱一个的街头小吃，是什么黑珍珠餐厅里的山珍海味一般。

似乎是察觉到了她的目光，灯下的周水生连忙直起身，冲她扬起笑容，青春，明亮，蹭着满满的宽油：

"陆芸芸同志！"

他大声呼唤，并笑着向她挥了挥手。

不是"同学"，也不是"卷王"。不是"女儿"，也不是"姐姐"。

是"陆芸芸"，是平等的"同志"。

不是任何被赋予的身份，而是她自己。

当听见自己的名字被他大声呼唤的那一刻，陆芸芸的眼泪唰地涌了出来。她一边抽抽搭搭着，一边慢慢走下台阶，慢慢走向那个被她救下来、同时也救下了她的青少年。

陆芸芸这一哭，顿时让周水生变得手足无措。男孩的笑容僵硬在嘴角，又很快拉垮下来。面对女同志的眼泪，他显得尴尬又不知所措。他想抬手拍肩宽慰，又觉得不太合适，胳膊伸了一半又转了回去。想了想，他从兜里掏出半个鸡蛋汉堡，递到陆芸芸面前：

"喏，留给你的。别哭了，赶紧吃，还是热的。"

这哄小孩似的举动，是这个来自八十年前的大男孩，能想到的唯一的宽慰了。在他而言，没有什么比吃东西、吃饱饭这件事更加幸福而美好的了。所以，他早就把饼子掰成两半，特意留给了她的。

其实，以现在复杂的心情，陆芸芸根本吃不下去，她也不觉得这几块钱的油饼是什么好东西。但看见周水生那期盼的眼神，她知道，这在他的眼中就是一件宝物。而这件宝贝，他分了她一半。

也许在周水生眼里，这是部队的传统，这是对"同志"的情感表达，是一种习惯。而就在这一刻，这种表达和习惯，确实感染到了她，温暖到了她。

陆芸芸接过那半个鸡蛋汉堡，因为凉了，油都有些凝固，肯定不好吃了。放在平时，她肯定是要嫌弃的，可在这一刻，她只是乖乖地将饼子塞进了嘴里。

潸然落下的眼泪，混在了饼子里，更咸了。

抽抽搭搭地啃下这半个凉饼，陆芸芸的心情也稍稍平复了一些。她将提下来的一大包衣服鞋子，塞进周水生的手里，然后吸了吸鼻子，继续摆出她"大姐头"似的"引导者"气势：

"跟我走，去厕所换衣服。"

陆芸芸领着周水生来到图书馆。一脚踏进大楼，周水生整个人石化般地僵住，又蒙了——

整栋建筑的外立面都是玻璃的，能看见一层层的图书室里，透出白色的灯光——他还从来没见过白色的灯，没见过透明的墙，更没见过那个会"大变活人"的箱子！

面对残暴的日本兵，周水生都没有这么恐惧过：为啥人一进那个铁箱子就没了？等等，箱子门又开了，刚两个男同志进去的，怎么都变成女的了？

"走，上楼啊，"陆芸芸走在前面，示意他跟上，"男厕所在二楼。"

周水生瞪着眼、猛摇头，他抱紧了怀里的衣服，绝不跨入"实验舱"半步——阴谋！一定是日本鬼子遗留下来的生物实验室！可……不对啊，陆芸芸同志不会害他。

看他如临大敌的模样，陆芸芸顺着他的目光，疑惑地看向电梯。"叮"的一声，电梯轿门开启，身为战士的周水生虽然没有退后一步，但那为之抽动的嘴角，已经暴露了他内心的戒备和紧张。

"噗，"陆芸芸喷笑出声，先前阴郁的心情一扫而空，"你紧张啥呀，这是电梯！就……怎么说，电动的、自动的、载人上下楼的……哎不对啊，民国不都有这些嘛！电影里我都看过的，你没见过？"

周水生还是猛摇头。他戒备地探出一只脚，踩了踩电梯的底板，似乎在测试它的牢固性。他那副小心翼翼的样子，陆芸芸实在看不下去，便扬起一巴掌拍在他的背上，直接将人推进了电梯里。

轿门关闭，周水生的身体立刻紧绷起来，每一个细胞都进入了"战备状态"。不过好在电梯的运行速度很快，眨眼间二楼就到了。

轿门重新开启，周水生戒备地环视左右，一手搭在腰上——估计是想摸他的"撅把子"，不过却摸了个空，他只能竖起拳头，小心翼翼地往外走。

这一走，又让他傻了。一排排白色的灯管，将整个大厅里照得亮堂堂的，简直就跟大白天一样。放眼望去，一排排书架如队列一般整齐，摆满了各式各样的图书。在大厅的中央，木质的桌椅有序摆放，学生们坐在桌边，安静地翻阅着书本。而在学生们身后，透过大厅的玻璃墙壁向外望去，是深沉的夜空，是婆娑的树影，是影影绰绰的路灯。

"这、这里是……"周水生吞了吞口水，"这是学校？"

"对啊，"陆芸芸随口回答，答完了又觉得不对劲儿，皱起眉头反问，"不对啊，刚从保安师傅那儿进门，就已经是咱们学校了。你才反应过来啊！"

周水生倒吸一口凉气，震惊道："那么大！都是学校？"

他张开胳膊，比了一下宽度，"就这层楼，就这个地方，已经比我以前上的那所私塾，比我那整个学校都大了！"

他那大惊小怪的模样，让陆芸芸好笑又得意："今天太晚了，等明天白天，我带你好好逛逛校园。我们还不止这一个校区呢，分校那儿更大！走走走，你先去卫生间换衣服。"

她连拖带拽地，将这个好奇宝宝拉到了男厕所门口，然后硬推他进去："我在这儿等你啊，换好了出来。"

抱紧了那一大包衣服，周水生站在厕所门口，有点不敢往里踩。他不认识什么瓷砖地砖大理石，只知道在这白亮的灯光下，地面白闪闪、亮晶晶的——比他家以前吃饭的碗还白净些。这哪里是厕所，部队的食堂也没这么干净啊！

"你说，"他又退了出来，半个脑袋望向门外的陆芸芸，"这是厕所？"

"这不废话嘛，"她给了他一个白眼，催促道，"赶紧换衣服！"

在得到了言语的确认之后，周水生再次走进男厕——他都有点不好意思踩，满脚的泥巴混了水，在白色的地面上留下了两个泥脚丫印子。他慌忙脱了草鞋，又蹲到了地上，用手把泥巴印抹干净了。

当另一位男同学进门时，正看见周水生弯着腰、撅着屁股、用力地擦地。男同学愣愣地瞪着他，带着十万分的好奇，一边对着小便器释放，一边继续斜眼瞥他。

擦干净地板，周水生确定"没有给老百姓的家里带来一点损失"，才开始脱下身上的湿衣服。而见他突然脱了个干干净净，露出一身"肋骨条儿"，边上正在解手的那位男同学，惊讶到瞳孔地震，赶忙非礼勿视地将眼睛转回去、开始"面壁思过"了。

周水生没有察觉旁人的异样，只是自顾自地穿衣服穿裤子。不过，他不习惯运动卫衣连在后领上的帽子，努力几次都没能正确地把脑袋伸出来，几次尝试搞得他头都晕了——他不得不求助旁人，他脱下卫衣、打了个赤膊，左右张望了一下，锁定了还在解手的男同学，走了过去：

"那个，同志……"

他的话还没说完，男同学就跳将起来，赶紧把裤子拉链扯好，狠狠地瞪了他一眼："你他妈别瞎说！谁是同志？"

对方明显的敌意，让周水生愣住了。从公园到校园，这一路上被陆芸芸领来，他见到的人，几乎都是和善的。可对方一脸被错怪似的表情，还直接爆了粗口，为什么？他说错什么了吗？

"同志，我……"周水生想仔细询问，可这一句"同志"刚出口，对方就像是踩了雷一样，戳中了对方的爆点。男生恶狠狠地啐了他一声：

"滚！"

再然后，男同学便头也不回地走了出去，完全不掩饰对周水生的嫌弃和恼怒。

周水生茫然，愣了一会儿才继续尝试卫衣的一百种穿法。好不容易折腾好衣服裤子，他看着那双雪白干净的、毛茸茸的拖鞋，又看了看自己泥滚滚的脚丫子，顿时犯了难。

他走到洗脸台前，想要寻找冲水的方法。没想到手刚伸过去，水"哗"的一声自己飞出来了，吓了他一大跳。他倒退一步，水又停了。

周水生是土，但不是笨，他稍微琢磨了一会儿，便大概猜出了规律，于是又试探性地慢慢将手挪了过去——水出来了，还是热的！

凭空出水，已经让周水生够震惊的了，万万没想到这喷出来的水，还是暖乎乎的！周水生惊讶地瞪大了眼，赶忙接了水，擦脸洗脚，把自己一顿收拾，搞得干干净净了，才敢踩进那双毛茸茸的拖鞋里。

紧接着，他又把换下来的湿衣服放进了塑料袋里，还把草鞋里里外外地冲了冲——也就是没找到刷子，不然他能直接把鞋顺手给刷干净喽。

周水生在里面搞内务，会自动喷的温水让他兴奋地连小曲都哼了起来。而陆芸芸守在门外等得不耐烦，一看手机，这人都进去十五分钟了。她只好隔着厕所大门，冲里面喊："你好了没啊？快出来！"

周水生这才甩了甩鞋子上的水，抱着塑料袋出门。他这变了装后一亮相，简直让陆芸芸眼前一亮——

胸前绘着地球的运动卫衣，刚刚好地罩在他身上，搭配着白色的运动裤，白色毛绒拖鞋，这装扮瞬间让他"乖"了不少，感觉就像是邻家弟弟。

"不错！"陆芸芸暗暗为自己的眼光叫好，顺手给对方理了理兜帽。她这"动手动脚"的动作，又让周水生严肃地喝止："陆芸芸同志，请注意……"

这一喊，他突然想到了刚才的事儿，忙开口询问："对了，为什么我刚喊那位同志，他却冲我发了一顿火啊？"

"呃……"陆芸芸刚在门口，大概也听了个七七八八，她思考了一下，要用什么语言去描述，在八十年后的现代社会，"同志"这个词儿已经衍生出了新的意思：

"怎么说呢，现在的'同志'，已经不是你们新四军'战友'的这种说法了……"

"不一定是新四军的战士，"周水生纠正道，"只要是投身革命的同志，都是我们的好同志！"

陆芸芸更纠结了，眉头皱起："问题是现在这'同志'的意思，跟革命已经不沾边儿了。'同志'指的是男孩子喜欢男孩子，所以他刚刚才那么生气——你吓到他了，他以为你跟他示爱呢。"

"啊?！"周水生瞠目结舌，脑子都有点转不太动了。他万万没想到，经过八十年，"同志"这词儿竟然是这个意思，这太挑战他的认知了：

"为什么？"

"谁知道呢，"陆芸芸摊了摊手，无奈地道，"反正从我生下来的时候，'同志'就不是个寻常词儿了，就等于gay……至于这是怎么演变的，我没研究过，也没看过什么相关的论文。"

"……"周水生沉默了几秒钟，摇了摇头，"我不理解，'同志'是多亲切的称呼啊，怎么就能变了味儿了呢？"

出生于2000年的陆芸芸，对"同志"这个说法是毫无亲切感的。一提到"同志"这个词语，包括陆芸芸在内的很多"00后"要不觉得"土"，要不觉得"可笑"，要不就是觉得小众、非正常的性取向。

面对周水生的疑问，陆芸芸只能无奈地耸了耸肩。她是学汉语国际教育的，对汉语言还稍微有那么一点点研究，但他的这个问题，她却从来没有想到过，更别提研究了。

"啊，说起来，还有一个词的语义也有蛮大的变化，"陆芸芸突然想到了什么，"我们在课堂上，倒是有讨论过它的污名化问题。"

"什么词儿？"

"妇女。"

陆芸芸说出的这两个字，让周水生困惑不解："'妇女'就是'妇女'啊，这还能有什么变化？"

"这么说吧，下个月不就是三八妇女节了吗，但之前好多年里，我们都不叫'三八节'或者'妇女节'的，都叫'女神节''女生节'——啊，说到这个，你们那时候根本没'妇女节'这个节日吧？"

陆芸芸突然意识到，三八妇女节是新中国成立后设立的第一批法定节日，周水生那时候还没解放呢，说这个，他肯定也不懂嘛。

"不是啊，"没想到周水生摇了摇头，又正色道，"在我们那儿也有这个节的。我知道最早在1924年3月8日，我们党在广州举办了支持男女平等、妇女节纪念活动——啊，说起来，就几个月前，3月9号吧我记得，延安的《解放日报》上，丁玲同志还发表了一篇文章，说了三八节和妇女问题。后来没多久之后，《新华日报》也转载了。"

"等等、等等，"陆芸芸突然觉得信息量有点儿大，她处理不过来了，"你说的几个月前，是指1942年的几个月前？"

"当然。"周水生不假思索。

"所以你们1942年就在谈妇女问题了？而且你们还有报纸刊文，专门讨论这个？你不是在打仗吗？你怎么知道的？"

这一次，换成了她，变作那个没见过世面、仿佛刚进大观园的刘姥姥了。看她那大惊小怪、连声发问的模样，周水生笑了：

"是，我们在打仗，但我们有抗日根据地，就是要从各方面提升我们战士的思想水平和作战能力。在我们根据地，定期都会组织学习，学毛泽东同志的《论持久战》与《论新阶段》，了解最新的对敌形势、作战方针。我们还有报纸，延安的《解放日报》，在南京发行的中共党报《新华日报》，我们新四军还有自己办的《抗敌报》、第四师的《拂晓报》……哦，就在五月份，在苏北阜宁，我们刚办了《新华报》，是新四军军部的机关报，战士们都抢着看，有的同志不识字，我们就读给他们听。"

"这和我想的不一样啊，"陆芸芸皱眉道，"我以为你们抗战都好穷好惨的，战士都没什么文化，听说都是农民，好多都是文盲。"

"这没错，我们大多数同志都是农民，我们家也是务农的，"周水生笑了笑，介绍道，"但我们一边战斗，也要一边学习。我们的根据地开了文化课，国文为主，算数次之，我们也有不少留过洋、有文化的同志，给我们上中国史地和自然常识课。"

听了这句，陆芸芸有点哭笑不得："你们一边打仗还得一边补文化课，这也太惨了吧？"

"这有什么惨的？"周水生疑惑，"学习是好事啊。指导员反复对我们强调，我们谈战斗，不但要谈武装力量，更要从思想上武装自己，追求进步，增强党性，提高我们的马列主义理论水平，不然就不知道为什么而战，怎么去战。我们战士自己得先搞明白了，与谁斗争，怎么斗争，才能联系人民，发动民众热情，一起把日本鬼子打出中国！"

说到最后，周水生握紧了拳头。他那坚定的眼神、信心满满的模样，让陆芸芸若有所思。

她其实蛮想吐槽的，甚至觉得"槽多无口"。她觉得周水生这套说辞，有点像是思想政治教育课，那一个又一个的政治词语，什么"斗争"啊，什么"进步"的，感觉又过时又教条，让她觉得这群战士思想太单纯，简直是被洗脑了。

但另一方面，她又隐隐约约地觉得有些不对劲儿：又是谁、做了些什么，让他们觉得"同志"是一个不正面的词汇？又是谁让他们"00后"认为，"斗争"与"进步"这两个词语，是过时又教条的呢？

这么一琢磨，她就觉得有些混乱了，不由得微微蹙眉。她的表情变化落入周水生眼中，他以为她是不太明白，于是笑着略过：

"抱歉，我刚才扯远了。你继续说，'妇女'怎么了？"

陆芸芸甩了甩头，决定将那些想不明白的问题暂且抛之于脑后。她回到了之前的话题上，继续说下去：

"就之前蛮长一段时间里，大家都觉得'三八'和'妇女'是个贬义词，所以骂人的时候都会骂'臭三八''老妇女'……"

"这太过分了！"这下子，换成周水生皱眉了，"指导员曾说过，妇女解放了，社会才能真正解放！不过，指导员说这好像是列宁说的……反正，妇女占人口半数，只有把广大妇女都发动起来，我们才算是广泛发动起了群众……什么人说'臭三八''老妇女'？怎么能这么贬低我们的女同胞，贬低我们广大的女同志呢！"

听他接连搬出了指导员、列宁，还说什么"发动群众""解放妇女"，陆芸芸觉得又怪异，但又有点感动。她分辨不清这种复杂的感觉，只能陈述自己的认识：

"反正这几年好多了。我们女孩子渐渐意识到，不应该由消费主义洗脑，把自己定位为'女神'和'女生'——我们本来就是女的，法律规定十四岁以上都是妇女，我们为什么不愿意被称呼为'三八'和'妇女'？这表示'妇女'这个词儿被人刻意污名化了。"

周水生挠了挠下巴，不懂就问："那个，陆芸芸同志，你说的'污名化'我理解，但……什么叫'消费主义'啊？这又是个什么主义？"

陆芸芸一愣，不知道从何说起。在周水生生活的八十年前，吃饱穿暖都是做梦，哪儿还有什么能力消费？这解释起来可就太复杂了。

"哎呀，这个跟你说了你也不懂，改天我给你找本书看吧。"

说着，她抓起手机看了眼时间，这都晚上十点多了。再过一会儿，图书馆、宿舍楼、教学楼都要锁门关闭。陆芸芸转了转眼珠子，提议道：

"我先给你找个地方过夜。"

"不必这么麻烦，"周水生笑道，"我在路边打个地铺就行。我刚看了，这一路上都很平坦，灯还照得人暖烘烘的呢。"

他的随意，却让陆芸芸心里闷闷的：这新四军战士，平日过的都是什么日子呀！虽说有根据地，还上课还学习，但也是真的艰苦。睡地上那是家常便饭，就着路灯的那点暖意，他还觉得是如获至宝了……

"我有办法，"陆芸芸压低声音，神秘兮兮地说，"教学楼里有教师休息室，里面有沙发，你完全可以在那儿过夜。只要不被楼管大爷查到就行。"

明月在天，夜幕沉沉。

走出图书馆的两人，先是又回了趟女生宿舍楼下。陆芸芸上去扛了条毯子，然后又带着周水生，摸向熄了灯、锁了门的教学楼。

楼管大爷本已巡查多遍，确认清场，可他哪里会想到，有个"内贼"带着个穿越而来的"外人"，摸到了大楼外侧的花坛里，两人借着树影的掩护，悄悄摸摸地顺着墙角往里走，来到了一扇窗下。

"我们在这教室上过课，这窗锁不紧。"

陆芸芸得意地介绍道，为了证明自己所言非虚，她抬手摸上窗口，向侧边轻轻一推——真就给她推开了。

"我说得没错吧。"她给了他一个得意的小眼神。

别看周水生身板不壮实，但长期的战地生活，让他对摸爬滚打相当在行。他双手扒上窗台，微一用力就撑了上去，动作顺畅得像是只猴子，前后用时不过两秒，就顺利地摸进了教室里。

陆芸芸抬起手，做了个"拉我"的动作。周水生赶忙将她拽上来。两个人摸进黑黢黢的教室，陆芸芸用手机开了电筒，集束的光芒划破黑暗，引来周水生的惊叹："这什么玩意儿，还能发光？"

最简单的功能，却被他当成是什么高科技发明，陆芸芸简直无语：这时差只有八十年，又不是八个世纪，至于这么大惊小怪吗？

幽暗而静谧的教学楼里，只有风吹过走廊的声音。带有战斗意识的周水生，两手成拳做战斗姿态，走在前方开道，却被陆芸芸一把拉住了卫衣兜帽：

"小心，摄像头。"

"啥头？"周水生有听没懂。

这又是一个解释不了的技术。陆芸芸再次无语，她换了个说法："反正你跟着我走，尽量避开监控。"

尽量贴着墙根，走在视线盲区里，陆芸芸按电视剧里学来的那些套路行事，自以为具有一定的反侦查意识。其实，她的一举一动都被拍了个明明白白，高清摄像头厉害着呢。不过，由于还没正式开学，教学楼未投入使用，所以监控室根本没开，给了他们俩浑水摸鱼的机会。

花了几分钟的时间，两人终于来到了教师休息室。这本是提供给教授和讲师们在课间小憩的地方，因此配备了沙发、茶桌等简单的家具。陆芸芸把毯子往沙发上一铺，又把刚从宿舍带下来的保温杯递给周水生：

"好了，你就先在这儿凑合一下。明天六点钟我来喊你，不然会被楼管大爷逮住的。"

被安排得明明白白的周水生，坐在软绵绵的沙发上，嘴巴不自觉地咧了开去，简直乐开了花。虽说是战士，还是个小班长，但他毕竟是个只有十七岁的青少年，第一次坐在这软绵绵、Q弹弹的沙发上，新奇感让他忍不住蹦了几下，任由屁股在软垫上弹跳，感受这前所未有的新鲜体验。

"对了，这个给你，"陆芸芸掏出刚带下来的iPad，现场操作，展示给对方看，"你用这个可以看书，也可以看视频。这个很好操作的，手指像这样划拉一下就行。"

她演示了一下滑屏，继续说："……刚你不是好多问题吗，我给你调成中国大学 MOOC 了，可以直接点他们的网课，补下历史课，你就知道这八十年发生什么了。"

她随手点开一段视频，那是南京大学的精品课程。当历史系教授在屏幕上出现的那一刻，周水生发出一声惊呼：

"里面有个人！"

他实在是太震惊，这一声吼在暗夜的教学楼里显得太突兀了，简直徘徊不散，吓得陆芸芸赶忙伸手捂他的嘴："闭嘴，你生怕楼管大爷不知道啊！"

不能怪周水生太惊讶，对于只在县城见过一次电灯的他来说，这么一张薄薄的板子，不光能发光、能出声，竟然还有人影，简直已经不是高科技，而是一种超能力了。

他双目圆瞪、指着平板一副见了鬼的模样，而平板的白光倒映在了他的下巴那儿，这场面怎么看怎么诡异，又透着点儿喜感。陆芸芸哭笑不得，只好拿拳头捶他的肩：

"你别大惊小怪的，等你补补课，就都明白啦——喏，还有这个，揣怀里。"

她拿出个粉色猫爪造型的暖手宝，塞给周水生。在她带着警告意味的目光下，周水生不敢出声，只能震惊地接过那个绵绵软软的、能发热的小东西。

一点儿暖意被攥在掌中，在这冬夜里，顺着指尖，似乎是流淌到了心底。周水生收起对这神奇世界的好奇与惊叹，转而抬起头望向对方：

"陆芸芸同志，谢谢你。"

他真诚地道谢，在这沉寂暗夜当中，显得格外有力。

可陆芸芸知道，不是这样的。该道谢的不是他，而是自己。

瞬间，那些被压抑在心底深处的愧疚，那些被隐藏在深海的自我厌弃，又浮上了心海的冰面。陆芸芸垂下头，陷入了沉默。

就着电子屏幕些微的光，周水生观察着她的表情。她蹙起的眉头掩饰不住悲伤，她紧抿的唇角显示出刻意的隐忍。

周水生只有十七岁，但他见过太多的悲伤和愤怒，他亲历过死亡，看过人间的苦难，他看过有人哭天抢地、质疑天地不公，他也见过有人沉默不语、却无声地椎心泣血。

就像他的母亲。

当母亲带着十三岁的他回到家乡，看见那被烈火焚烧的残骸时，她没有号啕哭泣。在休克昏厥后缓缓醒来，睁开眼睛后的她也没有放声痛哭，只是直勾勾地盯着前方，目光深邃却又空洞。

很久之后，周水生踏上战场，当他带领战士们收殓战友的骨骸时，他才真正体会和理解了母亲那时的眼神。

哀莫大于心死，极致的苦楚往往被刻意压制，是发不出声的。

如今，他竟在一个出生于幸福年代、有吃有喝有学上的年轻女孩身上，看到了相似的隐忍。

"陆芸芸同志，"他再次呼唤她，声音低沉了几分，"你……"

他停顿了一秒，似乎在斟酌用词，但最终，他还是选择了最直接的表达：

"……你救下我，不是一种偶然。你是要投湖的，对吗？"

陆芸芸猛地抬起头，震惊地望向他。

周水生的见识虽少，人虽然土，但脑子很灵活。在战场上观察细致入微的他，怎么会看不出这种种可疑之处？就算他是穿越而来，也不是从天上掉进水里的，并没有扑腾或挣扎——如果是从湖边路过的普通行人，根本不会看见冰面下的他。

陆芸芸的沉默，俨然是一种回答。周水生深吸了一口气，沉声询问："你为什么要这么做？可以告诉我吗？"

"……"

陆芸芸不语，可对方的询问，已经在她心间激起了波澜。

五年前，从弟弟死去的那一刻，她就将自己的心冰封了起来。可此时，周水生的出现，像是一道光，在寒冰上映照出一道小小的缝隙。

一句问话，一点暖意，随着细小的裂痕，慢慢地游走，渐渐让裂痕不断扩大，让冰面轻轻碎裂……

或许是夜晚太深邃，或许是月华太清冽，待那起伏的心潮慢慢淡去，第一次，陆芸芸产生了倾诉的冲动——向眼前不属于这个时代的人诉说，就像是说给那个早已逝去的暗影：

"我弟弟死了……是我害死的……"

第五章　对不起，其实我爱你

对于弟弟的出生，陆芸芸起初是抗拒的。

随着国家生育政策的放开，父母起了"要个弟弟"的念头，而那时，陆芸芸已经十岁了。

十岁，是个挺尴尬的年纪。小学五年级的她，已经有了充分的自我意识，自以为懂得了人间的道理，懂得了维护自己的权利——在年幼的她的脑海里，"维权"是必要的，未成年人理应受到保护，谁也不能虐待儿童，谁也别想动她的蛋糕。

可是偏偏，那个分蛋糕的人，就这么出现了。

她记得很清楚，那是 2010 年 10 月的国庆节，享受假期的同学们在 QQ 群里热聊：由于嫦娥二号卫星发射成功，有同学提议要去紫金山天文台参观，大家商量着是一起去，还是各自跟着爹妈去——陆芸芸正跟大伙儿聊得热火朝天，突然，她的房门被敲响了。

咚咚，轻声两下。紧接着，爸爸和妈妈打开了房门，走进了她的小天地。

陆芸芸刚想向父母说起去天文台的事情，却看见爸爸扶着妈妈的腰，而妈妈轻轻地拍了拍肚皮，微笑着告诉她：

"芸芸，爸爸妈妈有个事情跟你商量一下。给你添个弟弟，好不好？"

她年纪虽小，但是很聪明。她在爸爸妈妈的脸上，看见了此前未曾见过的幸福笑容。这笑容太过灿烂，灿烂到有一种违和的陌生感。她愣了愣，怔怔地看着妈妈低下头，用右手温柔地摩挲着小腹。爸爸站在妈妈身侧，笑容之中带了些自豪的意味。

这一刻，小小的她，突然意识到：这不是商量，只是单方面的通知罢了。

先是惊讶。在短短半分钟的不知所措后，女孩感觉到了愤怒。

口口声声说是"商量"，但实际上却从来没有问过她的意见，还偏偏要装出一副"我们跟你商量"的态度。小小的陆芸芸觉得，自己是被愚弄了。

不但是愚弄，而且是一种背叛，来自父母的背叛。

连呼吸都开始急促，女孩的胸腔剧烈地起伏起来。她瞪大圆圆的眼睛，大声质问自己的父母：

"我在这个家里，究竟有没有发言权？"

她带着怒气的质问，显然让父母不悦。尤其是爸爸，那原本灿烂又自豪的笑容，换成了皱起眉头的反感模样："芸芸，你怎么跟爸爸妈妈说话呢？"

"我说错了吗？"她昂起脖子，狠狠地将手里翻了一半的书本，重重地砸在桌面上，"要生弟弟的事儿，你们根本没有问过我的意见！"

"芸芸，"妈妈用带着哄骗的语气说道，"我们现在不是问你了嘛，对不对？我们就是在跟你商量呀。"

这糊弄的态度，让陆芸芸更加生气了，她挺直腰板，大声宣布：

"那我的答案是——不要！我根本不想要弟弟！"

妈妈尴尬无语，爸爸的脸色则彻底黑了下来。

"我不许你们生二胎！"

她大声地强调自己的观点，但又有什么用呢？

她什么也无法改变。

她无法改变妈妈逐渐变得小心翼翼的动作，无法改变爸爸妈妈出入妇产医院检查且日益频繁的安排，也无法改变父母对她日渐减少的关注。

对小小的她而言，唯一的反对方式，就是把妈妈从医院开回来的叶酸补剂，全部倒进马桶狠狠地冲掉。而引发的后果则是那个从未对她说过重话的、温柔的妈妈，一边哭泣着，一边扬起了巴掌……

那时候的陆芸芸，不会懂得孕妇百转千折的情绪变化，也无法处理即将更新的家庭关系。所有的不满，都聚集在妈妈的肚皮上，聚集在那个未出生的弟弟身上。

日子就这样一天天滑过。寒假刚过，天还冷着，2011 年的 3 月，在仅仅 5 个多月之后，弟弟就降生了。

弟弟的名字跟她很像——陆芸芸，陆笙笙。

医院里，妈妈喜极而泣，爸爸笑容满面，只有陆芸芸皱着小小软软的眉头，一张小脸上写满了反对和愤慨。

满腔郁闷无处发泄的陆芸芸，在学校里变得暴躁易怒。她犯了错，老师不忍责罚。可这份特别的关照，却让她感到了别样的委屈：班主任都能体谅她的心情，为什么本该对她最亲的爸爸妈妈，却不能体谅呢？

委屈，郁闷，恼怒。当陆芸芸忍不住向自己的好朋友倾诉之后，得来的，是对方笃定的判断：

"你爸妈就是重男轻女！他们肯定早就计划好了，想要个男孩子，所以一直故意瞒着你！"

小学生成熟又轻率的发言，与陆芸芸埋藏在心中的设想不谋而合。而接下来，父母对弟弟的关心与溺爱，更是让她觉得，自己成了家里的透明人。

不再受重视，不再受呵护，她只是一个可有可无的……透明人。

小学六年级毕业典礼，对于陆芸芸短短小小的人生而言，具有特别的仪式感，也预示着新阶段的开始。可是，爸爸妈妈缺席了。因为弟弟发烧。

上了初中，分了新班级，全班第一次家长会，是姥姥去参加的。因为弟弟拉肚子，爸爸妈妈急着带他去儿童医院。

初一的学生运动会，她的运动能力得到了体育老师的认可，因而被安排在接力赛的最后一棒。可当她奋力一搏、拼尽全力冲线之后，左右张望，却只看见别人家的家长举起手机录视频拍照，而自己的爹妈却无踪无影。

……

随着时间的推移，不满在心中一点点积聚。她拒绝去照料那个只会哭闹的小娃娃，拒绝去关注他的一切——反正只要弟弟一哭，爸爸妈妈就会奔去照应他，与她又有什么关系？

弟弟笙笙降生后的头三年，对于那个只知道哭闹、动不动就生病的磨人精，陆芸芸没有半分的好感。虽然爸妈会苦口婆心地对她说"那是你的亲弟弟，你是做姐姐的，要照应弟弟"，可是对于她来说，那个讨厌的小家伙，是家中突然出现的陌生人，是一个会抢走父母关注的竞争者。

时光飞逝，弟弟三岁多了，她也进入初二，步入了传说中的
"中二"期，正到了想法最疯狂、最叛逆、也最"世人皆醉我独
醒"的时候。

哪怕弟弟已经会跟在她的身后，一边跑一边萌萌地呼唤她"姐
姐"，她也只是冷淡地回应一声：

"哼！"

但在冷冷地"哼"过之后，看见弟弟笑得嘴角歪歪、口水都
拖到了围兜上，看见他跟跟跄跄地跑过来、左脚踩右脚地摔向地
面，她却总会快速上前将他抱住，阻止他的脑门和地板来个亲密
接触。

再然后，她会轻轻地将他抱回婴儿椅上，再甩去一个白眼，
丢下一句嫌弃的："哼，真麻烦。"

维持这种嫌弃的形象和姿态，成了陆芸芸敏感又独特的抗争
方式。

吃饭的时候，她的余光会不由自主地瞥向弟弟，看见他挥舞
着勺子、吃得满嘴都是米粒，她总是甩去嫌弃的白眼，狠狠地数
落："哼，没规矩，丑死了。"

在屋里看书的时候，她会时不时地竖起耳朵，倾听那个在外
面房间里玩闹的臭小子，究竟是哭了是笑了还是饿着了。听不见
声响，她会从门缝里偷偷去看，担心他会出了什么状况。而一旦
听见了什么声响，她就会狠狠地将书本摔在桌上，冲门外大喊：
"哼，吵死了！烦人精！"

嫌弃，是她叛逆的表达。她几乎从不喊他"弟弟"，也不喊他
"笙笙"，就只有一声"喂"，一声"哼"。

不过，人总是要长大的，芸芸与笙笙的关系，渐渐有了好转。

或许是因为她度过了说长不长、说短不短的"中二"期，再

也不会看什么都不爽、看什么都置气了。

或许是因为他，那个臭小子长大了一点儿，变得可爱了一些，他总是拖着嗓子，用软软糯糯的声音喊"姐姐"，让她气不起来了。

然而，就在时间流逝，姐弟的情感渐渐有所缓和的时候，上高三的陆芸芸，无意之中在父母的抽屉里看见了一份病历。

那是一份 B 超报告，时间是 2009 年。孕期十六周的彩超上，有一个小小的胚胎，被判定为女婴。

陆芸芸突然觉得，房间里的空气都冷了下来。

她当然没有妹妹。她只有一个在彩超报告所示时间的两年后，才得以出生的弟弟。

这一刻，她的脑海里，突然响起了小学五年级时，好朋友愤慨的指责——你爸妈就是重男轻女！他们故意瞒着你！

呵呵，果然……处心积虑，蓄谋已久。

此时，已经十七岁的陆芸芸，在心中发出了冷笑。质疑的种子长成了一簇荆棘，生在了她的心脏上——那些尖锐的刺针，扎得她不得安宁。

自此之后，她看向父母、看向弟弟的眼神，再也无法清澈，再也无法亲密。

她不再是当初十岁的孩子，不会再大声嚷嚷出自己的愤怒，不会再气愤地摆出自己的观念，她只是沉默着，沉默而又蔑视地望向自己的家人。

内心深处的那一根刺，始终折磨着她。每当家人向她示好，她都只能莫名地张牙舞爪地抗拒，仿佛那根刺从她的身体里扎了出来，变成了一副铸满了利刺的盔甲，不让任何人靠近。

不明原因的父母，却只当她即将参加高考，压力太大罢了。

不久之后，2017 年的 12 月，陆芸芸还有六个月就要高考，就在她试图忘却一切、疯狂读书备考的时候，老家传来一个噩耗——她的姥姥，那个在她被弟弟分去了父母关注的日子里，唯一会陪她去参加家长会的姥姥，过世了。

姥姥走得太急，妈妈匆忙赶回老家，去处理后事。为了照顾两个孩子，爸爸则留在了家里。然而，就在妈妈离开的第二天，爸爸的单位遇到紧急状况，必须加班，他只好打电话通知陆芸芸去接弟弟："芸芸，你是姐姐，照顾弟弟是你的责任。下课去接弟弟回家，这么点儿小事情，你能做好吧？"

爸爸的电话，只换来芸芸无声的冷笑。

脸上表现得不情不愿，但是陆芸芸刚一下课，就立刻赶去了小学，接上了二年级的弟弟。

那一天的傍晚，弟弟笙笙被她牵着，走在路上"吧嗒、吧嗒"地掉泪，说是想姥姥了。为了转移他的注意力，陆芸芸还专门带他去买了麦当劳的汉堡……

可那场事故，偏偏就发生在买完汉堡回家的路上。为了走捷径，她带他穿过一个市民公园。走到半途，同学来了个电话，问她一道题的解法。等陆芸芸花了七八分钟将解题思路说清楚之后，一扭头，本该走在她身旁的弟弟笙笙却没了踪影。

她又急又气，发声大喊，四处搜寻这个磨人精。当许久也不见弟弟的回应和身影后，那些恼怒与气愤，便统统变成了恐惧。

无限的恐惧。

陆芸芸在公园里来来回回地跑，她疯狂地寻找着，撕扯着嗓子呐喊，不停地呼唤弟弟的名字。

最终，她在湖边的草坪上，看见了弟弟的小书包。

此时，她的感受已不是简单的"恐惧"两个字能够形容的了，像是黑暗深渊中窜出一只猛兽，张开血盆大口，将她咬在了利齿之间。

她花了很长的时间，耗费了全身的力气，才颤抖着走到湖边，慢慢地探出头，向水面下望去——

残阳似血，映在湖面上，水波漾动，皆是凄绝的红。

在那丝丝缕缕的红线之下，睡着一个小小的、软软的影子。

陆芸芸已经不记得，自己是怎么把笙笙抱上来的了。长久以来的嫌弃、厌恶、愤怒、不满，还有许许多多的感情，让她从来没有好好抱过自己的弟弟。可是在那一刻，她的双臂狠狠地钳住了他，她将他锁得那么紧、那么深，仿佛只要她抱得足够紧，她贴得足够近，就能阻止他的离开。

可是，她不能。

不再是"喂"也不再是"哼"，她一遍又一遍地呼唤他的名字，呼唤那个与自己相近的姓名，却唤不回他一丝一缕的呼吸。

日落，月升。

血色化为凄冷的银霜，映在她跪倒在地的背影上。

从悲鸣到呜咽，渐渐发不出声音的她，只剩下喉头艰难的吸气声，被冷风卷了，吹散在天地之间。

之后的很多事情，陆芸芸已经不太记得了。仿佛那头罪恶的巨兽吞噬了她的记忆，蚕食了她的感情，而只剩下一些短暂而灰暗的片段。

殡仪馆里挂着弟弟的遗像，小男孩软糯可爱的面庞上，笑容是如此灿烂阳光，却永远地定格于黑白二色。

父亲扬起的巴掌、母亲撕心裂肺的哭泣，都在质问着她：

你！究竟是不是故意的？！

这个问题，在后来的许多年里，她也不止一次地问过自己。

她是讨厌他的存在，她也时常直白地显示出这份厌恶，以至于有些人甚至会恶意地认为：这可能不是一个意外。

有时候，她自己都会感到错乱，默默在心底质疑自己：你是不是故意放任，你是不是刻意忽视，你是不是预见到了这个结果……

一遍又一遍的质问，一遍又一遍的自我折磨，直到自我审判，自我放逐，自我处刑——自己是有罪的，自己毫无人性，自己不配活在这个世界上……

这不是她第一次自毁。高考前，她也曾经尝试过，却被同学救下了。她复读了一年，才考上大学。然后，她开始拼命地读书，拼命地"卷"，她拼了命地考研考证，既是一种对逝去时间的补偿，也是一种自我麻痹。

读书读到脑子一团糨糊，读到再也塞不进去了，便会产生麻痹感。只有那个时候，她才能感到一丝平静，才不会想到自己的罪孽。也只有那个时候，她才会觉得，自己没有那么在意他，不在意那个弱小的、跟在她身后的影子……

对，她从来就不喜欢他！管他是生是死，她根本不在意的！

时间于无声中流逝，这些年来，她总是这么告诉自己，试图以此忘却他的存在，忘却自己对他的情感。

可是，就在几个小时之前，在那个霜华盈满的月圆之夜，在那冰冷的湖水之中，当她的意识逐渐迷离，当她看见水中少年的身影，那一刻，她再也无法欺骗自己……

她其实好想对他说，对她最可爱的笙笙弟弟说：

"对不起。"

"其实，我爱你。"

第六章　犯不着，也想不通

从来没有向他人剖析过的心情，却不由自主地在这个人面前倾诉。陆芸芸抽抽搭搭地将弟弟陆笙笙的事情说了，那一句"是我害死了他"，在幽暗而静谧的房间中回荡，像是一记重拳，一遍又一遍地捶击着她的心脏。

然而，就在她沉溺于过往的悲恸回忆之中无法自拔之时，有人伸出手，将她拉了出来——

"陆芸芸同志。"

那是一个清朗而有力的声音，周水生缓声呼唤她的姓名，右手轻轻拍向她的背部，坚定地陈述道：

"你弟弟的死，是一个意外，那不是你的过错。"

她抬起双眼，映着水亮亮的月光，锁定了那个五官青涩却带着成熟气质的青少年。

这么多年来，从来没有人对她说过这句话。

父母虽然走出了伤痛，也不再责怪她，但陆芸芸清楚地知道，在他们的内心深处，还是怨着她的——他们，还有她，这剩下的一家三口，从来没有释然，也永远不会释然。

而在这一刻，周水生坚定的陈述，像是给身陷泥沼的她丢来了一根救命的绳索，将她从那牵拖着她、残噬着她的泥泞中，一点一点拉了出来。

　　他的话语，并不是一种无力绵软的安慰，而是基于事实的重击，是基于相同遭遇的共情：

　　"……我也有弟弟妹妹，他们都被日本鬼子烧死了。所以，我能体会你失去亲人的痛苦。"

　　全家没了——这个信息周水生曾经说过，但当时他们刚刚相遇，陆芸芸还不知道他是穿越而来的，只以为他是戏精上身而乱编的说辞。

　　可此时此刻，听到这一句话，得知那都是事实的陆芸芸，心疼得倒吸一口凉气：

　　"对不起……我……"

　　她说不下去了，她不知道该如何劝慰。她知道，在这句轻描淡写的叙述背后，是怎么样的恨火滔天、血海深仇。

　　她的苦痛，与周水生相比，简直温和了太多太多。

　　只听周水生继续说下去："……不只是我，我的战友们大多数也都经历过这种事。几乎家家户户都不止一个孩子，也都有兄弟姐妹死亡的。"

　　陆芸芸瞪大眼，她简直无法想象，只能震惊地听下去：

　　"……在我们那里，孩子夭亡是一件很普遍的事情，主要是吃不饱，一点小毛病就走了。尤其是三八年之后，蒋介石炸了花园口，黄泛区连年灾荒，穷人吃土的到处都是，实在过不下去了，甚至有人换小孩来吃……"

　　陆芸芸打了个寒战，"易子而食"的典故她当然知道，但此时被周水生这么平静地叙述出来，简直冲破了她的三观和道德底线。

"……所以，"他望向她，闪烁的眼神亮晶晶的，有种说不清道不明的复杂意味，"我能体会你的悲伤，我与你一样难受，但在难受之外，我又觉得有一点……开心。"

"怎么就开心了？"陆芸芸简直惊了，音色都尖厉起来。

周水生赶忙解释："我知道这句话说得不妥当啊，但……怎么说呢？因为有这个对比吧，我真心觉得，你们现在的娃儿，真的好幸福。即便是走了的笙笙，他这短短的一辈子，也好幸福。"

这句话，既是诚恳，也是冒犯。陆芸芸死死盯着对方，她看见了周水生带着些歉意，又带着些惆怅的表情：

"你们啊，就连你们的烦恼和悲伤，都是我们做梦都不敢想的好事……"

他的感慨，陆芸芸没太听懂。她只是忽闪着大眼睛，带着零星的敌意，狠狠地瞪着他。

看出她的不悦，周水生淡淡一笑，半是解释地陈述道："比如啊，我就没办法理解你对二胎的烦恼。我就想不通了，为什么父母生孩子，还要询问你的意见？"

"因为我是这个家庭的一分子啊，"陆芸芸激动地反驳，"家里出这么大的事，有这么大的变化，难道不用问我吗？"

她的反问，让周水生轻笑起来："你看，你觉得无法忍受的烦恼，在我看来，都有点甜蜜，甚至有点可爱——在我们那个时候，小孩子是只能听父母摆布、逆来顺受的。农村里喊小孩子是'小把戏'，娃儿别说是发言权了，其实都算不上是个人，是不被当作人的。"

"怎么能这样？小孩子也有独立的人格啊！"陆芸芸大声辩驳。

"可那个时候就是这样啊。别说是小孩，穷人也不被当人看，"

周水生无奈道，"我们那时候，饭都吃不饱，又有几个人能谈得上'独立的人格'啊？"

陆芸芸沉默了。敌意有些许退散，直到这一刻，她才多少有那么一点儿理解，为什么周水生会说出一句"连你们的烦恼和悲伤，都是我们做梦都不敢想的好事"。

"所以，陆芸芸同志，"周水生继续缓缓地叙述，"我能感受到你的悲伤，但我没法理解你的痛苦——你啊，犯不着，真的不必要去寻死觅活，日子还长着呢。"

他那淡定的语气虽说是劝慰，却挑起了陆芸芸的逆反与不忿：她不是想跟他比惨，她承认八十年前的中国很惨很黑暗，周水生他们很凄苦，但八十年后的他们，也同样承受着"生命中不能承受之痛"啊！

"你不懂！你不了解我们现在的压力！我、我会跳下河，不仅仅是因为笙笙的事情，还有考研失败，还有毕业论文！"

她大声反驳，她想让他理解，自己是实在忍受不下去，才走上绝路的！她想证明，她的遭遇不是他可以轻描淡写地讲述的矫情之举！

周水生有听没懂，疑惑地问："什么是'考研失败'？什么是'毕业论文'？"

你看你看，他什么都不懂，又怎么会理解现代人的这些压力？陆芸芸深吸一口气，快速地讲述了考研和毕业论文的机制，末了还添上了一句：

"所以我们这代年轻人也很难的。就业压力这么大，没有高学历，根本找不到好工作！"

可她的辩解，却让周水生更加困惑了："什么是'好工作'？"

陆芸芸不假思索地回答："稳定有保障，有社会地位，钱多事少离家近。"

周水生笑了:"那'差工作'就是钱少事多、没什么保障和社会地位喽?"

"对啊。"陆芸芸答得理所当然。

周水生轻轻地咧开嘴角,他的笑容带着些戏谑,也带着些包容:

"陆芸芸同志,我实在搞不懂,都说'生死之外无大事'——你连死都不怕,为什么会怕成为一个普通的劳动人民呢?"

"……"

陆芸芸瞠目结舌,瞬间噎住了。

他的一句话,将她彻彻底底地问蒙了。

是啊,考不上研究生,找不到好工作,就算是刷盘子洗碗去做服务员,扫马路去做环卫工,那也是一个普通的劳动人民,又有什么不可忍受的呢?

陆芸芸噎了好半晌。一时之间,在小小的休息室里,只听见他们彼此的呼吸声。

良久,无法回答而恼怒的她,只有愤愤地丢下一句"你不懂",然后匆匆地逃离了教学楼,任由周水生独自一人留在教师休息室里,抱着平板电脑持续困惑。

没错,是"逃",直到一路奔逃回宿舍,陆芸芸还是找不到任何答案或者说辞,去回应周水生的质问。

此时已经接近二十三点,女生宿舍楼即将封门上锁,室友柳心仪也已经休息了。陆芸芸憋着满肚子的气,蹑手蹑脚地洗漱收拾了半天,可直到躺在床铺上瞪着天花板发呆的时候,她还是没有答案。

有点生气。然而,躺在床上辗转反侧的她,渐渐分辨出来,那种气愤，是被拆穿真相、戳中死穴之后的恼羞成怒。

仔细想想周水生的话，她突然觉得自己很矛盾：她从来不会认为那些社会上的蓝领工人是 loser，她从来都很尊重各行各业的劳动者。那么为什么，她却无法忍受，自己成为其中的一员呢？是因为她觉得自己读了那么多的书，她觉得自己是高才生，所以理应跟他们有所区别吗？

或许有一点。可是，这不仅仅是个自我认定的问题啊，还有来自身边人异样的目光。因为父母亲人、同学朋友，甚至导师教授，都理所当然地认为，他们是大学生，理应学有所成、学有所用，理应考公考研找个好工作，过光鲜体面的生活。

可大伙儿认定的"理应"，就是对的吗？那在周水生他们那儿，好多没吃没喝的穷人还认为被压迫、被侵略就是他们的命，大伙儿还认为小孩子不算人，甚至可以拿来吃呢！

总要有人站出来，总要有人作出改变。

陆芸芸一骨碌从床铺上坐起，她翻出手机，又调出了导师在论文群里的嘱咐：

> @所有人　元宵节快乐！同学们记得开学之后，要
> 交毕业论文的初稿啊！

还有五天！

五天，拼一拼就是了！

就算拼不完、交不了，就算必须要二次答辩、延迟毕业，又能怎么样？找不到好工作，做一个普通的劳动人民就是了！

霎时间，陆芸芸的心里一片雪亮。

她没那么想死了——好像真的不至于，事情远远没有那么糟

糕，没有糟到要让她活不下去的地步。

一个激灵，陆芸芸又翻身滚下了床，她一屁股坐在了书桌旁，开始紧盯着电脑屏幕、敲起了无线键盘。

夜已深。宿舍窗外的一轮明月，圆满地挂在枝头。

明月依然在，华星望神州。它们曾照亮千百年前的边关长城，曾照亮上个世纪中的硝烟战场，也映照在眼下这个有光、有温度的新中国、新时代。

第七章 "租界"与"日本鬼子"

五点半，手机如约震动。趴在书桌上只睡了两个小时的陆芸芸瞬间惊醒，她左手揉了揉眼睛，右手捶了捶老腰，甩了甩头、清醒了半分钟，这才直起身，轻手轻脚地刷牙洗脸，然后抱起她的笔记本电脑，旋风般地冲出了宿舍。

天刚微微亮，冷风嗖嗖的，她把脖子缩起藏进毛茸茸的领口里，吸溜着被吹红的鼻头，快步走向教学楼。

左右张望一圈，确定没人路过，陆芸芸一脚踩进花坛，顺着摸到一楼教师休息室的窗户下，然后她踮起脚尖，屈起手指，轻轻叩响了玻璃。

刚敲响了一声，窗户就被打开了，周水生的脑袋探了出来。他的眼睛里全是红血丝，又顶着两个硕大的黑眼圈。这模样，显然是熬了一夜"修仙"，惊得陆芸芸脱口就问：

"你没睡觉啊？！"

"早啊，陆芸芸同志，"周水生打了个哈欠，又乖巧地点了点头，"嗯，我补了一晚上的课。"

说着，他还把平板递了出来，一脸的羞愧："同志对不起啊，看着看着它突然就坏了，这能修吗？我要怎么赔偿给你？"

"肯定没坏，是没电啦，"陆芸芸冲他勾勾手，"你快收拾东西出来，一会儿楼管大爷要开门了，别给他逮个正着。"

周水生回身把沙发桌椅全部归位，又将叠成了方方正正、豆腐块似的毯子从窗户递给陆芸芸，然后身手敏捷地跳下窗户，还反手把玻璃窗的位置给复原了。

这一套动作行云流水，看来他是研究过这窗户结构了。陆芸芸暗暗觉得好笑，扬了扬手中的平板，问他："补了啥课？看到哪里了？"

"中国近现代史。"

说到这个，周水生可就不困了，他把腰板挺得笔直，双眼锃亮的，像是两个小灯泡：

"我看到抗日战争胜利、日本鬼子签了投降书，看到解放战争、咱们队伍打过了长江，看到天安门上毛泽东同志说：'中国人民站起来了！'

"……还有土地改革、人民公社！我刚看到1964年，我们在罗布泊研究原子弹——我正等着它爆呢，这玩意儿就黑了！"

周水生闪闪发光的大眼睛，满眼都是期待："……所以，咱们的原子弹爆了吗？实验成功了吗？"

或许是东方天际刚刚升起的华光映进了他的双眼，那闪亮的期待，让陆芸芸的心都为之雀跃起来。被他满心满眼的欢喜所感染，她重重地点了点头，比起陈述，更像是一种承诺：

"爆了！我们成功了！"

"……"

周水生握紧双拳，高高地举过头顶，无声地欢呼着。

他那兴奋不已却发不出声音的模样，让陆芸芸心里又暖又酸：

她这才明白他眼里的红血丝从何而来，明白他的黑眼圈为何显得肿泡泡的。

对于这个身处于中国最艰难时刻的新四军小战士而言，那一场场的胜利，都是他们梦寐以求的期许。而他的战友当中，又有多少人倒在半途的血泊之中，没来得及看见这胜利的光。而他意想不到地看见了。一个晚上的补课，在小小屏幕的方寸之间，他度过了数十年，见证了他从前想都不敢想的、一个接一个的奇迹！

"走，"陆芸芸笑着捶他的肩，"姐带你吃早饭，吃好吃的！"

清晨的校园是静谧的。陆芸芸领着周水生，往食堂的方向走。就着初升的朝阳，他终于能看清昨晚他还没什么概念的"大学"，究竟是个什么样——

绿树，红墙。一栋一栋的教学楼，错落有致。墙壁上金色的大字，划分着不同的学术方向：文学院、文化与旅游学院、化工学院、计算机学院、建筑学院……光是这些大字的存在，就让周水生心潮澎湃：

"我们建筑学院强吗？同学们学出来，能盖这么高的楼吗？"他抬手指向五层的图书馆，满眼的期待。

其实陆芸芸特别想吐槽，她想告诉他，同学们之中流传着一个"土木人，土木魂，土木都是人上人"的笑话，想告诉他土木工程专业的学生都自称是"走在转行路上的土木狗"。但是，看着周水生眼中的惊喜和期待，她只能将吐槽全部憋回去，换了一套说辞：

"这算什么？这叫多层，连高层都不算。我们学校还有学生参加大工程，建了摩天大楼呢——亚洲最高，城市地标！"

周水生的眼睛更亮了，他一边跟着走，一边试图用他贫瘠的想象力，去想象亚洲最高的楼会是个什么模样。就在这时，他又瞥见了行政楼前的旗杆——

那一抹红，在晨风中猎猎作响。

周水生瞬间飞奔了出去。

"哎，你干吗？"陆芸芸愣住，傻傻地望着他加速跑出去的背影。

只见那个十七岁的新四军战士，一阵风似的跑过林间小道，待跑到行政楼门前时他来了个急刹车，然后立在那高耸的旗杆下，猛地抬起了右手——

"敬礼！"

他抬起头，目不转睛地望向旗杆顶端。

晨风和煦，扬起红色的旗帜——他昨天晚上在公园里看见过却还不认得的旗帜。

又不是什么升旗仪式，看他突然跑到国旗下敬礼，左右路过的同学都用一种看傻子似的目光观看着周水生的一举一动。那些目光让陆芸芸觉得又尴尬又丢脸，她赶忙走上前喊他，扯下他高举的右臂。

放下敬礼的右手，周水生转头看向她，只见他满脸的欢喜，眼里闪动着星光：

"你看！我认得国旗了，五星红旗！"

听了这句话，陆芸芸才突然会过意来：在他们学生眼中，那再熟悉不过、简直稀松平常的五星红旗，却是周水生从来没见过的。

他自 1942 年而来，彼时距离新中国的成立，还有七年的奋战。而在这七年中，又有多少新四军、八路军小战士在征途中牺牲，根本没有等到五星红旗升起的那一天……

想到这一点，再看看周水生兴奋到晶亮亮的双眼，陆芸芸只觉得心间一沉。她强压下心间满溢的酸涩，拖着这个刚刚认识国旗的大男孩快步奔向食堂。

杂粮面糊在滚烫的平面锅上飞速旋转一圈，瞬间就定了型，黄澄澄的鸡蛋铺上面皮，眨眼变得金黄。油炸得酥酥的、直掉渣的脆饼，配上腌渍的里脊、新鲜的生菜，在厨师阿姨飞动的双手下，卷成了一块热烘烘的杂粮煎饼。阿姨一刀切下，饼子一分为二，用两个塑料袋装了，人手一个。

拎着煎饼，再奔去面馆，要一碗热腾腾的小馄饨，浇上红艳艳的辣油，洒上小半段翠绿的葱花碎。当周水生用南京话"喝馄饨"的时候，辣得鼻尖都冒了汗，痛快得直吧唧嘴。

"陆芸芸同志，"他边吃边琢磨，"这多少钱？我怎么还账？"

说着，周水生掏出他所有的家当——三张印着"江淮银行"和"伍角"文字的钞票。他想了想又说："有什么力气活儿我能做的吗？我可以做工还账。"

陆芸芸知道他有原则，昨天晚上他再三强调"不能拿老百姓一针一线"，于是她拈起其中一张纸币，再用手机一拍，在线识图，把搜索结果亮给他看：

"喏，你看！你昨天说这是你们新四军华中抗日根据地发行的，对吧？民国三十一年，这算红色文物，淘宝都卖一百多块一张了，够付你饭钱了！"

她将那张揣进自己兜里，剩下两张退回去："这一张就够你吃好几天了，你就别再啰唆钱的事儿了，今天你的任务是陪我做调研！"

"调研？"周水生挑起了眉毛。

陆芸芸微微一笑："我已经决定了，从今天开始写毕业论文！

论文的选题就叫《以"同志"为例，浅析红色文化词语的本土异化与他国误解》。"

调研的第一站，是学校后街的打印店。

带着被这个新四军弟弟激发出来的灵感，陆芸芸昨天忙了一晚上，拉出了论文标题和提纲，还连夜捣鼓出了一份调查问卷。此时的她拿出 U 盘，请打印店的老板帮她打印一百份。

激光打印机开始了运作，等待的工夫，只听老板笑着评价："现在搞线下问卷的不多喽。我看他们娃儿都用线上问卷，什么问卷星之类的。"

陆芸芸点了点头："是的。不过我这个题目有点麻烦，需要留学生帮忙。搞线上问卷的话，一来不太好联系，二来还要多语种沟通，还不如直接线下找人，比较快一点。"

正说着，打印机吐出第一张问卷，老板拿出 A4 纸一看，惊叹道："呦，还是全英文的嘛。厉害厉害！你哪个专业的啊？"

陆芸芸回答了一句"汉语国际教育"，引来老板的感叹："这个专业有点难哦。现在国家搞'双减'，管控培训机构，课外教育都管得蛮严的，连英语培训都没以前好使了，你们这个专业要咋就业？会有影响不？"

不愧是大学后街的小老板，谈笑之间都是要命的提问，几句话，句句扎心。陆芸芸瞬间又"丧"了起来，尴尬地呵呵两声："这不还是那句老话：毕业就失业嘛。"

"不能这么想嘛，"老板倒给她打上气了，"先努力找工作。真要找不到，年纪轻轻，也还可以创业嘛。现在政府不是搞了好多针对毕业生的配套政策吗，你去了解了解——你看我，开个打印店，也活得蛮好啊。"

老板的现身说法，是莫大的鼓励。虽然陆芸芸对内容不太买账，但面对老板的态度和语气，她还是扯出一抹感谢的笑容，轻轻地"嗯"了一声。

打印机持续工作，陆芸芸和老板唠着嗑，而周水生则被这台会"吐纸"的机器惊艳到了。他瞪大了双眼，绕着激光打印机转悠，努力想要找出这神奇设备的运行机制。

眼看一张又一张的白纸从槽口中吐出，周水生缓缓伸出手指，轻轻地触摸那刚出盒的纸张——带着些微的小臭味，纸还是温的。

他不理解，这年代太多的东西，他都看不懂。在他们那时候，很多书都是手抄的，后来根据地的生产力上去了，开始发行报纸，那也是得制版加油印，需要人力操作的。哪里像这个好东西，直接摁两下，就全出来了！

两指小心地夹出一张纸，周水生更细致地琢磨：这纸好白，好挺括。上面的英文他虽然看不懂，但也知道那是"英格丽是"的 ABC——留过洋的同志给他们上过课，毕竟咱们新四军的简称，就是"N4A"嘛。

如果他们那时候能有这纸、这机器，那该有多好啊！那他们班上的小战士们，就能人手一份报纸，学习延安最新的精神、了解最新的抗战形势了……

突然，只听一声嗡鸣，红光为之闪烁。

敌机！卧倒！

所有思绪陡然中断，周水生全身的细胞都进入了战时状态，他下意识地飞身出去，伸开两只胳膊，一边一个，猛地搂住了陆芸芸和老板，将两人狠狠地推倒，并用自己的身体护住他们。

他这一冲一撞后，三人瞬间倒下。被掀翻的桌子上，掉落数不清的 A4 纸，纷纷扬扬的，像是雪片一样，落在周水生的后背上。再然后，桌子歪倒，砸中了他的后腰。

背部、腰部受到撞击，周水生本能地搂紧了胳膊，将搂在身下的两个"老百姓"护得更加紧密而周全了。

然而，他以为的"警报"，不过是打印机缺纸的提示音罢了。

短短半分钟，嗡鸣结束。周水生这才松了一口气，微微松开双臂：警报解除。

而这时，打印店老板也终于在这短暂的"偷袭"中回过神来。他一把甩开年轻男孩，困惑又恼怒地质问："你搞什么啊?！"

相比起老板的崩溃，陆芸芸倒是"秒懂"，毕竟她不是第一次经历这种事——就在昨天晚上，周水生误将放烟花的爆炸声当成了敌机轰炸，那时候他也是这样，下意识地扑倒她、护住她，还要拖她去找掩体……

"老板对不起。"陆芸芸赶忙道歉，她瞥了一眼打印店内的状况：一地狼藉，乱七八糟。她赶紧扶起桌子，收拾起一地白纸。

看她的动作，周水生也意识到自己闯了祸，赶紧蹲下来跟着一起收拾。他将一摞纸收拾得整整齐齐，递给老板，不好意思地说道："抱歉啊，老乡，我以为是日本鬼……"

那个"子"还没说出口呢，就被陆芸芸中途拦截，后者给了他一个眼刀，同时大声打断："老板，你看看有没有东西坏了，我赔给您。"

赔钱是天经地义，陆芸芸嘴上这么说，心里还是有点悬，眼神一个劲儿往激光打印机上瞄，生怕真的弄坏什么，真要赔个成千上万的，她也没那个实力。

看出她抖抖索索的嘴角，周水生自知理亏，又想开口："老乡，我能干活的，我给你干活抵债……"

"别了别了，"老板被他们俩烦得不行，尤其是那一口一个"老乡"，简直诡异又尴尬，连向来"能唠"的他都没法接话，"设备没坏，你们帮我把东西还原归位，赶紧走吧。"

被"赦免"的二人组，赶忙把店里拾掇干净。等一切收拾妥当了，陆芸芸扫墙上的二维码付了账，然后左手抱起那一百张调查问卷，右手抓住周水生，飞也似的跑出后街。

等逃出一大截，她才转身瞪向他："你不都补过课了嘛，这是和平年代，咱们不打仗了！你怎么还搞这种乌龙！"

自知犯错的周水生，此时没了他作为"小班长"发号施令、引领战友冲锋陷阵的魄力，只能像个犯错的弟弟，尴尬地回答："我……不是，我根本反应不过来，就以为是警报来着。"

陆芸芸原本满心的埋怨，在听到这句话时，却化为了愣怔：就算周水生穿越了个时空，就算他知道自己现在身在远离战火的和平年代，就算他明知自己是安全的，却仍会下意识地联想到轰炸，联想到警报。

战争在他们心中留下了无法消除的刻印，这印记深入骨髓，化成了每一个潜意识的举动：他会畏惧轰炸，会找掩体躲避，但他下意识的动作更是为了保护他们这些平民百姓，保护他口中的"同志"与"人民"……

陆芸芸再也不忍苛责。她只是温柔地望向他，轻声却又坚定地陈述："没事了，你不用担心。我们不打仗了，这里真的很安全，你可以安心的。"

"……"周水生无言以对，他的嘴角又抿成了一条直线，那是隐忍的弧度：陆芸芸的这句话，是他们所有的战士，是他们那时候所有的中国百姓做梦都在期盼的。

冬末的冷风，吹过他的面庞。周水生吸了吸鼻子，再望向面前的景致：绿树，红墙，远处的教学楼若隐若现；运动场宽阔开敞，学生奔跑在跑道之上；在这条繁华的校园后街上，店铺林立，学生们熙熙攘攘，拎着早餐的，抱着书本的，每一张年轻的脸上都是放松自然的神态。因为身在这个时代，身在这个中国，他们从不用担心敌机的轰炸，不用担心侵略者的屠刀和枪炮。

这里真的是安全的。

深吸一口气，周水生狠狠地点了点头，既是回应陆芸芸，也是对自己说："嗯，我知道了。"

然而，他的这份安全感，并没有能持续多久。十分钟后，当陆芸芸带他走入宿舍区的另一边，当他看见那一栋栋小楼中走出一个个洋人的身影时，周水生又惊了！

他左左右右地打量，只见这一排小红楼里住着的都是洋人：白皮肤的，黑皮肤的，还有同样黄皮肤但"哇啦哇啦"着明显不说中国话的。

小红楼旁边还有一座小饭店，洋人们坐在撑开的大伞下谈笑风生，用杯子喝着黑乎乎、看上去跟泥巴水一样的东西。

"你不是说和平解放了吗？你不是说这是新中国吗？"周水生瞪大眼，质问陆芸芸，"怎么新中国里还有洋人的租界？"

什么他妈的"租界"！

听罢他的质问，陆芸芸简直要气笑了："这是留学生宿舍区！你别瞎说啊，什么鬼'租界'，我们校长听到这词儿，血都要给你吐出来三升！"

"留学生？"周水生更惊讶了，"为什么洋人要到中国留学？"

"当然是来中国学知识、学技术啊，"陆芸芸斜眼瞥着他，"这有什么好奇怪的？"

可偏偏周水生不但觉着奇怪，而且奇怪到了匪夷所思的地步，他惊诧地望向周围这群"洋人"留学生：在他们那个时代，只有中国人出国去学知识、学技术的份儿，哪儿会有洋人看得上中国技术？

看来，陆芸芸同志说得对，自己要补的课，还有很多很多。

陆芸芸不知他心中的百转千折，只是径直走向那群坐在咖啡店外的留学生，向他们打起了招呼。她刚用英文招呼了一声"Excuse me，may I interrupt you for a moment？"，就听对面金发碧眼的欧美学生，用一口混着方言口音的普通话回答：

"我能说中文，你有什么似（事）儿？"

这口音把陆芸芸逗乐了，她开门见山，直接将调查表递给对方，笑着说："我在做毕业论文的调查，需要各位同学帮帮忙，能填下表格吗？"

不只是那位金发碧眼的青年，咖啡馆里的其他留学生，也都十分乐意地接过表格，开始认真填写。

调研的问题不多，一共十二条，除了学生的基础信息，如年龄、性别、国籍等，就是调查他们对"同志"这个词儿、对中国红色文化的认知和感观，以及在他们各自的母语中，对"同志"和"红色文化"的相应表述。

虽然来自不同的国度，有着不同的身份和文化背景，但在校园环境当中，大家都是学生，都是"论文狗"，所以彼此惺惺相惜，相互之间无比配合。那金发小伙子唰唰几笔，快速填完了问卷，末了特帅气地把手腕一翻，递还给陆芸芸的同时，用他那口"塑料普通话"表达同为"论文狗"的美好祝愿：

"祝论文顺利，加油儿！"

不止他，另一个黄皮肤、黑头发——不过脑门上挑染了一撮墨绿色刘海——的大男孩也在完成问卷之后，冲陆芸芸竖起了握紧的拳头，祝福道：

"がんばって！"（语义"加油"，发音同"刚八代"。）

这句日语很日常，陆芸芸秒懂，也笑着用日语道了一声谢："ありがとう。"（语义"谢谢"，发音同"啊里嘎多"。）

两人对答如流，笑若春风。可这两句对话落入跟在陆芸芸身后的周水生耳中，顿时让他背脊一凉——那熟悉的发音，像是一道惊雷，激起了他身体每一个毛孔的抗拒！

先前的平和与安心瞬间被愤怒取代，像是心海翻腾起一道巨浪，霎时冲碎了安宁，只剩下恨意滔天的大浪。周水生横眉怒目，瞪向那绿毛挑染的青年，恨声道：

"你，你是日本鬼子？"

这似是从牙缝里蹦出的质问，让陆芸芸暗叫不妙，她赶忙回身劝阻，小声安抚道："你不要激动。我们这里都不再说'日本鬼子'了，大家都是普通人，你不要有敌意。"

"为，什，么？"周水生厉声反问，"他是日本人，怎么就不是'日本鬼子'了？你说我有敌意？究竟是谁先发动的侵略战争！谁先有敌意？！"

他越说越大声，越说越激动。那绿毛的日本留学生也能听懂中文，他用一口生硬的普通话，插嘴道："我、鬼子、不是！我们、战争、不支持！"

日本学生的中文表达，没有先前那个"金毛"熟练，但他还是尽力地在申明他的立场。陆芸芸理解，于是充当起了"语义扩充型"翻译与"和事佬"，向周水生调解道：

"是啊，我们现在和平了，大家都是反战的。日本人民和中国人民一样，都不支持战争。"

"对，"日本学生点头，"我们、战争、受害者——广岛、长崎、我们、惨、受害者。"

这句话，无疑是捅了马蜂窝，周水生的火更大了："受害者个屁！你们是先撩者贱，是你们发动侵略战争的，所以你们才吃了原子弹——"

周水生顿了一顿，昨天晚上他刚补了近代史，他知道1945年的战争局势，知道日本的广岛和长崎吃了美国人的核武器，也知道那俩地区的日本人从此进入了炼狱：原子弹六千多度的高温，焦灼并吞噬了一切，而核辐射的放射雨，让那里的居民在之后的二十年中，缓慢而痛苦地走向死亡……

但是，这不是日本人大呼"战争受害者"的理由，要知道，这场战争是他们日本鬼子挑起来的！对此，周水生的感想只有一个：

"炸得好！死得好！是，你，们，活，该！"

这句话让日本留学生倒抽一口冷气，"金毛"和陆芸芸也都是一脸的震惊：在这和平年代，这种话明显是太极端了，完全不"政治正确"。

"周水生，"陆芸芸呵斥他，也是提醒他，"你说得太过分了！我们该抵制的是日本军国主义，不是普通的日本人民！"

"有区别吗？"

周水生一步一步地逼近那名日本留学生，他燃烧着怒火的双目，狠狠地锁定了对方，只听他一字一句地质问道：

"七七事变，日本军国主义侵略我中华大地的时候，你们日本人民，在哪里？

"南京大屠杀，日本军国主义烧杀掳掠长达一个月之久，残暴疯狂、夺我中国人性命的时候，你们日本人民，在哪里？

"曾经名为'加茂部队''东乡部队'，现在名为'满洲731部队'在我东北肆虐，用我们中国人做活体研究、做细菌实验的时候，你们日本人民，又在哪里？"

日本学生被他瞪得发毛，在他逼问之下，只能步步后退。而周水生的双眼，已经彻底被怒火烧红，布满了红血丝：

"你现在告诉我，你们日本人是受害者？什么笑话！你们就是同谋！帮凶！"

他的愤怒，落在周围一众留学生的眼中，让他们面面相觑，实在是无法理解。

只有陆芸芸知道，穿越而来的他，生活——不，应该说是生存——他生存在那个中国人饱受摧残与凌辱的战争年代，他对日本人的愤恨，是当下人们无法理解的。

然而，她还是得劝：毕竟，时代不同了，而且他还是在那么多留学生面前发飙，这影响多不好啊。

"周水生，那是过去的事情了。而且就像这位同学说的，他们日本人民也遭受战争的折磨，他们中的很多人，也在反对日本右翼啊。"

她的劝说，并不能说服周水生，反而引燃了他胸膛中的恨火，且烧得格外炽烈了：

"你同情日本人，那谁来同情我死去的战友？谁来同情我死去的爹娘，同情我被日本人烧死的弟弟妹妹？"

厉声质问的同时，周水生的眼前，浮现出太多的景象——

被烧毁的家乡。倒塌的、焦黑的房梁。

在那草草铺盖的席子的缝隙里，露出被烧焦了的小妹的手。

硝烟弥漫的战壕里，小战士捂着被炸没了的胳膊哀号，鲜血从他的指缝里汩汩地往外流。

战役结束，打扫战场的时候，他想为牺牲的战友们收殓遗体，却只能找到残断的肢体、模糊的血肉，他连一具完整的尸骸都拼不出来……

那些久远的画面，又化成了眼前安宁祥和的景致，化作了陆芸芸担忧的面容。周水生恨恨地瞪着她，眼中有恨，有怒火，更有隐忍的泪光在闪动。

他怒视陆芸芸，比起那名日本留学生，他更加痛恨她的说辞！

他不理解，他真的不理解，同为中华儿女，她为什么还要帮日本人说话，为什么要维护他们！难道和平年代的中国人，都像她一样，都可以放下了吗？

为什么？为什么啊！

周水生捏紧了拳头，他想一拳捶开这想不通的世道，他想一拳捶向那日本青年口口声声"受害者"的无辜面孔，他的拳头停在半空中颤抖，终究是狠狠地一甩手，转身而去。

"周水生！"陆芸芸慌忙跟上，她想去拦住他，牵住他，却被对方狠狠地甩开了。

陆芸芸一时重心不稳，摔倒在地。

看见这景象，留学生们都坐不住了。他们怎能理解周水生心中的滔天恨意？在他们眼里，只有男生欺负女生的不义行为。于是，留学生们纷纷为陆芸芸打抱不平，将周水生围住了。

而这时，咖啡馆里的人听到骚动也纷纷走了出来。其中一个本校的中国男青年，看见陆芸芸摔在地上，似乎是认出了她，大步走上来，出手将她扶起。

陆芸芸扭头看了他一眼，却根本顾不上招呼。她拔腿冲向人群，将围住周水生的留学生们一一推开："不好意思，有原因的，他没有打我，你们不要误解。"

她这祈求的语气，在旁人耳中显得懦弱又无力，简直像是那些饱受家暴摧残，却一再为男人找借口的无知妇女。而整件事情因他而起的染绿毛的日本留学生更是气愤，大声地用塑料普通话指责周水生：

"你、道歉！女孩子、道歉、给她！"

他是一众围观者中最没有资格指手画脚的人，周水生再次握紧拳头，狠狠地瞪着绿毛的日本学生。他的双目赤红，愤怒到极致，竟变成了无声的冷笑。

见他如此表情，知道大事不妙的陆芸芸赶忙拦住周水生。她知道，现在说什么都无法调停两者的矛盾，这不是个人和个人的冲突，而是历史的纷争，是战争遗留下来的创伤——等等！历史？创伤？

突然，一个念头冲进陆芸芸的脑中，她陡然提高音量，对周水生和日本学生大声宣告道：

"都别争了！你们两个，跟我去一个地方！"

第八章　等一个道歉

半个小时后，五个人由高到矮成降序，在江东门纪念馆的门前站成了一排：罗杰·盖尔、李忆星、大桥清智、陆芸芸、周水生。

咖啡店前的小小冲突，反倒成了校外调研的契机。陆芸芸要求周水生和日本留学生大桥清智，跟她一起去参观纪念馆。罗杰·盖尔就是先前帮着做问卷的"金毛"，他是看热闹不嫌事大，当场举手表示也要参加。至于李忆星，他不是留学生，而是计算机科学与技术专业大四的学生，和陆芸芸同届，之前两个人照过面，有些渊源，于是也打车跟着一起来了。

站在纪念馆的门口眺望，整栋建筑并不算高大，外立面是砖石建筑的暗黄，像是大地泥土最深沉的颜色。在那墙壁之上，银灰色的文字在日光的映照下，显得鲜明而刺目：

侵华日军南京大屠杀遇难同胞纪念馆

中文下方，配有英文翻译，看见那行"The Memorial Hall of the Victims in Nanjing Massacre by Japanese Invaders"，

大桥清智的脸色瞬间就黑了下去。

"No，"他先是飙了一句英文做否定，然后大声申明，"我们、教科书、解释。你们、伪造。数字、不对。"

虽然是塑料中文，但基本意思已经清楚明了。

这一次，换作陆芸芸冷笑了："对，我知道，你们日本的教科书说，南京大屠杀是我们伪造的，说没有三十万人死亡——那你就自己来看看，究竟是谁在伪造？"

她的质问，让大桥清智的脸色更难看了。

陆芸芸深吸一口气，平复了一下心情，才接着说下去："大桥同学，你既然选择来中国、来南京留学，那肯定是对我们的文化有好感的。但是，我想问问你，你到南京学习也有一段时间了吧？你来这里看过吗？了解过吗？"

大桥清智沉默了。他确实喜欢中国文化，而他来到南京之后，也确实知道了这个纪念馆的存在，但他不相信，也不想看见。

只要不去看，它就不存在，他就可以继续相信那些课本，那些他从小学习的、陈述着"伪造"内容的课本。

从小被教育的认知，和面前实实在在的建筑，两种情绪在大桥清智的胸膛中撕裂交战，他突然大声质问："八十年、你们、不放过、为何？"

"你是想说，为什么八十多年过去了，中国人还不放过这件事吗？"

回应他的不是陆芸芸，而是李忆星，这个大四男生望向自己的朋友，沉声叙述："清智，这个问题不该问我们，该由你自己来回答。请你看完这个展览，再回答我——这是我作为你的朋友，唯一的请求。"

大桥清智依然没有认可，他没有踏入纪念馆的勇气。直到罗杰·盖尔笑着挥出一巴掌，大力地拍上日本青年的后背：

"走嘛，就去看看。你说你是受害者，我这个'加害者，'"一边说，罗杰抬起左右两只手，弯曲了食指和中指，做了一个代表"引用"的动作，"也想看看我们'残忍'到什么程度，什么才是真相。"

别看罗杰·盖尔的中文说得挺溜，他其实是个地道的美国人，一个喜欢中国功夫、喜欢吃宫保鸡丁的美国青年。他和李忆星还是好哥儿们，当初两人从 TikTok 上认识，就是李忆星一再鼓吹，将罗杰"忽悠"到中国南京来留学的。

于是，在太平洋战场上，挑起战争的人、被侵略的人，以及世界上首个发动核武器攻击的人，都聚在了展馆的庭前。

跟留学生们关系极好的李忆星，率先迈开了脚步，然后是罗杰·盖尔，还有不情不愿地跟在后面的大桥清智。陆芸芸回头望向周水生，想招呼他跟上，却见那个年轻人站在一尊雕塑前，静立无语。

本该愤慨、本该暴怒、本该与大桥奋力争执的周水生，此时却是默然的。他静静地望着那尊高耸的、黑色的塑像，望着那个饱受凌辱的女性形象。

她的身躯嶙峋而沧桑，她的双手无力垂下，被托在掌中的，是她死去的孩儿。她的头颅高高地昂起，像是冲这老天爷，发出了无声的呐喊。

漆黑纹质的底座上，刻印着一行配诗：

被杀害的儿子永不再生，
被活埋的丈夫永不再生，
悲苦留给了被恶魔强暴了的妻，

苍天啊……

诗句的最上方，是这尊雕像的主题——四个字，那是周水生再熟悉不过的词语——家破人亡。

他抬起眼，望向那一排由近及远地立在水中、名为《逃难》的群雕，那是彼时国人最真实的描摹：

瘦骨嶙峋的老者，跌跌撞撞、踉踉跄跄地逃窜着；惊惶万分的母亲，牵着自己的孩子奋力逃跑；饿殍遍野，失去父母的孩童坐在地上无助地啼哭；骨瘦如柴的中年男人背着老母亲，奔逃的每一步，好像都要将他的脊梁压断……

那是 1937 年 12 月 13 日的南京人民。虽然周水生没有经历过这惨案，但在他的家乡宜兴，他亲眼见过日军"扫荡"，他看见过家乡人民同样的逃难情形。而那时，他们脸上的神态，是与雕像所展现的相同的惶恐、惊惧、苦痛、麻木……

黑色的群像，在他的眼前活了过来。人们开始仓皇逃窜，四处燃起硝烟，日军的轰炸机在天空轰鸣作响，炸弹一个又一个地被抛下……火海中的人们，发出了最惨烈的哀号，老人、孩子、男人、女人，没有谁能幸免——那就是他所在的中国。

"周水生。"

突然，一声轻唤，将他从漫天的火海、四溅的血泪中拉回了现实。周水生扭过头，只见陆芸芸正一脸担忧地望着他：

"你……"她顿了顿，眉间忧色愈深，"你还好吧？"

"没事。"周水生摇了摇头，他深吸一口气，良久才迈开步子，"我们走。"

然而，他们没能顺利走进展馆。一时兴起的陆芸芸，只急着把周水生和大桥都带到纪念馆里，却把身份证和健康码这件事忘到了九霄云外。此时面临进馆查验，他们被工作人员生生地拦了下来——他们做事规规矩矩，可不像门口的保安师傅那么好糊弄，"手机丢了"这个说辞，是行不通的。

眼见两人被拦下，已经通过进口闸机的李忆星又退了回来，他冲陆芸芸摆了摆手，"你别急，我打个电话。"

说着，他就真走到一旁去打电话了。几分钟后，一位穿着工作服的解说人员跑了出来，冲李忆星打了个招呼。然后，解说员小姐给众人——测温，又给李忆星做了个专门的、纸质的书面登记，把他的姓名、手机号码、参观事由、随同人员——填写了，才放五个人进去参观。

没想到，这个李忆星有点门路啊。陆芸芸惊讶。

"算我谢谢你，"察觉到她探究的目光，李忆星冲她挑了挑眉，"上次考试，我欠你一个人情。"

听到"考试"两个字，陆芸芸觉得胸口那一阵恶气，又要开始翻腾了。她完全不接话，只是带着周水生，穿过史料陈列厅的入口。

第一个展厅，是"南京大屠杀史实展"，展览的名字是用中、英、日三种语言书写的。望着那一行"南京大虐殺の史実展"的日文，大桥清智不悦地别过了头——可他没有退缩，为了与友人的约定，他还是硬着头皮，走了进去。

这是一段下沉式的楼梯通道，左右是深沉如墨的黑色墙壁，上面列着一排书简式的档案。仔细去看，便会发现那些档案的书脊上，刻满了人名——那些名字，朴实到土气的地步。什么"根生"，什么"大勇"，还有许许多多的"陈氏""李氏"，以及报不上名儿来的"无名氏"。

"这些都是在南京大屠杀惨案中，死难者的姓名。只是那时候人们文化程度普遍不高，因历史习俗的缘故，很多女子也没有留下全名，"解说员小姐陪同五个人，一边走一边讲解，"他们都是日军屠刀下的牺牲者，这些名字，无论大名还是小名，甚至是乳名、无名，都是我们不能忘却的历史证据。"

这不是陆芸芸第一次来这里，可每每踏上这条路，她都觉得自己的心情会随着一步又一步地前行，一点又一点地沉下去，仿佛是踏入了没有底的泥潭，深陷其中，无法自拔，唯有沉重与悲痛。

她望向那密密麻麻的姓名，方寸之间的正楷小字，那些朴实无华，甚至是不全的姓名，都曾是一条条鲜活的人命。尤其是当她看见一个名字，不同的姓，却是同样的"水生"，她忍不住偷偷去看周水生的脸孔——她知道，他与他们一样，都是这个乱世中的可怜人。

然而，此时的周水生却是面无表情，像是隐忍，又像是麻木，只是慢慢地走在这沉寂的通道上。

穿过通道，灯光渐暗，视野渐入黑夜，众人步入一个沉郁的黑色大厅。只见天幕上点点繁星，两面宽阔的墙壁上，挂满了带人像的相框，有上百张。

相框里暗藏玄机，有的装上了背景灯，照亮了人像的面目。但遗憾的是，大多数的灯已经熄灭了，连带着相框里的面庞，也都黯淡下去。只有零零散散的小部分，在这灰暗的墙壁上，荧荧地亮着，像是被遗留下来的、孤独的星。

"这些人，都是南京大屠杀惨案的幸存者……对了，需要我双语解说吗？"解说员小姐注意到金发碧眼的罗杰·盖尔，于是向他发问。

"不用，我们都是留学生，都听得懂中文。"罗杰边说边冲解说员做了一个"OK"的手势，同时又大力地拍向大桥清智的背部，介绍道："他是你们说的'泥轰'人，也懂中文，你主要讲给他听。"

靠，这美国人太懂了，会挑事啊！陆芸芸忍不住跟李忆星对视一眼，仿佛在问：你这交的都是什么朋友？

果然，听到罗杰的说明，解说员小姐露出了极度礼貌、营业用的微笑，她还特地冲大桥清智点了点头，继而缓声叙述——似乎生怕语速快了，他会听不清：

"正如您所看见的这样，随着时光逝去，如今在册的幸存者，只剩下六十一人，其中不乏百岁老人——"

解说员小姐抬起手，指向那些亮着的相框，微笑着对大桥清智说：

"……所以，我们档案馆一直在与时间赛跑，为这些幸存者做口述史的记录工作。"

她笑得礼貌，语气也十分温和，但不知怎的，陆芸芸偏偏就听出了指控的味道：为什么档案馆的工作人员要和时间赛跑？因为当这群幸存者都走了，就没有证人了。等到了那时候，日本人更可以"理直气壮"地说："我们没有发动南京大屠杀，是你们伪造的！"

陆芸芸望向那些人像，苍老的面容下，标记着他们的名字。那是最普通，也最无辜的南京市民。他们虽然幸存了下来，可在那场惨绝人寰的屠杀中，他们失去了家园，失去了亲人，失去了所有……

展厅的中央，横亘着一块厚重的大石。灰黑的磐石上，没有任何雕饰，只有深深刻印、不容磨灭的一排文字：

遇难者
VICTIMS　　　　**300000**
遭难者

任何语言，在这行文字前，都是无力的。在解说员小姐的带领下，众人向墙上灰掉的相框，垂首致意。

再然后，绕过那块大石，便进入了史料的展馆：整版的图片和文字，展柜里的武器、书页，还有日军当年发行的报纸原件，都生生地印证了四个字——铁证如山。

或许是灯光晦暗，大桥清智的脸色，彻底黑成了锅底。解说员小姐不但视而不见，还在那边拼命"补刀"，她以清脆而坚定的声音介绍道：

"这个展厅，是我们整个展览的前言部分。19世纪下半叶，日本逐步走上军国主义道路，多次发动侵华战争，犯下无数战争罪行。1931年，日本蓄意制造'九一八'事变，发动局部侵华战争。1937年7月7日……"

她的话还没说完，一个人就冲了出去。

不是队伍里唯一的日本人大桥清智，而是周水生。

在别人的耳中，这是过去的战争，是惨痛的历史，他们听着、看着，感慨唏嘘。

而在周水生的耳朵里，这一字字、一句句，所描述的皆是他的生活，是他所处的、真正的人间炼狱。

急速穿过漫长的通道，周水生看不见那被精密布置的展览，也看不见那些作为证据的凶器。他只是一路奔逃，直到逃出展厅，逃到光天化日之下，翻涌的心绪，才稍稍得以平静。

抬起头，是蔚蓝的天。寒风阵阵，拂动松柏的绿枝。直到这一刻,他才从极致的窒息感中恢复过来,他大口大口地呼吸着,胸口剧烈起伏,好容易才顺过了气。

渐渐地,眼前那些虚幻的影像,才随着冷风拂面,如烟云般飘散。他的视野恢复了清明,他望着开阔宽敞的纪念园区,听着周围人们的轻声细语,才渐渐意识到,自己回到了这个陆芸芸口中"安全"的世界。

在战场上从不曾退缩的周水生,此时却默然垂首,无力地坐倒在了台阶上。

当陆芸芸追着他的步伐赶到广场的时候,看到的就是这么一幕:青年战士垂下了不屈的头颅,透过他单薄的背影,远远的,是祭奠亡者的"哭墙",上面镌刻着上万名遇难者的姓名。他孤零零地坐在那里,像是独自面对那千万名亡者,那些与他相同时代的人们……

"对不起,"陆芸芸由衷地道歉,她轻轻地走到周水生身旁,在他身侧坐下,"我以为……那都是过去的事情了,没想到你会这么难过……"

她想得太简单,错得太离谱了。他们"00后"当然可以轻飘飘地说一句"过去",因为他们从没经历过那些惨痛的历史。可周水生呢?他这个"1920后",是亲历者,是那片血海中的幸存者啊。

想到这里,陆芸芸的心口酸痛,似乎有一只无形的大手,将她的心脏扭成了一团。深深的自责,让她再也说不出一句话来,只能陪在他的身侧,静静地坐着。

冷风吹过,送来远处的钟声。松枝轻颤,被系在枝头的白花也随之摇曳。透过一条长长的水道,远处的祭奠堂前,正有几位青年向逝者鞠躬,送上一束白菊。

看着他们肃立、默哀的动作，周水生深深地吸了一口气，终于打破了沉默：

"挺好。"

陆芸芸还在揪心，完全没能理解这两个字，只能发出无意义的一声："啊？"

"挺好，"周水生再度重复，他终于转过头，沉沉地望向她，"说不难受，那是骗人的。但仔细想想，我应该开心才对。"

"啊？"陆芸芸更蒙了，她突然心里有点发颤，生怕周水生是受了过度刺激，开始说胡话了。

在她眼中读出了小小的惊慌失措，周水生微微扬起唇角，勾勒出一抹复杂的微笑，他将视线投向远处那些凭吊哀悼、献上白花的年轻人，轻声诉说道：

"该开心的。我们赢了。我们战胜了侵略者，我们留住了历史证据。这里的一切……"

他抬起头，将视线投向更远的地方，似是要穿过这纪念馆，这肃穆的园区，望向更广阔的地方，恨不能看尽这个和平而安宁的城市：

"……这一切的存在，就是我们胜利的证明。而且，这么多年过去了，人们还记得，就挺好。"

他试图努力维持平静的语调，却在说最后一句话时被颤抖的声音出卖了：

"……我们那么多战士，没白死，挺好。"

这一句"挺好"，落入陆芸芸的耳中，揪得她心都颤了。她真的好想抱抱这个新四军小战士，抱抱那些他口中"没白死"的战士们：是他们的付出、他们的牺牲，换来现在的这一切，这一声"挺好"。

于是，她也确实这么做了。一个温暖的拥抱，胜过千言万语。

　　这一次，周水生没有大声呵斥她，也没有强调什么男同志跟女同志应该保持的距离。这个拥抱，如此单纯而温暖，传递出人与人之间的温度。

　　温暖，平和。那是向往和平的人们，彼此安慰、相互理解的温度。

　　陆芸芸放下双手，她歉然地望着对方，轻声剖析自己的心情："先前在学校里，是我说得过分了。我没有站在你的立场上想，你说的是事实，不是散布什么仇恨言论，也不是政治不正确……是我想当然的，用这个时代的标准去衡量和要求……"

　　"这个时代的标准是什么样？"

　　面对他的问题，陆芸芸伸出手指向远方，指向远方那个足有三十米高、怀抱婴儿、手托和平鸽的母亲形象：

　　"我们的标准，就像那座雕塑，向往和平与发展。在我们这个时代，大家提历史，也一直强调历史不能忘却。所以我们这代人，从小就接受红色教育，经常组织参观这里的纪念馆，还有雨花台烈士陵园。但是，我们这代人从小被教育的，是学会一句话——

　　"记住历史，不要记住仇恨。"

　　周水生皱起眉头，他不理解："如果仇恨都被遗忘，那你们所记住的历史，必然是轻飘飘的，没有重量的。没有仇恨，这三十万就变成了一个数字，而不是与你们同心同德的人民，不是活生生的人。"

　　"我承认，你说得有道理，"陆芸芸先点了点头，但又摇了摇头，"可是一味地强调仇恨，强调日军侵华的历史，就会造成'啊，日本人都是坏的'这样片面的想法，照这个思路延展下去，就会变成割裂的、极端的民粹思维，那再往下发展，咱们是不是要打回来才算公平呢？"

"那当然不行，"周水生断然反对，"我们是反侵略战争，是保家卫国，怎么能去重复帝国主义的无耻行径？"

他这斩钉截铁的回答，和那些似乎有些"老土"的用词，让陆芸芸终于露出了笑容：

"所以啊，我们这代人，就是这么学的。以史为鉴，后事之师。但我们不记仇恨，因为我们爱好和平，也在极力维护这种和平。对了，你知道现在我们国家号召的是什么吗？"

周水生当然不会知道，他只能用困惑的表情望向她。只见陆芸芸笑着给出答案：

"大大说了，七个字：人类命运共同体。"

周水生的眉头又蹙成了"川"字：人类、命运、共同体，三个词儿他都认识，但连在一块儿，他就不明白了。

"呃，怎么跟你解释呢？"陆芸芸琢磨了一会儿，她突然灵光一闪，"就拿疫情举例吧。昨天打车的时候不是跟你说了，咱们都得戴口罩，是因为有这么一种病毒嘛……"

她掏出手机，打开搜索，迅速调出相关资料和报道，一边秀给周水生看，一边解释道：

"咱们现在是互联网时代啦，全球都是连在一起的。这个病毒出来，对全人类都有影响。我们中国防疫工作做得很好，老百姓没怎么受罪。但人类的命运是连在一起的，国外做不好，病毒一代二代三代一直在变，疫情就一直好不了。"

陆芸芸像是教小孩似的，用尽可能浅显的话语，将道理说给他听：

"世界真的不一样了。国家与国家之间，也不可能是完全割裂的。不管是中国人、日本人、美国人，还是世界上各个角落的民众，大家的命运都是交织在一起的，没有人能独善其身。我们不强调仇恨，只是想做出努力，大家一起在这个世界上相互帮助，一起过得更好。"

说到这里，陆芸芸突然弯了眉眼，用手指划拉着刷屏：

"说到这个，给你看点开心的东西。昨天我不是说，咱们早就实现洋钉自由了嘛，现在中国的工业可发达了，我们不但自己牛，还帮助其他国家搞基建、造高铁呢！"

手机视频里，是"一带一路"和"非洲援建"的画面。周水生瞪大双眼，他捧起手机，恨不得将屏幕糊在眼睛上，几近贪婪地看着画面里非凡的建筑、神奇的设备，那些"中国制造"。

看他那惊叹又痴迷的表情，有点土里土气的，但又有一种蠢萌蠢萌的可爱，显然是摆脱了之前的苦楚，陆芸芸终于安心地笑了。

周水生捧着手机、又开始疯狂"补课"。陆芸芸也不催促，只是静静地坐在他身旁，抬眼望向蔚蓝的天幕。这一刻，她似乎也有点能理解，他口中的那两个字：挺好。

两人不再说话，只有手机视频的声音，还有远处传来的、祈愿和平的钟声。在这开阔的园区里，这钟声显得格外深远而悠长。

半个多小时之后，在展厅的出口处，出现了三个熟悉的身影。陆芸芸远远地看见，李忆星告别了解说员小姐，领着罗杰·盖尔和大桥清智，向他们俩所坐的阶梯慢慢走来。

他们的步伐极慢，主要是大桥清智拖在后头，他的双腿像是迈不动似的，拖拖拉拉，慢得像蜗牛。李忆星和罗杰·盖尔只好耐着性子等他。短短一截路，硬是被他拖了十来分钟。

眼见大桥清智垂头丧气地走来，陆芸芸也不催促。等人到了眼前，她只是轻轻地问了一句话：

"那些是我们伪造的吗？"

大桥清智没有回答，只是缓缓地摇了摇头。那一件件证物，那些幸存者的口述档案，那些来自日本报纸的、当年的官方报道，那些被埋藏在黄土之下的人骨、被挖掘并展示出来的万人坑……他亲眼所见，没法儿抵赖的。

看他不说话，陆芸芸也知道他心中五味杂陈：这次参观，可以说是颠覆了大桥清智长久以来的"三观"，把他从小到大相信的那一切话术，打回了赤裸裸的谎言原形。

其实，她没想逼他的，她也不要求这个日本留学生做些什么，她只是觉得，他应该知道真相——很多日本民众，都应该知道真相。

一时之间，陆芸芸不知从哪儿说起。就在这时，她瞥见远处几个小学生模样的孩子，被家长带着来参观纪念馆，这让她突然想起了一件事：

"我是在南京出生的，算是土生土长的南京人吧。但是我爸妈不是，他们都是从外地落户到南京的。我记得上小学的时候，我们班主任在课堂上，给我们做过一个现场调研。她当时说：'我们南京的同学，站起来。'——然后全班都起立了。"

就连同为南京学生的李忆星，都没有听说过这个调研。所有人都望向陆芸芸，听她继续说下去：

"……然后，我们老师又说：'爸爸妈妈也是从小在南京长大的同学，请站着，其他同学请坐。'——于是，包括我在内，好多同学刷啦啦地坐下了。剩下站着的人，一半都不到，只有十二三个，具体我记不清了。"

听她说到这里，李忆星似是有所触动，表情稍显暗淡。而罗杰·盖尔、大桥清智还未能理解陆芸芸的意图，只能继续听：

"……这时，我们老师又说：'爷爷奶奶也是从小在南京长大的同学，请站着，其他同学请坐。'——那一刻，所有同学都坐下了。整个教室里，没有学生站着。"

陆芸芸深吸了一口气，她的目光锁定了大桥清智，轻声道："从祖籍上来说，我们都不是南京本地人，你知道为什么吗？"

见大桥清智还没有反应过来，陆芸芸伸出手，指向那座"哭墙"，沉声道：

"这里，就是原因。"

瞬间，大桥清智的身体僵硬了，他突然理解了她的话里有话：南京的本地人，当年都被日本军队杀没了啊！

那些不愿相信、又不得不信的纠结心情，在这句话面前，终于"破防"了。大桥清智深深地弯下腰，向众人鞠了一躬：

"申し訳ありません，对不起。"

没有人能替逝者原谅，在场的众人都陷入了沉默，唯有周水生长长地叹了一口气，像是荡尽了胸臆里的憋闷。

钟声又起。白色菊花在冷风中轻曳，似是在微微颔首一般。

见大桥清智始终不愿抬头，陆芸芸伸手扶住他，拉着他起身。面对大桥清智那红彤彤的鼻头，看着他那羞愧难当的表情，陆芸芸胸膛里那个沉甸甸的、无形的肿块，彻底消失了。她轻轻一笑，向他、也向众人建议道：

"走，喝酒去！河西的清吧多，咱们找个地方，一起看冬奥直播。"

这个提议引来罗杰·盖尔举起双手的欢呼，李忆星点头赞同，唯有周水生一脸严肃，一句"陆芸芸同志，你怎么能……"的劝阻还没说完，就被她截和打断：

"除了你之外，"她狡黠一笑，调侃的意味十足，"你还未成年，只能喝果汁。"

第九章　冰墩墩赛高

一杯黄澄澄的橙汁，被送到周水生面前。

他那正襟危坐、迷惑挑眉的举动和神态，引来酒保关照的眼神。后者笑着抬了抬下巴，指向聚在投影前欢呼的大学生们："小帅哥，你在上初中还是高中？跟哥哥姐姐们一起来看比赛的吧。"

身为新四军战士，纪律是第一要义，诚实和正直是周水生的行事标准，于是他挺直了脊背，正色回答："老乡您好，我不是帅哥，请叫我'同志'。我没有上过初中和高中，只上了两年私塾。"

"……"他这个答案，把酒保给整蒙圈了。不过良好的职业素养，让后者保持着礼貌的微笑，伸手给青少年的果汁杯里，加上了一把装饰性的红色小伞，然后赶紧转身跑路，去和别的客人攀谈了。

周水生还不知道自己被嫌弃了，他轻轻地啜了一口橙汁，任由甜味在舌尖绽放——经过昨天奶茶的洗礼，他已经接受了饮料的存在。他顺着刚刚酒保指示的方向，朝投影大屏望去。

一只黑眼圈的白毛熊，在屏幕上蹦蹦跳跳，抖落了一身白雪。坐在沙发座上的大桥清智，第一个跳起来欢呼：

"冰dong dong，冰dong dong，卡哇伊！"

身为朋友的李忆星，出声提醒他："注意你的发音，是冰墩墩，dun，不是dong。"

大桥清智很努力地试图复制这个发音，尝试了好几次，才终于dun成功："冰墩墩，赛高！"

说着，他还举起了啤酒杯，挨个儿和李忆星、罗杰·盖尔、陆芸芸碰杯。作为校友的陆芸芸，当然无法拒绝他这份热情，但干杯完了又忍不住吐槽：

"你们日本人对熊猫的热情，究竟从哪儿来的啊？那个自称'义墩墩'的记者也是，买了那么多纪念品，都成了咱们中文互联网的大'网红'了。"

她的吐槽，大桥清智听是听懂了，但要回答却不容易：他对熊猫的热情一言难尽，显然超出了他中文表达的能力范围。他憋了半天，憋得脑门都出汗了，才憋出几个中英日合并的单词："潘达、泥轰金、珍贵、卡哇伊、喜欢、大爱。"

陆芸芸正喝着低度数的果酒，被他的多语种表达逗乐了，"噗嗤"一声直接喷了出来，喷了大桥清智一脸。酒水顺着他那耷拉着的挑染绿毛滴落下来，"泥轰金"瞬间变成了"落汤鸡"。

陆芸芸赶忙抽了一堆纸巾，手忙脚乱地给他擦脸："抱歉啊。"

正在这时，投影的画面从可爱的冰墩墩，切回了冬奥的主赛场。短道速滑女子一千五百米的半决赛，正式开始了。大桥清智赶忙挥开她擦拭的手，眼睛直勾勾地盯住了比赛画面——

正如大桥清智所说，日本人对熊猫的喜爱就是一个"赛高"，他们女选手的运动服都和熊猫有点相像，设计是黑色四肢、白色躯干，在前胸和后背的位置印上了日本的太阳旗。

屏幕上转播的是1/2决赛的第二组，这一组没有中国选手，只有一名日本选手排在第七道。大桥清智立刻紧张起来，他瞪着屏幕大喊"加油"，好像他的助威能够穿透屏幕，传达到冬奥赛场上一般。

因为这组没中国运动员，陆芸芸和李忆星两人就显得相当放松。看着日本选手前几圈都在领跑位置，他们两个还相互对了个眼神，一起无所谓地耸了耸肩。

比赛进行到第五六圈，韩国队两名选手超越了日本选手，令后者摔出了赛道。大桥清智崩溃大喊一声"no"的同时，用双手抱住了脑袋。

赛场上时机稍纵即逝，尽管是他人犯规，但对于摔出赛道的选手来说，就是彻彻底底的"没戏"了。虽然这次倒霉的是个日本人，但陆芸芸还是有点惋惜，而李忆星则拍了拍大桥清智的肩膀，以示安抚。

好在裁判进行了公正的判罚，这位日本的女选手被判进了决赛的Ｂ组——之后她虽然获得了Ｂ组第一，但已经和奖牌无缘了。

转播继续，到了最重要、最关键、也是最终争夺奖牌的Ａ组决赛，"中国红"终于出现在了冰面上。这一刻，换作陆芸芸和李忆星紧张了。他们紧张地盯住了那个飒爽的英姿：红色的紧身运动服上，绣着金色的中国龙，仿佛金龙随时会腾空而起一般。

比赛开始，"中国红"抢先领跑，一马当先，一骑绝尘。但在这世界级的赛场上，每一位选手都是精兵强将，来不得半点马虎大意。很快，荷兰、意大利、比利时的选手都追了上来。韩国队更是凭借双人优势，打了个配合战术，把中国选手压得死死的。到了最后一圈，战局激变，一名韩国选手率先冲过了终点线。

"哎哟，我去——"

眼看夺冠的韩国选手举起了国旗，陆芸芸、李忆星、大桥清智一齐向后倒进沙发，同时发出了遗憾的声音。

看他们的反应那么大，周水生忍不住走到沙发区。他盯着投影画面，却认不出这个冠军选手的国籍——毕竟 1942 年的韩国太极旗，跟现在的可不一样。

"这是哪国人啊？他们怎么都……好像不太开心？"周水生扫视了一圈，最终决定询问罗杰·盖尔，后者是现场最淡定的人——毕竟美国队压根没进决赛，他是事不关己、高高挂起。

"崔选手啊，那是韩国队的，"罗杰笑着回答，他指了指那边"齐叹息，同躺平"的三人组，"他们啊，你没看过网上的段子吗？中日友好靠韩国，中韩友好靠日本。"

罗杰·盖尔不仅中文说得溜，更是妥妥的中国通，实在太懂了。反倒是周水生这个中国小伙子，压根没明白中文互联网上段子的笑点所在，他眨巴眨巴眼睛，迟钝地消化着这条"三国"信息。

听见罗杰的评价，陆芸芸赶忙出来打断："周水生，他开玩笑胡扯来着，你别信。"这段子可经不起发散，真让周水生弄明白了，他还不得一口一个"帝国主义""国际共产主义精神"什么的，现场上起思想政治教育课啊！

好在比赛转播继续，没有给周水生琢磨的时间。画面给到了自由滑雪男子空中技巧的决赛，来自世界各国的运动员，如飞鸟一般跃至高空，挑战极限，尽情地展示自我。

之前的短道速滑比赛毕竟是多国选手在同一个赛道上比拼，竞争因素较强，再加上常常有犯规的情况，所以更刺激，也更加针锋相对。这种对抗性的比赛，难免会让观众们选择"站队"、为本国选手摇旗呐喊。又有哪个观众，不希望自己国家的运动员，拿到奖牌限定版冰墩墩呢？

相比之下，自由滑雪作为技巧性比赛，没了对抗性的元素，每一位运动员都是单独出场，完全是各凭本事，挑战自我、挑战冰雪运动的极限才能冲击奖牌。所以，观众们的心态也就更平和，更符合奥林匹克的体育精神。

因为国籍的喜好度被削弱，清吧里的大伙儿都沉浸于每一位选手的比赛动作中，看着他们飞跃高空，挑战最高难度。

"哎哟，这摔得不轻。"每当有选手摔落，大伙儿的心态，更多是为之惋惜，也都希望选手下一跳的动作，能够圆满完成，取得好成绩。

最终，中国选手齐广璞凭借 5.0 难度的完美一跳，从裁判那儿拿到了 129 分的超高分，获得空中技巧的金牌。这一刻，全清吧的人都沸腾了，所有客人都站起来齐声欢呼。

陆芸芸抬起手，与周水生、李忆星挨个儿击掌，连罗杰·盖尔和大桥清智都欢呼着相互拥抱——体育竞赛是人类对自我极限的挑战，他做到了，他就是冠军！

这一天的赛事进程告一段落，在欢呼雀跃之后，清吧里的气氛渐渐恢复如常。大伙儿三三两两地浅酌畅聊，周水生插不上话，便乖巧地坐在吧台旁，借了陆芸芸的手机刷网课视频，继续他的"补课"大业。

当周水生有疑问时，陆芸芸便化身为指导老师，向他讲解一些关于现代史的基础知识——这两人的存在，硬生生将这聊天交友的社交场所，搞成了"私教"培训班。

两人奇怪的互动，让李忆星疑惑挑眉。他走到陆芸芸的身旁，敲了敲吧台桌板，试图唤起她的注意力：

"同学，我还没向你好好道谢：上次考试，多谢你了。"

听到"考试"两个字，陆芸芸的脸色瞬间"晴转阴"。然而，李忆星显然不是个会看脸色的人，他径直问下去："你考得怎样？你报考了什么学校？快发榜了，你们什么时候复试啊？"

他每问一个问题，陆芸芸的脸色就变得更黑一个色号。直到她眉头深深地蹙起，鼻头都皱了起来，李忆星才后知后觉地意识到她的不悦，于是语气也变成了小心的试探："呃，是不是那天的事情，影响你考场上的发挥了？"

"发挥个屁！拜你所赐，我连考场都没进去！"陆芸芸终于憋不住发飙了。

是的，她和这个李忆星，有一段小小的孽缘。

两个月前，就在备战了三年的陆芸芸战意满满也信心满满地走出校门，扫了辆共享单车，出发前往"战场"的那一刻——她在校门口的路上，刚拐了第一个弯儿，就跟人撞了个满怀。

这个祸害，就是李忆星。同为考研党的他，竟然是穿着旱冰鞋去赶考的。你滑就滑呗，还不看道儿，在慢车道上左右摇摆，疯狂试探。

陆芸芸刚巧是转弯，在视觉盲区里跟李忆星这一撞，后者直接一个屁股蹲儿摔在马路牙子上，捂着屁股和大腿，"哎哟哎哟"地直叫唤。

虽说是李忆星违反交通规则，但眼看自己撞了人，陆芸芸也没办法放任不管，她赶紧上去扶他，问他伤得怎么样，要不要去医院。

"医院就不去了，但我要去考研哎！这下子我还怎么去考试？"

李忆星的回答让陆芸芸心里"咯噔"一下。在她眼里，现阶段没有什么比考研更重要的事情了，于是她当机立断，立马打了辆车，先把受伤的李忆星送去了他的考场，然后调转方向，赶往自己报考的那所学校的指定考点。

虽然出租车一路疾驰，但陆芸芸还是没能赶上，因为迟到时间超过二十分钟，被保安大叔硬生生地拦在了考场的大门外。

三年的努力，付诸流水——就因为那个二缺校友，因为那该死的旱冰鞋！

所以，陆芸芸的心中满是怨气，而李忆星也知道自己欠了对方一个人情。不过因为考试那天时间太紧太急，两人分别的时候也没留个姓名电话什么的，于是便只能各自吃下哑巴亏——陆芸芸考研泡汤，李忆星被撞得摔了个骨裂。

他们都没想到，今天会在留学生宿舍重逢，还一起参观了纪念馆。

见陆芸芸发飙，听她一句"没进考场"，李忆星也很过意不去，他尴尬地扯了扯嘴角，想找个方式补偿："啊这……那今天你们吃啥，我买单。"

"算了。"陆芸芸斜了他一眼，不爽地拒绝，然后扭过头去，接着给周水生当补课老师。可就在她对上周水生疑惑的眼神时，一个念头突然冲进了陆芸芸的脑子：

"有了，你帮我搞定一件事，就算是补偿我了。"

这没头没脑也没范围的一句话让李忆星皱起了眉头，但他毕竟欠陆芸芸一个人情，只有开口回应："你先说说看，我看我能不能做得到。"

"我这个表弟，"陆芸芸扯过周水生的胳膊，"他离家出走了，暂时没地儿待，能不能在你们宿舍借住两晚？你们有空铺吧？"

到了大四，课程学分都已修完，只剩下毕业了，所以很多外地学生选择延后返校，而有些找到工作的同学也搬出去住了，所以宿舍里的人往往不齐。比如陆芸芸她们寝室，就只剩下她和柳心仪两个。此时，她向李忆星提出这个要求，也是想解决周水生的住宿问题——总不能天天晚上翻窗户，在教学楼里蹭休息室吧。

这个要求倒不难，李忆星的眉头瞬间舒展开来，点头同意："这个问题不大，我们宿舍的确有个空铺，我跟室友打个招呼就行。"

见他这么配合，陆芸芸心里憋着的那团火，瞬间就消了大半，看对方也顺眼了一些。而见她眉头舒展，李忆星也不再小心翼翼，顺势坐在她旁边的座位。

吧台上的气泡水"咕嘟咕嘟"地升腾又炸裂。对李忆星不再抱有敌意、彻底放平了心态的陆芸芸，顺口与他聊了两句："刚看你打了个电话，工作人员就放我们进纪念馆了，看不出来，你蛮有路子的嘛——官二代？"

"哪儿啊，"李忆星连忙摇头否认，"什么'官二代'，别瞎猜。是我太爷爷，他就是南京大屠杀的幸存者，所以我跟馆里比较熟。"

这句话，让陆芸芸瞬间 emo 了："啊，对不起……"

"没事，不用道歉，你又不知道，"李忆星大度地挥了挥手，"再说了，你刚才那些话，也说到我心坎儿上了。其实清智这个人吧，真的挺好的，特别够朋友，也很有正义感。但聊到历史、政治话题，我们就自动屏蔽，心照不宣，翻过。"

也对，先前在宿舍区，也是大桥清智站出来维护她的，他为人确实还蛮地道。至于他和李忆星的这种相处之道，生活交往，不谈国事，陆芸芸也很是理解。

不过，就在陆芸芸点头赞同时，坐旁边补课的周水生听见他们的聊天对话，却突然探过头插话，发出了正直的点评：

"这是典型的逃避思想，要不得。毛泽东同志在《矛盾论》中说过：'问题就是事物的矛盾。哪里没有解决的矛盾，哪里就有问题。'——你们啊，掩藏问题，无视问题，都是没有用的，矛盾依然存在。越是有分歧，就越是要明辨是非。"

"……"李忆星瞬间无语，他张大嘴巴，下巴都快掉下来了。直愣了两三秒，他才一脸惊诧地望向这个青少年：

"喂，你这口气，怎么跟我太爷爷似的。"

听这句，周水生来了点儿兴趣："你太爷爷几几年的？他也学过毛泽东思想？"

"那当然，我太爷爷可是老战士，"李忆星随口作答，"他1927年的，还是老革命，参加过新四军咧。"

"新四军"三个字，让周水生顿时愣住。

1927年出生，还是从南京大屠杀中幸存下来的战士，他还真就认识一位——而且年纪相符并有过这种悲惨遭遇的战士，人数绝对不多，甚至可能就只有那一个……

想到这里，周水生如遭雷击。他望向李忆星发问，声调都发了颤儿：

"你太爷爷的名字……是不是……李大伟？"

李忆星瞠目结舌："你怎么知道？！"

"他是不是，"周水生吞了吞口水，他握紧双拳，勒令自己保持冷静，"他是不是后背上有道伤，而且缺了右边半个屁股瓣子？"

李忆星瞬间疯了，他震惊地瞪着这个青少年："你怎么知道我太爷爷有伤的？"

他的回答，无疑是一种确认。周水生唰地站了起来，身后的椅子都被他带倒了，撞在地上，发出"哐当"一声响：

"大伟在哪儿？带我见他！"

周水生兴奋狂喜的表情，让李忆星困惑不已。后者瞪大双眼，上上下下地打量这个大男孩，露出了一副见了鬼的神色：

"你说啥啊？我太爷爷死了好多年了！我都没见过他！就我出生那一年，他给我起了个名字，没多久就挂了。"

"……"周水生怔怔地站在那里，先前有多么狂喜，此时就有多么遗憾和悲凉：是啊，现在是 2022 年，如果李大伟还活着，应该九十五岁了——确实，这一面，是见不上了。

良久，周水生才深吸了一口气，缓声询问："你刚才说，你叫什么名字？"

周水生这患得患失的模样，在李忆星眼中要多怪异有多怪异，他转头望了陆芸芸一眼，用眼神传达着疑惑：怎么办？

其实听到这里，陆芸芸也意识到，李忆星那个太爷爷是周水生的旧识了。她担忧地望向周水生，在他脸上读出了与年纪不符的伤感。她不忍心，便转过视线，向李忆星无声地点了点头。

在她的示意下，李忆星虽是满心的"WTF"，但还是回答了对方的问题：

"李忆星。"

说到这里，他顺口吐槽出自己长久的疑惑："也不知道这老头儿，让我'忆'的是个什么'星'——闪闪的红星吗？"

"不对。"

周水生摇了摇头，他抬眼望向玻璃窗外的夜空，望向那天边的圆月，像是想要透过那莹亮的大月亮，望向更加久远的地方：

"你名字里'忆'的那个'星'，是一条狗。"

第十章　星子的由来

"你名字里'忆'的那个'星'，其实是一条小狗。叫星子。"

周水生的这句话，无疑是捅了马蜂窝，李忆星瞬间就爆了："你这个小鬼头，骂谁呢！我招你惹你了？"

也难怪他生这么大的气，换作是谁被人骂名字是只狗，也得上火发飙。面对李忆星暴怒的质问，周水生知道他心头火起，于是递给他一杯水，一边轻声道：

"我说的都是事实。星子是一条狗，一条小土狗，是它把李大伟从万人坑里拉出来的……"

时间回溯，回到 1937 年的那个冬日——

那时，李大伟只有十岁，还是个上房揭瓦、赶狗撵猫、经常拖着鼻涕满街跑的小屁孩。虽然大人们再三叮嘱要他小心，但还是管不住孩子好玩的天性。小小的大伟和小小的星子，在化为废墟的街巷里奔跑穿梭着，将坍塌的废屋当成了小小的游乐场。

在废墟中玩耍的李大伟，时不时就能挖掘出一些小小的"宝藏"，瓷碗瓷枕，陶罐家具。父母告诉过他，那是被日本人轰炸过的人家。但年幼无知的孩童，是很难把这些他努力挖掘出来的"宝物"和"遗物"这两个字画上等号的。

彼时，日本人接连不断的飞机轰炸，已经把整座城市炸得千疮百孔。南京市民伤亡惨重，流离失所。更可悲的是，国民党政府见势不妙，早就带着达官显贵逃到了重庆，还美其名曰为"迁都"及"战略性的撤退"，丢下无依无靠的南京老百姓，叫天天不应，叫地地不灵。

再然后，那一年的12月13日，坦克轰鸣，炮弹击中了有着百年历史的城墙。沧桑城垣，砖石碎落。与之一同碎落的，还有南京人民脆弱的生命。

在那久久弥漫的硝烟与炮火之中，日本军队长驱直入，杀入了南京城……

人间，化为了炼狱。

血染泥尘，风送嚎哭，家家有新鬼，户户遭屠戮。

秦淮河上，化碧成朱，昔日古城垣，今日堕酆都。

不忍看，不忍说。

日本军烧杀掳掠，无恶不作。居住在城南的李大伟一家，上上下下共六口人，全部惨遭毒手。十岁的孩子，亲眼看见亲人遭受凌辱。就在他冲上去拉扯日本鬼子的大腿，想要对方放开母亲的时候，日本人反手一记刺刀，插在了他的后背上。

世间的一切，离他远去了。

李大伟是疼醒的。他不知道过去了多久，只知道当他睁开眼时，对上的，是一个被砍下的头颅，以及头颅上一双布满血丝、瞪大的眼睛。

那一刻，李大伟连惊骇都慢了半拍。他流了很多血，全身的骨头都跟散了架似的，连带着脑子的运转，都变得迟钝而麻木。直到过了许久，他才意识到，自己被扔在了一个万人坑里。而身上撕裂般的痛楚，来自自己的屁股——两只野狗正在撕咬他的皮肉，大快朵颐。

他疼得厉害，却发不出声音，喉管里穿过微弱的气息，只能挤出些许呜呜。虽然他的意识逐渐清醒，想驱赶那撕扯并咀嚼他血肉的畜生，却连一根手指头都动不了。

就在他以为自己会死在这尸堆之中时，他听见了狗叫声。自家的土狗星子，一瘸一拐地奔向这万人坑，向两只恶犬叫嚷，大声地宣战。

直到这时，李大伟才模糊地忆起，先前星子也向日本鬼子吠叫过，然后就被一脚踹飞，摔出去倒在地上，一动不动了。他以为星子也死了，却不曾想，这只小土狗与他一样，成了全家"唯二"的幸存者。

星子伤得也不轻，它深一脚浅一脚地奔跑着，完全没了往日的神气，倒像是一只狼狈的三脚猫。然而，面对两只壮硕的恶犬，它没有退缩，而是奋力地上前冲撞，它狠狠地咬住了其中一只恶犬的尾巴，用力拖拽着，让它放开自己的小主人。

或许是被星子豁出命似的魄力镇住了，又或许是因为已经吃饱喝足，两只恶犬最终放开了李大伟，夹着尾巴逃向了远方。

暴露在空气里的伤口，每每寒风拂过，便会刺骨钻心地疼。李大伟哭不出来也喊不出来，只觉得自己快要死了。就在这时，星子跛着脚，歪斜着绕到他的面前，轻轻地舔舐着他的脸。

脸上湿漉漉的，就好像那些流不出来的眼泪，湿润了他的面庞。孩童小声地呜咽着，和小狗的呜呜声混在一起，徘徊在这血气弥漫的尸坑里，回荡在苍茫的天地间。

如果没有星子，李大伟大约是爬不出那个万人坑的。是小狗咬着他的衣袖，连拖带拽地将他往外拉，十岁的孩子才终于生起了些"活下去"的希望,像狗一样手脚并用地刨出了一条生路,逃离了那座尸骨累累的万人坑。

……

"……我见到大伟的时候,已经是四年之后了。战士们都记得他,不仅仅因为他年纪小,更主要的是因为他有个伤残特征:没有右半个屁股。听他说,就是当初在万人坑里,被那两只恶狗吃掉的。"

周水生淡然的讲述,却让李忆星、陆芸芸都听傻了眼。

过了好半天,李忆星才吞了吞口水,又迟疑地说道:"所以……那个星子,是我太爷爷的救命恩人?哦不,救命恩狗。"

周水生淡定地摇了摇头,缓声回答:"星子做的,远远不止这些。"

他继续说下去。于是,清吧里的一切喧闹,渐渐离三人远去,似乎一切欢乐与庆祝都消失不见,只化作了隔世尘烟。而李忆星和陆芸芸,随着周水生的话语,回到了那个黑暗无垠的年代,站在了浸透着鲜血、轰鸣着炮火的神州故土之上——

没有人知道,那四年里,李大伟是怎么撑下来的。当战友们询问的时候,他也只是笑笑,回一句"我命大",然后抚摸着怀里星子的背脊,亲热地为它顺顺毛。

周水生第一次见到李大伟,是在1941年的春天。

经过皖南事变,被"盟友"反戈一击的新四军元气大伤,急需重建新四军军部,统一整编。十四岁的李大伟作为新兵入伍,被分到了周水生的手底下,而当时,后者也仅仅只有十六岁,却已经受命成了班长。

对此,新兵蛋子李大伟本来是挺不服气的。毕竟这个小班长,只比他大两岁,凭啥对他发号施令?但这份不服气很快便消失无踪了，因为他随后从战友那儿了解到周水生的这个"升职"是拿枪打下来的，是拿命拼出来的。

原来 1941 年的 1 月，在皖南事变的时候，新四军军部所属部队九千余人奉命北移，在皖南泾县，遭到了国民党七个师、八万多人的拦击。

八万对九千，敌我战力实在太过悬殊。经过七个昼夜的血战，新四军弹尽粮绝，只有两千人成功突围，大部分人壮烈牺牲。而周水生，便是那活下来的两千分之一。他们班、他们排，活下来的，只有他一个人。

他不仅仅抗争过、战斗过，也曾恐惧过、绝望过，他更是将生死置之度外、咬着牙拼杀出了一条血路。所以，周水生年纪虽轻，却比班上的任何战士都要有经验。

可彼时，李大伟对于战场上的残酷、实战经验的重要性还不太了解。他只知道，自己进了新四军的队伍便是重获新生。他终于不用再流浪了，在部队里，有饭吃，有衣穿，还有像是亲哥哥一样疼着他的战友们。

整个班上，数李大伟年纪最小，战友们多多少少都照应着他些。就连小土狗星子，也是这战场上难得的"开心果"，成了班上的"团宠"。就算是最艰难的时候，大伙儿也没亏待过星子——只要他们人还有一口饭吃，狗就有饭吃。

然而，他把救过自己一条命的星子，打跑了，赶走了。

那是 1941 年的 7 月，日军集结了一万七千人，向我新四军华中抗日根据地进行"大扫荡"。这次战役，也是李大伟新兵入伍之后，第一次走上战场。

他以为自己凭着满腔仇恨，凭着一腔怒火，凭着为家人报仇雪恨的决心，就可以在战场上大展身手，奋勇杀敌。

但是，他没有。

日本人的炮弹，直接打进了战壕里，轰起了纷扬的泥土，也洒下了猩红的血雨。李大伟的命，真的挺硬，他不是那个被炮弹击中的人，可他目睹了一切。而这一切，就发生在他的身边。

那个被炮弹轰没了的战士大哥，昨天傍晚还笑眯眯地摸着他的脑袋，操着不知道是哪儿的口音，教训他道"小伢子多吃点塞，还在长身体的时候喽"，一边把自个儿的糙米糊糊拨进他的破碗里。

也正是这位老大哥，就在五分钟前，还用力地摁下他的脑袋，教训道："把头给我埋好，保护好自己，别老瞎瞅，听班长命令。"

然而，眨眼之间，人没了。

李大伟不是没见过死人，他就是从死人堆里爬出来的。但令他崩溃无措的是，他根本看不见人啊——那位战士大哥，人全炸没了，连根骨头都没剩下。

这一场仗，十四岁的少年打得浑浑噩噩，如果不是有班长周水生带着，他多半也就跟老大哥一样，当场就交待了。他甚至不知道战斗是如何结束的，他只知道，枪炮之声渐渐稀疏，直至消失于无。再然后，他就听到了班长周水生的指令：

"集合，清点人数——全体都有，报数！"

大家集合了，也报数了。

但这数儿，却凑不齐了。

一个班，缺了一半。

李大伟的双脚突然就没了力气，他一个趔趄摔在地上，半天都站不起来。

他以为自己加入了新四军，就是找到了依靠：就有组织管、能吃饱饭，就能打鬼子、为爹娘报仇，就再也不会受人欺负了。

可事实上，"打仗"这两个字，比他想象的还要残酷，残酷太多。他得面对更多的失去，得眼睁睁地看着那些照应过他的战友们，顷刻间就这么没了。

直到这一刻，他才真正地理解，周水生为什么能当这个班长——他比他们看得都多，经历得都多，并且他，还活着。

而此时，背脊挺立的班长周水生，居高临下地望着这个软了脚的小战士。

或许是对他糟糕表现的惩罚，或许是为了让他更快地理解战斗的残酷，周水生大声命令李大伟，让他留下来打扫战场。

"打扫战场"，这四个字的含义，也远远要比字面上涵盖得更多。有战士在收缴敌军遗留下来的武器，有战士在捡枪、捡炮，而李大伟只想捡战友，想让那些曾经照顾过他的大哥们，能够走得体面些。

可是，从日暮到入夜，他只在黑黑红红的泥土上捡了些断臂残肢。

明明报数的时候，少了一半的人，可他却连一具完整的尸骸都拼不出来。

他茫然又无助，只能不停地向前搜寻。然后，他就看见了星子。

他看见星子坐在泥地上，嘴里咬着一条人腿。

事后，仔细想想，星子是不会吃新四军战士的，绝对不会。或许这个通人性的小家伙也像大伟一样，只是想寻找战士的遗体。

但是在那一刻，在那个瞬间，李大伟的情绪完全崩溃了。他不过是个初次上战场的新兵蛋子，是第一次意识到"打仗"这两个字的残酷。想到那位就在他身边被轰没了的战士大哥，李大伟大声地哭号着，捡起棍子狠狠地抽向星子的后背，让它把那条腿骨吐出来。

被小主人抽打，星子害怕又无措地悲鸣着。然而，几近疯狂的少年却没有看出小狗的颤抖。盛怒之下的他，快速掏出手枪，对准昔日的救命恩人，狠狠地扣下了扳机！

……

"啊，他把星子杀了？"李忆星震惊道，随后又眉头紧锁，陷入了纠结，"难怪了。太爷爷肯定是临死都愧疚，才给我安了个'星'……"

陆芸芸斜眼瞥他，没好开口：这李忆星完全入戏了，他根本没有意识到，自己已经彻底接受了周水生那天方夜谭似的抗战故事。

可周水生还是那么淡定地摇头，那沧桑的语气，哪里像是十七岁的人，倒像是阅尽千帆的老人家：

"不，那还不是我们最后一次看见星子……"

那一天，星子被李大伟赶走了。

走的时候，它嘤嘤嗡嗡着，一步三回头，怎么都想不明白，主人为什么要这样对待自己。

再然后的很长一段时间，星子都没有再出现过，大伙儿也不知道它流浪到了哪里。

时间一晃而过，来到了1941年的冬天。

周水生、李大伟他们所在的五连一班接到上级命令，前往盐阜周边的一个村落，对村民进行救援。

根据侦察兵的讯息，这个小小的张家庄前一天刚刚被日本鬼子"扫荡"过。庄上一共三十多户人家，百儿八十口人，所有的米粮被日本鬼子洗劫一空。要知道，这是在日军连番轰炸下的苏北地区，本就损失惨重，粮食歉收。庄上的村民连自己的口粮都收不够，又遭到这群日本强盗的打劫，根本就没活路了啊。

当周水生带领一班的战士们赶到张家庄的时候，看到的就是这样一幅惨景：倒塌的房屋，饥饿的村民，几乎每个人脸上都挂着彩。有些村民被打得缺胳膊断腿，伤得极重，但因为缺乏医疗资源，只能躺在草席上哀号着硬扛。

见此情景，周水生立刻安排战士们分头行动：有人负责救治伤员，有人负责重整房屋，有人负责分发粮食。那时新四军的华中抗日根据地也正在艰难的建设时期，战士们也都过着缺粮少食的苦日子，但大伙儿都知道，再苦也不能苦着老百姓。

就在一班的战士们各司其职，帮助村民开展工作的时候，却听得村口传来了一阵阵的狗叫声。那声音耳熟，李大伟扭头去看，只见一条毛都耷拉下来的三脚癞皮狗，冲村里狂奔而来。

是星子。几个月前被他打跑了的星子。

其实过了这么久，李大伟早就想通了，也知道是自己错怪了星子。就在他眼前一亮，欣喜之色溢于言表的时候，却见狂奔到他面前的星子，咬住了他的裤管，似是想将他往村口拉。

李大伟向班长周水生汇报了一声，便跟着星子跑了几步。这不看不打紧，一看着实吓了一跳。一支日本兵小队三十余人，竟然又杀了一个回马枪，正乘船渡河，等船靠了岸，再穿过一片杨树林，只要十几二十分钟，便能杀进村子。

李大伟冲回村子，赶紧将这个消息告诉班长："班长，打不打？"

此时班上一共十一人，要对付三倍于己的力量，不是没有胜算，但一定会付出惨重的代价。更何况还有那么多村民在场，大多数又是伤员，真要打起来，伤亡可就更重了。周水生略一思量，不敢有片刻的耽误，立刻下达指令：

"全体都有，带着老百姓，立刻转移！"

苏北农村大多地处平原，地形平坦，很少有地方躲藏。好在这是冬天，枯水期的河沟能躲些人，也是个转移的通道。可鬼子来得急，村民人数多、大半是伤员，怕就怕来不及逃。

周水生当机立断，右手掏出他的"撅把子"，左手指向东边："你们带着大家往村东走，从河沟里撤。"

"那你呢？"李大伟瞧出不对了。

周水生没有回答，但他紧抿的嘴唇、严肃的神态，已经泄露了他心底的决定：他打算用自己做诱饵，声东击西，吸引敌人的注意力，给大伙儿争取转移的时间。

"不行，"李大伟着急道，"我们怎么能丢下你一个人？"

然而，周水生义正词严，一句"这是命令"，将所有的质疑都堵了回去。

在他的指令下，五连一班战士带着村民们迅速撤退。伤得最重的老弱病残，都被战士们背着了。其他村民则互相搀扶，在战士们的带领下，向村子后方的河沟转移。

李大伟不但命硬，骨头也硬，这一次，他就是不听话，硬要跟着班长周水生走。他自己都不知道，是从什么时候起，他不但彻底服了这个只比自己大两岁的小班长，还成了周水生最"忠心"的小弟。

时间紧迫，鬼子很快就会进村，没时间磨磨蹭蹭搞什么"你走还是我走"的"把戏"了。周水生狠狠瞪了李大伟一眼，但终究还是带上了这个小战士，一齐向村西跑去。

鬼子进村扑了个空，正要四处搜寻，突然听得村西传来一声枪响。日军小队长立刻率众追击。他也是指挥战斗的好手，绝对不是什么只会"八格牙路"的笨蛋。日军一边追赶一边戒备，路过村屋便放枪扫射，就怕有新四军游击队搞滑头：表面伪装"空城计"，实则埋伏搞巷战。

也不能怪鬼子太谨慎，是敌我双方在长期战斗的过程中，都打出经验来了。我们在红军时期，就由毛泽东同志提出了游击队的十六字方针："敌进我退，敌驻我扰，敌疲我打，敌退我追。"之后，无论是八路军还是新四军，在敌后斗争中都坚持了这一原则。面对我们"神出鬼没"似的打法，日本鬼子往往摸不着头脑，也吃过不少闷亏。

事实上，正如周水生先前预估的那样，我军十一人对阵日军三十余人，若是做好埋伏工作，完全是有胜算的，甚至有可能全歼敌人。可是要保护村民伤员，仗就不能这么打。但日本小队长并不知道我方的顾忌，还以为又是我们的什么战术，向西追击的步调都放慢了许多。

周水生这一计，逼得日本鬼子放慢了脚步，就给村东的战士和老百姓们争取了充分的撤离时间。他们相继躲进河沟，又顺着河沟向外转移。而村西的周水生，则时不时用枪声吊着鬼子，等估摸着老百姓撤退得差不多了，便带着李大伟奔进广袤的农田，想找地方隐蔽，然后销声匿迹。

另一方面，日本小队长也是经验丰富。他先带队小心翼翼地摸了十分钟，久久不见对手发动攻击，便意识到自己被耍了，这还当真就是个"空城计"。于是，他立刻命令士兵几人一组，兵分多路，从村里追到村外，从多个方向全速追击！

在这万物凋零的冬季，又是这平整的苏北平原，想在村外的田间找个隐蔽的地点着实不易。周水生的脑子飞快地运转着，他心知肚明：村子里是藏不住的，而一旦跑到村外的开阔地带，想以二敌多，那根本就是送死。他扫视了一眼开阔的地势，当下决定"生机险中求"，带着李大伟一头扎进了农地上堆着的草垛子里。

在这一望无际的苍莽田野，只几个大大的枯草垛子孤零零地戳在那里，这伪装太过显眼，反而成了迷惑敌人的工具。日本人搜了半天，连个鬼影子都没看见。而周、李二人躲在草堆中，连大气都不敢出，任由操着刺刀的鬼子从草垛前方经过。

日本兵横起刺刀，冲草堆里捅了捅——这也在周水生的预料当中，他早就把李大伟摁住，让他平躺在了地上，自己则横起身体，像被子一样"盖"在了小战士身上。刺刀从上方挑过，没划出半点动静。

透过茅草的缝隙，隐隐能看见日本鬼子的双脚。而远处的田埂上，突然跑来一只三脚癞皮狗，是星子！它一边奔跑一边冲日军吠叫着。找不到人影的日本鬼子，将气撒在了这只土狗身上。刺刀狠狠地砸下，穿透了它的背部。

这一次，那只数度死里逃生的幸运犬，真的逃不动了。血从它的身下流淌出来，将它本就邋遢结块的、脏乎乎的毛，染成了一撮一撮的暗红色。

周水生感觉到身下的颤抖，他伸出手，紧紧捂住了李大伟的嘴，不让他发出一丁点儿的声音。

一刀，又一刀……那个暴怒的鬼子，似乎将这"不长眼"的土狗大卸八块也不解心头之恨。待到日军小队长下令离开，他才一脚踹上死狗的残肢，气鼓鼓地走了。

而那时，周水生的手指，都被李大伟咬出了牙印。泪水鼻涕和口水混在一起，顺着下颌，滴进了枯草里。

那一天，鬼子走后，李大伟抱着血肉模糊的星子，哭到喘不上气，哭到昏了过去。直到那一刻，他才意识到，星子是他最真诚的朋友，它一直陪伴着他，是有着过命交情的家人。

但在旁人的眼中，它终究是一条狗，尤其在那个人都要饿死的年代……等李大伟醒来的时候，他闻到了难得的肉香味。那些偷偷回来的村民，为了救治伤员，把星子给煮了。

那一夜，老百姓们聚在一起，拿着新四军救济的米面，就着点肉，烧了一锅热乎乎的粥，分给了老弱病残，分给了一众伤员。

新四军战士们，一口都没有吃。跟那些不明情况的老百姓不一样，他们都是认得星子的，那是他们班上的"团宠"，亦是战友。

入夜的寒风，送来阵阵烟气。

远远的，周水生和李大伟坐在农田的草垛前，望着天上的星星，一闪一闪亮晶晶。

望着望着，李大伟把头埋进了周水生的胸膛前。

夜风如呜咽。

漫天的星光，温柔地凝视着这片满目疮痍的大地，也映照在少年单薄的背影上。

……

星子的故事，讲完了。

清吧里的人们依然喧闹着，有人谈笑风生，有人开怀畅饮，而陆芸芸和李忆星，却都陷入了沉默。

脑子里有太多的观点，比如"狗是人类的朋友"，比如"动物保护，拒绝狗肉"，但他们一个字也说不出来。

能说什么呢？在国土被侵略、一个连命都保不住的年代，哪儿有道理可以讲？讲人权，讲动保，日本鬼子听吗？讲了道理，他们就不砍人了吗？

万般情绪，只剩下悲伤。

李忆星望着面前的啤酒杯发蒙，杯子里的气泡舞动着，又一个个跳跃炸裂，化为白色的泡沫。他觉得自己的疑问就像是这些气泡一样，纷纷浮现并上涌，却又最终糊成了一团虚无的白沫。

过了好半晌，他才僵硬地扯动嘴角，发出尴尬的笑声："你这个小兄弟，脑子挺活络的嘛。这么会编故事，怎么不去网上写小说啊？"

他这句话，陆芸芸没法儿回，只是用悲伤的眼神望着李忆星，似乎想透过这位大四学生的面容，看向他的长辈，看向他那个饱经风霜的太爷爷。

在如今这些年轻学生的耳中，这些是悲伤的故事。而在八十年前，这些故事，却是那十四岁、十六岁新四军战士们真实的人生。尚显稚嫩的身躯，却背负着什么样的血海深仇啊！

可李大伟，却受住了。他从尸骨堆里爬出来，他目送亲人战友一个个地离去，他都承受住了。他撑到了中国人民的胜利，他活到了七老八十，他有儿子，有孙子，甚至还有一个上大学的重孙子……

经受过那一切，还能坚定地战斗下去，还能无畏地活着，那是多么了不起的人。

陆芸芸猛地举起杯子："敬你的太爷爷！"

"敬星子。"李忆星几乎是下意识地作答，同样也举起了啤酒杯。

一只装满橙汁的玻璃杯，碰向了半空中的水杯和酒杯——

"也敬你，李忆星。"

周水生淡然的叙述，让两名"00 后"的大学生顿了顿，瞬间又为之了然：是的，他李忆星的存在，便是胜利的化身。

杯子碰撞，发出清脆的声响。

撞完了，李忆星又回过神来，把啤酒杯往吧台上一放，把眼一瞪："你们两个也太没谱了啊，这聊了半天算啥？虚构什么红色文学吗？"

"那个，"陆芸芸挠了挠头，"我跟你说个更没谱的事啊——"

"啥？"李忆星继续瞪眼。

"他啊，"陆芸芸两手抓住周水生的肩膀，把他推到李忆星的正前方，"他是从 1942 年穿越来的，他真的是你太爷爷的小班长——你信吗？"

李忆星瞪视着面前的周水生，他那溜圆而明亮的双眼，让后者想起了当年的星子。

而这位名字里也"忆"着"星"的大四男孩，瞠目结舌地石化了。良久之后，他似乎听见了自己脑袋里的一根神经弦，"啪"的一下突然绷断的声音。

第十一章　太爷爷的恩人

虽然李忆星摆出一副"打死不信"的架势并口口声声地反驳着："你们说的都是什么鬼话？"但他还是找了一个借口，让罗杰·盖尔和大桥清智先回学校，自己则跟随陆芸芸和周水生，来到了公园的湖边。

昏黄的路灯，映出清澈的湖面。这是陆、周二人之前坠湖的地方。当然，陆芸芸没有说出自己投湖寻死的事情，只说无意中路过，看见有人落水，便出手相助。没想到，救上来一个1942年来的新四军。

李忆星用狐疑的眼神打量着二人："就算他是穿着军装被你救上来的，你能信这鬼话？"

"……"陆芸芸无语，她自己都觉得有点扯。她隐瞒了自己当时求死的心态，就无法还原和叙述自己相信对方的逻辑和感受。无法细致说明的她，干脆"摆烂"，决定强词夺理了：

"你管我信不信？现在重点是你信不信。你倒说说看，如果他不是穿越的，怎么会这么了解你太爷爷过去的事情？你都没见过你太爷爷，那些事儿你都不知道呢！"

李忆星晃了晃自己的手机，"那还不简单，视频上看的呗。我太爷爷做过老兵口述史记录的，他参加抗战那些事，我都是从视频里看来的。"

一听说有视频，周水生的眼睛登时亮了："快给我看看！大伟他老了是个什么样儿？"

他那期待又急迫的语气，让李忆星怔了怔，好半天才接上一句："你小子装得贼像啊，学过表演的？"

陆芸芸忍不住捂嘴偷笑：李忆星这蒙圈的表情，跟她昨天一个样儿，当时她也十分感慨周水生的"演技"，觉着这"演技"特别有感染力，简直可以吊打一群网剧小鲜肉。

"李忆星同学，我没有骗你，"周水生耐着性子，摆事实、讲道理，"我的确是从1942年来，在我穿越前的那一刻，我还在跟你太爷爷一起打仗，就在二鸢镇旁的谢家渡……"

李忆星挑眉，露出一副"你终于露馅儿了"的、抓着对方把柄似的表情："哈哈，我就说嘛，你果然是从视频里背出来的——我太爷爷在采访里说了，谢家渡是他印象最深的一场战役！"

面对他的质疑，周水生也不生气，继续解释道："好，就算视频里说到他的情况，但总不会展示他的伤口。他背上的伤，有这么长……"

他伸出两手，先是比画了一个二十多厘米的长度，又转动右手比画了个角度方向，"从左肩到这儿，快到腰这儿了。还有，他屁股上缺的那块，比碗口都大，大约这么宽……"

说着，他又拢起两手，比了个碗口大的圆，完了往自己右边屁股一比画："就这里，缺了这么一大块。"

这些内容，采访视频里可没拍出来，但周水生说得有鼻子有眼。然而，偏偏李忆星刚出生的时候，他太爷爷就驾鹤西去了，他哪里会知道什么伤疤的状况？李忆星只能狐疑地瞪着周水生，想了想，然后突然走到旁边，拨通了自家老爸的电话：

"爸，我问你个事儿……"

他故意压低了声音。而陆芸芸就这么抱着双手、笑眯眯地在旁边看着。她等着呢，看他一会儿被"打脸"。

果不其然，李忆星对着电话"嗯嗯"了一会儿，等他再转过头来的时候，望向周水生的眼神都不太一样了。他满脸纠结，张了张口、又闭上了，他想喊，又不知道该怎么称呼：

"那个……这位小兄弟，我……"

"喊'周爷爷'，"陆芸芸斩钉截铁地打断李忆星，她是唯恐天下不乱，笑着撺掇道，"他是你太爷爷的班长，论辈分你得磕头。"

嘴里讲着辈分，她脸上却是笑眯眯，摆明了是看热闹不嫌事大，故意欺负李忆星——谁让这个混蛋踩个旱冰鞋，害她错过研究生考试呢！

李忆星那个冤啊，纠结得眼睛鼻子都皱一块儿了。偏偏陆芸芸说得有道理，但是，让他喊这个明显比自己小了四五岁的男孩"爷爷"，这哪儿张得开嘴啊！

好在周水生深明大义，他轻声制止了她："陆芸芸同志，你少说两句吧。啊，李忆星同学，这样，你就喊我'同志'吧。"

"哦好，都听你的。"李忆星点点头，口气明显乖巧了许多，先前那副质疑的拽样儿连个渣渣都不剩了。可乖乖地点完头，他又琢磨出不对味儿了：

"不对啊，凭什么她就是'同志'，我就是'同学'？"

"论辈分，他没喊你'小宝贝'和'小伢子'，就算是够给你面子了，"陆芸芸乐不可支，她得意地挑了挑眉，"至于我嘛，我是他'芸姐'，这么一算，你以后也得喊我一声'姑奶奶'。"

这辈分全乱了。周水生哭笑不得，抬起两手赶紧招呼："都给我打住！那这样，以后一律喊'同学'。星星同学，你手机能不能给我看看，我想看看大伟。"

说到正事上了，李忆星赶忙调出那段老兵口述史的采访视频，然后情不自禁就上了规矩：只见他伸出了双手，两手捧起手机，毕恭毕敬地递给了周水生。

陆芸芸也好奇，凑过头一起去看。只见画面上的老人家，白发有些稀疏，脸色也不太好，眼角眉间的皱纹沟沟壑壑，像是在眉头之处堆叠成了山峦。

在周水生记忆里，十五岁的李大伟，明明是一副少年面孔，生动而真切，热血又冲动，眉眼之间都是少年人的凌厉之气。而视频里的这位老者，看上去却陌生又遥远，他都认不出来了，只觉得鼻梁那儿还留着些往日的意蕴。

周水生平时拿枪都不会抖的手，此时却突然颤了一下。他望着视频上标注的采访者信息，"李大伟"和"72岁"的字样，没来由地让他的心跳都漏了半拍。

心口闷闷的，有些难受，可心底深处，却又透着点儿不由自主的欣喜：

这臭小子，果然是命硬。

"这是1999年拍的，那时候我还在我妈肚子里呢，"李忆星介绍道，"第二年我出生不久，太爷爷就走了。幸亏中国新四军研究会给老人家安排了这么个采访，给家里人留了点儿念想，不然我还真就听不到太爷爷讲抗战故事了。"

视频被点开，年过古稀的老人，操着他那口浓厚的南京口音，回答采访者的问题：

"哪过（个）四（是）我恩（印）象最森（深）的战斗？那肯

定四（是）谢家渡战役啰，那四（是）1942年的中秋节……"

日军如何趁着过节准备偷袭二㘭镇，新四军先是如何侦察并加以准备，随后如何见招拆招、诱敌深入，最后在谢家渡包围了日军、瓮中捉鳖，将日军大队长逼至河边的事情……老人家不紧不慢地一一讲述着。

"……我们埋伏了一整晚，到了第二天正式开打。那似（时）候，日本鬼子的大队长，叫保田中佐，坏滴一米。他一看被我们包围，就把受伤的日本兵扔到着火的屋里头，自己偷逃到船上去啰。我的班长周随森（水生），是我们最最厉害的战士，他冲得最狠最快，上去就要活逮保田……"

说到自家班长，老人家的话语之间满是自豪，那双爬满皱纹的双眼，又燃起新的火光。然而，这份熠熠生辉的光彩，并没有持续太久，接下来，他的表情又黯淡了下去：

"……我们班长为了保护大家，第一个冲进船里，中了保田一枪。他当场牺牲，掉到水里头去了。我当时脑子都炸了，就想打死鬼子，给我们班长报仇。我冲进去'乓、乓、乓'三枪，把保田打死啰。"

时隔多年，李大伟回顾当时的情景，气得一口南京话，仍然是义愤难平。而在屏幕面前，重看这段口述史的三人，有人回忆往昔，有人却只能通过这只言片语，想象当时的场景：

"所以，你就是那时候在谢家渡战役里，被日本大队长打死了，掉到水里之后，穿越到我们这儿来的？"陆芸芸好奇地提问道。

可周水生却沉默了，没有立刻回答。陆芸芸偏头望他，却见他眉头深锁，像是在思考着什么。她不知道，此时的周水生，心中已是掀起了轩然大波。

不对！时间不对！他中弹的时候，仗还没开始打，那是1942年9月24日中秋节的夜晚，当时他们埋伏在芦苇荡中，他是为了摁住李大伟、不让他被日军发现才远距离中枪的。

而根据口述史里李大伟的说法，那应该是第二天的白天了，是我军与日军进行了正面交战，他才会登上船舱、缉拿保田中佐。

这么重要的战役，李大伟不会记错。那要按这么说，他还能回去1942年？还能重新站在战场上？

周水生瞪大双眼，只觉得心中激荡。他甚至没有再去细想，他会不会如李大伟所说的那样，在第二天的战斗中中枪并牺牲，仅仅"回去，回到战场上去"这个念头，就足够让他热血沸腾了。

想到这里，周水生的双眼绽放出异样的光彩，他甚至忘了"男同志、女同志应该保持界限"的规定，转而一把抓住了陆芸芸的胳膊：

"怎么才能穿越回去？有没有这个网课，你找给我！"

陆芸芸给问傻了，简直哭笑不得："哪有网课教这个的？你当中国大学慕课网是什么玄幻、科幻的故事教程吗？"

她的吐槽，让周水生不解：对于他来说，他在网课上看到的那一切，中国这些年来的发展与腾飞，其震撼又奇幻的程度，与"穿越教程"也没啥区别了。所以，在他而言，这些都属于一回事。

见他迷茫不解的眼神，陆芸芸仔细想了想："呃，说不定……爱因斯坦的相对论，能稍微沾点边儿？这个倒是有课程。"

"别瞎说，相对论的课程又不是写穿越小说。"打断她的是李忆星，这位计算机专业的理工男，决定斩断文科生不切实际的想象。不过，他仔细一琢磨，提出了新的思考方向：

"根据我太爷爷的说法，谢家渡战役不是在中秋节嘛。而你昨天穿过来的时候，正好是元宵节，会不会跟月相的周期活动有关联？"

这次轮到陆芸芸向他翻白眼了："月相和潮汐活动也不管这个。难不成月圆之夜，水底下还能给他开个虫洞来？"

什么"月相的周期活动"，什么"虫洞"，周水生都听不懂，他只抓住了一条："所以照这么说，等下个月十五，到满月的时候，只要我跳进水里，就能穿越回去？"

陆芸芸和李忆星面面相觑：这穿越的事儿，谁能搞明白啊？能还是不能，谁也没法儿答啊。

最后，还是李忆星开口："只能说有这种可能性……不过你要真能算准时间'穿'回去，我第一个要写论文研究！别说发 C 刊发 SCI，这都能拿诺贝尔奖了！"

不愧是理工男、考研党，满脑子都是发论文。陆芸芸先是鄙夷地瞥了他一眼，而后也被"论文"这两个字勾起了自己的忧愁。

下一秒，她拽着周水生，把人直接推到了李忆星的面前："好了，现在这家伙归你了。我要'肝'几天毕业论文，你可得把人照顾好。"

"凭什么归我？"李忆星愣了。

"不归你归谁，你责无旁贷啊！"

这俩人的口气，简直像是某些闹离婚的无良夫妻，都想将娃儿的监护权丢给对方，自己当个甩手掌柜。被推来推去的周水生，一头的雾水，满眼的无辜，只能尴尬地瞪着俩人。

最后，还是陆芸芸的话来了一击必杀："这是你太爷爷的恩人，四舍五入就是你的恩人。没他就没你，你不管他，谁管？"

这倒是没错。如果不是周水生几次三番救下李大伟，这世上也就没李忆星什么事儿了，的确是"责无旁贷"。李忆星挠了挠后脑勺，点头答应："行，睡就睡我宿舍，吃的也不愁。还有啥要注意的？"

"教他上网课，补中国近现代史，回答他的一切问题。哦对了，你要小心他，他会把烟花听成轰炸，会怒掉你的日本朋友，而且还没有健康码——你可得把他看住了，不然分分钟就要惹祸。"

"喂，陆芸芸同志，"周水生被她说得好尴尬，"我有这么差吗？我可以照顾好自己的……"

陆芸芸做了一个"打住"的手势，"别价，你照顾自己，分分钟就得闹到派出所去。"

周水生被她噎得哑口无言，只好低头继续看手机视频。配合老兵的采访，主持人适时地插入，用普通话、播音腔，介绍起了谢家渡战役的后续状况——

　　本次战斗，共歼灭日军独立第十二团混成旅五二大队官兵一百一十名，生俘三名。战后，第七团获得了新四军军部授予的"老虎团"称号。

　　之后，新四军将日军大队长保田中佐的尸体装入棺材，其余日军战死战士的尸体全部整理好，用三条船运送到麒麟镇日军据点，交给驻南通的日军第十二混成旅团长南浦镶吉。

　　南浦大为折服，三天后给新四军回信，表示感谢。信上写道："贵军战后，归还战骸，宽仁厚德，诚贵军政略之胜利。"

主持人的旁白，与信件的字幕，都逐渐地淡去，画面又切回给了七十二岁的李大伟。

白发稀疏、满脸皱纹的老战士，对着摄像机镜头，挺直了脊梁、精神头十足地敬了一个军礼。

周水生重重地跺脚、立正，他将背脊挺得笔直，左手端着手机，同时迅速抬起右臂，对着视频里那个陌生又熟悉的苍老面容，工工整整地敬了一礼。

隔着一面屏幕，跨着数十年的时光。此时十七岁的少年，望着屏幕里七十二岁的小弟，摆出了同样的军礼姿势。即便跨越时空，在他们的眼中，却闪动着同样的信念，同样的敬意。

第十二章　一周之后

认识周水生也不过才短短一天，陆芸芸真正体会到了什么叫"度日如年"。为了照应这个"时间偷渡客"，她真是得偷偷摸摸、提心吊胆地过日子。幸好，让她遇上李忆星这个"相关人士"，成为了与她一起照应周水生的"共犯"。

三人从公园打车回到学校，照样用那套"手机丢了、还没来得及买"的说辞，骗过了保安大叔。再然后，陆芸芸顺理成章地把周水生"丢"进了李忆星所在的男生宿舍，解决了她最最头疼的住宿问题："交给你了啊，"站在男生宿舍楼前，她不放心，再三叮嘱道，"你可得照顾好你爷爷。"

听到这句"爷爷"，李忆星是一百八十个不自在，那表情就跟便秘了似的："能不提辈分这茬儿吗？都说了，这是我们李家的恩人，我能不好好照应他？"

他这表态，让陆芸芸满意地点了点头，随后望向周水生，轻声解释道："我就'肝'个三五天论文，实在是时间紧任务重，怕毕不了业……你等我，等我把论文交给导师，马上就来找你们。"

她这再三承诺的模样，让周水生不由得好笑："放心，我又不是小孩子。陆芸芸同志，你的工作任务和学习任务，是眼下最重要的事情，你一定要认真对待，严谨负责，一刻也不能耽误。"

他这又搬出了小班长的态度，开始给人训话了。陆芸芸又好气又好笑："是是是，你提醒得都对，容我消失几天把论文赶出来，你就跟着这家伙——啊，对了，万一他欺负你，你就来找我，你知道我宿舍的。要不，你留个我手机号？不对，你也没手机啊……"

她嘀嘀咕咕，完全不放心的模样，让李忆星看不下去了："你当我什么人啊？都说了，救命恩人，我怎么会欺负他？我要真这么不做人，太爷爷晚上不得到梦里把我骂个狗血淋头啊！"

说着，李忆星大力地拍上她的肩膀，把人往外推："好了好了，你也别磨蹭了，快'肝'你的论文去吧！马上学校要搞中期检查了，初稿要全部上传毕设系统的，你倒好，才开始做调查问卷，这哪儿来得及啊！你看我，别说初稿，我全稿都定了。"

这鲜明的对比，就两个字——扎心。陆芸芸的脸顿时黑了下来，她像是一个舍不得娃儿的老妈子，先是依依不舍地跟周水生挥手道别，然后狠狠地瞪了李忆星一眼，最后愤而转身，拔腿向女生宿舍狂奔而去。

接下来的几天，陆芸芸忙得是昏天黑地。

正如李忆星所说，学校即将对毕业生论文工作开展中期检查，全部学生都得完成论文初稿、上传毕设系统——这也是之前导师连元宵节都不放过他们、发个祝福短信还要催他们交论文的原因。

而陆芸芸的进度，根本是从零开始：从文献综述到开题报告，从问卷调查到数据整理，从大纲搭建到正文撰写——她得在短短的几天之内，完成这整个流程，形成一部完整的、八千字的学术论文。

连着五天，陆芸芸每天只睡两三小时，不是在图书馆里查阅资料，就是在宿舍里疯狂码字，连去食堂吃饭的时间都没有，完全靠泡面、饭团、咖啡这"熬夜三件套"续命。

在这一番"极限挑战"式的操作之下，陆芸芸只用了五天，就"肝"出了她的论文初稿。虽然已经超出了导师给出的 deadline，但在她惴惴不安交稿的那一刻，导师并没有责骂她：

> 你这题目蛮有意思的嘛，《以"同志"为例，浅析红色文化词语的本土异化与他国误解》，怎么想到的？

陆芸芸望着对话框纠结，她总不能说自己是受了个穿越者的启发，她只能打起了哈哈：

> 就灵机一动吧。老师对不起啊，我迟了两天才交稿。

对方的回复很快送达：

> 收到，没事的。我通知你们的时候，故意把 DDL 提前了一星期，就是怕你们最后赶不上，超出毕设系统关闭的时间。

微信聊天对话的最后，导师还一连发了三个"捂嘴偷笑"的表情包。看来这位老师也是在与学生斗智斗勇的过程中，积累了丰富的经验和手段，还有那么一点点的"小心机"。

直到这一刻，陆芸芸才理解导师的用心良苦。但嘴笨、不会说话的她，只能在手机键盘上敲出"谢谢老师"这四个字，然后也用表情包，送上一朵小花花。

痛快！解放了！

一直紧绷的那根弦，彻底松了下来。陆芸芸一头扑倒在床上，把自己摆成了个"大"字形，可下一秒，她又像是受了惊的狐猴一样，猛地直起上半身，瞪大眼睛直视前方。

对了，不能歇，还有个穿越来的周水生呢，不知道怎么样了！

陆芸芸拿出手机在微信里猛翻，给李忆星发去一长串的感叹号。

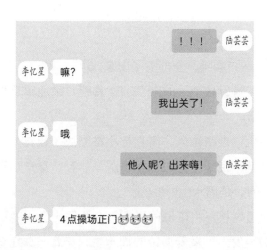

陆芸芸瞅着那一连串的"哈士奇狗头"的表情包，再看看那些不带标点符号的文字，感觉自己的血压都要上升了。这个李忆星，一点人文素养都没有，标点符号都用不对，她作为文科生，看得好难受啊！

随手拿了件外套，把手机往兜里一揣，陆芸芸抓起喝了一半的冷咖啡，旋风似的冲出了宿舍。

2月21日，是学校正式开学、新学期上课的日子。

冬日的风，还未褪寒气，但梧桐枝头已冒出些许的绿意。玉兰花含了苞，迎春花抽了条儿，梨花树已迫不及待在风中招摇。树下是熙熙攘攘的学生，学弟学妹们抱着书本，说笑着赶往教学楼，给校园里添上了一些暖意和热情。

刚"出关"的陆芸芸，看着说笑嬉闹的学生们，突然有一种"山中几日，世上千年"的感触。好像她蒙头赶稿才几天，校园就变了样子。走在绿意盎然的林间小道，心情也变得轻松而愉悦，笑容不由自主地绽放在陆芸芸的唇角，她加快步伐，冲向了操场。

当赶到操场正门的时候，还没到下午四点整，陆芸芸坐在旁边的小亭子里，一边小口地喝着她的冷咖啡，一边随性地左右张望。

"噗！"一口咖啡，全部喷了出来。

化身为"喷射战士"的陆芸芸，目瞪口呆地望着那条通向操场这里的小路。

两位男生，走路拉风，简直把小路当成了模特儿的秀场和T台。李忆星就不说了，旁边那位脚踩旱冰鞋、身穿运动服，还戴着一副墨镜的，是周水生？？？

阳光穿透树枝，将斑驳的光影打在小路上，也映照在男孩蓬松又飘逸的短发上。戴着墨镜的周水生，穿着一身红金撞色款的运动服，斜挎着个黑色金纹的运动包，帅气又潇洒地迈出滑旱冰的腿脚，任由风吹起他的刘海——他还随意地抬起右手，那么轻轻地一捋，耍帅之余，稍微又有那么点儿喜感和油腻。

陆芸芸张大了嘴巴，化作颜文字"＝口＝"，她的下巴都快要掉下来了。

迎着她无限震惊的目光，两位帅哥来到了她的面前。李忆星向旁边的人歪了歪拇指，一脸嘚瑟："怎么样？帅不帅？"

确实还挺帅。此时的周水生，活脱脱就是一刚进校的大学生，还是那种"潮人"型的"班草"，哪里还有之前穿着灰蓝军装、手足无措的土味儿和傻味儿？只见他熟练地脱下旱冰鞋，动作潇洒地反手一扬，把装备挂在了肩上。

陆芸芸将人上上下下打量了一遍，前面看看，后面看看，左左右右端详过每一个细节后说道："周水生，你好像……长高了？"

周水生摘下墨镜，笑着猛点头。他露出眼睛的这一笑，终于暴露出了一点儿原先的单纯和拘谨。

而他的这个答案，让陆芸芸更加惊异了，她目光炯炯地瞪向李忆星："你到底干吗了？才五天就蹿了个子，你究竟给他喂的什么饲料？"

"喂了垃圾食品，汉堡炸鸡可乐，全是热量炸弹，"李忆星更嘚瑟了，那得意的小表情，就像是一个倍儿有成就感的老父亲，"我跟你说，他足足长了两厘米！这时间再久点儿，再多吃点牛肉牛奶什么的，还能往上蹿！还有你看，这一身，我给他配得不错吧？超流行的哎！"

陆芸芸一看这运动服，尺寸刚刚好，明显不是李忆星的旧衣服，她顿时疑惑了：

"新买的？他能同意？喂，你，说你呢，不是不能拿老百姓一针一线嘛，怎么你跟我就讲原则，跟他就那么熟那么随意！"

后半句是冲周水生说的，陆芸芸腮帮子都鼓起来了。她话语之中的埋怨，就好像是一位受气的娘，不忿于儿子跟老爸的关系比较密切。

周水生赶忙摇头摆手："不是的，我没有区别对待——这是我自己买的。"

"你哪儿来的钱？"陆芸芸开始皱着眉头审讯，她突然想到了一种可能性，扭头冲李忆星发飙："你不会让他把什么根据地发行的纸币钞票，挂了淘宝咸鱼给卖了吧？"

"我是这种人吗？"李忆星挑眉，给她一个白眼，"这钱，是他自己光明正大地挣来的。"

周水生跟着猛点头："对，我自己挣的，光明正大挣来的。自己动手，丰衣足食，我们劳动人民要靠自己的努力和勤奋，过上好日子！"

陆芸芸更蒙了："你怎么赚的？你能做啥？想打工也没身份证啊你！"

"我做跑腿，取快递，送外卖，"周水生笑眯眯地伸出一根手指，探到陆芸芸眼前，比了一个大大的数字"1"，"一次一块钱。"

陆芸芸这下子明白了：学校里快递外卖都进不来，只能送到大门口。但校区这么大，从校门到宿舍还有好长一段距离。男生宿舍有好些出了名儿的懒汉，不愿走这一截路。这就让周水生找到了"商机"……哦，不对，这商机肯定是李忆星找到的，周水生没那脑子，估计只能负责执行。

她猜得没错。这些天，周水生没日没夜地跑腿，一天能跑一百多单。

看他这拼命三郎的模样，李忆星宿舍里的另一位舍友王竞途都惊呆了，当场就发出了灵魂考问："你不累吗？你就这么缺钱吗？"

"真不累，"周水生笑着回答他，"是，我缺钱。"

他这诚恳的回答，把王竞途给整不会了，最后只好在朋友圈里给他推广了一下，多给周水生介绍了几单生意。

当时宿舍里一共三个人，只有李忆星能理解，周水生是真的不觉得累。和新四军抗日根据地里的艰苦生活相比，和把命拴在裤腰带上的打仗相比，一天跑一百单算什么？对周水生来说，跑腿那不叫"辛苦"，那得叫"甜蜜"。

就这样，五天的时间，周水生赚了七百多块。而就在昨天，李忆星说要带他去商店买衣服，周水生把脖子一梗，坚定地表态："我要买鸿星尔克，我在B站看到了，这是心系人民的企业！"

"啊，等等，你还知道B站？还知道鸿星尔克？"听到这里，陆芸芸又蒙了。

"嗯嗯，星星同学给了我一部手机，我就刷到了，"周水生点点头，解释道，"B站视频里有人说了，去年河南发大水，这公司捐了很多钱。"

这小子，进步神速啊。不但学会了用平板刷网课，现在给他一部手机，他都能自力更生，刷B站追UP主了！

陆芸芸一边在心里吐槽，一边又上上下下地打量对方。察觉到她探究的视线，周水生喜笑颜开，还张开了两只胳膊，亮出他的新衣服："你看我这身，好不好看？换季打五折，还不到一百块。"

哇塞，这小子可以嘛，还"换季打五折"，对市场经济了解得这么麻溜儿！

看她震惊的模样，周水生笑得更灿烂了，他从黑色的运动包里翻出了一个大袋子，笑眯眯地递过去："陆芸芸同志，这是我送你的礼物，谢谢你对我的帮助。"

还有这种好事？陆芸芸瞠目结舌，她接过袋子打开一看，里面是两样东西：

一件正红色的连帽卫衣。包装得好好的，封在袋子里，吊牌完完整整地系在衣角上，牌子上标价399元——就算是打五折买的，对于周水生来说，也是他花销最大的一笔"巨款"了。

另外一样东西，是封好盖的奶茶。蜜雪冰城，六块钱一杯的那种，摸上去还是热乎乎的，看来是他刚刚出门买回来的。

异样的情绪，在陆芸芸的心里发酵：半是感动，感动于他的这份心意。别看他土里土气傻乎乎的，心思却是细腻。上次她借了自己的衣服给他，他不但洗得干干净净，还买了同款作为答谢——虽然他是按照自己的审美，挑了一个正宫红。至于奶茶，也是初次进校时，她教给他的，温暖的"快乐水"。

另外一半情感，则是混着心疼的怪异，怪异于他这割裂的表现——就在前几天，他还是满口"抗战"与"革命"的新四军小战士，今天就改头换面，俨然成了 21 世纪的大学校园的一分子了。

其实，年轻人的模样都是差不多的：热情，好学，脑子动得快，手脚动得更快。不一样的，是时代。

是他们所站立的这片大地。时代不同了，这个中国不一样了。

意识到这一点，陆芸芸脑中闪过一个念头，她脱口而出："别回去了，这里不好吗？"

周水生一愣。

半秒之后，他扬起唇角，笑了笑，不予回答。

他的不作声，就是一种答案。陆芸芸急了，大声说道："老话说得好，宁为太平犬，不为乱世人。你在 1942 年都死了，回去还干吗？还要抗战吗？那么多人，又不少你一个！"

"每个人都这么想，'不少我一个'，"周水生淡然道，"那谁去打仗呢？"

"……"陆芸芸顿时被噎住了，但两秒后她就想到了更多的反驳。可她还没能开口回应，李忆星见气氛不对，立马开口打了圆场：

"你们着什么急啊，穿越的事谁闹得清？这能不能回得去，还不知道呢！你们现在有什么好吵的？啊对了……"

李忆星话锋一转，直白地岔开了话题："……刚刚来之前，周哥说了，你完成了重要的工作任务，我们该庆祝一下！"

他的话没错，能不能穿越回去，这是一个未知数，现在没必要争吵。陆芸芸将满肚子话都憋了回去，转而望向李忆星："咱们去哪儿庆祝？"

"要不，去看电影吧，赶个春节档的尾巴，"李忆星提出建议，"就看……《长津湖之水门桥》？"

"别了，还得给他解释什么是'抗美援朝'，"陆芸芸摇头，否决了这个提案，"再说了，第一部《长津湖》我看过，真的太惨了。我怕他看见那么多志愿军战士牺牲，勾起他的伤心事。"

李忆星掏出手机，开始翻猫眼排片："那就老谋子的《狙击手》？"

"这不一样嘛！"陆芸芸白了他一眼。

李忆星边走边翻，把热映电影的排行榜挑了个遍儿。他们倒好办，问题是要考虑周水生的承受能力，太猎奇、太戏谑、太戏剧的片儿，这家伙肯定理解不了，这真给李忆星出了个大难题。

刚走出校门，李忆星的手机突然蹦出条推送。他登时喜上眉梢，一拍大腿，惊喜道：

"有了！就看这个！"

说着，他晃了晃手机，把屏幕上的推送文章亮给陆芸芸——那是电影社的放映预告，今晚他们要在学校礼堂里放电影，顺便搞搞"招新"活动。看着海报图上，吴京一脸布满泥尘的"战损妆"，陆芸芸也乐了，立马拍了板：

"对！就他了！改编自撤侨事件，打得也够爽快，虽然剧情挺不过脑的，但给他看正正好。"

被评价为"不过脑，正正好"的周水生，隐隐约约觉得自己被鄙视了。他探出头去，盯住手机屏幕上的电影海报——穿着迷彩服的军人，手持一挺冲锋枪，脑袋上方顶着三个大字：战狼2。

有了新方案，三人调转方向、重进校门。陆芸芸还没来得及反应，就见周水生麻溜儿地亮出手机，先是把绿码"秀"给了保安师傅，然后主动凑上去"挨"了一记测温枪，最后送上超真诚的慰问：

"师傅，辛苦了。"

这一套动作是行云流水，这熟练度让陆芸芸惊了，她憋着满肚子疑问，直到走进校门十几米、远离了门卫室，她才竹筒倒豆子式的提问：

"你哪儿来的健康码？支付宝不是要绑定身份证的吗？你哪儿来的身份证哦！等等，你用的是别人的号？不对啊，画面上有名字和时间，就是'周水生'啊！你怎么做到的啊？"

她每问一句，李忆星的小表情就要更得意上一分，到了最后，他的眉毛都要飞进太阳穴了，满脸都是嘚瑟：

"你也不看看，我是学什么的？编程这种小事，难得倒我吗？"

陆芸芸更惊了："你开发了一个假系统？"

"我哪儿有那个本事，我只是开发了一个小程序，搞了个显示界面，"理工男开始秀他的优越感了，指着周水生手机的二维码解释道，"反正不用核验，只是做个展示，所以只要备好绿码图，然后调取实时时间，做出动态显示……"

"牛，真牛，"陆芸芸先是赞叹，随后又送上致命一击，"但是违法的哎。"

李忆星斜眼瞥她："这不是特殊情况嘛。再说了，就只给周哥一个人用，不会传出去的啦！"

确实，这也是没办法的办法，陆芸芸不再多说。

三个人先在校园晃悠了一阵，到了饭点儿，就在食堂二楼的小饭店里炒了几个菜。周水生坚持这顿他请，用他的话来说，是要"庆祝陆芸芸同志完成重大项目，取得重要工作的阶段性成果"。吃饱喝足之后，三人径直杀去了大礼堂，趁着来得早、人比较少，挑了个中间的好位置。

晚上七点，电影准时开映。这《战狼2》曾经是国产电影的票房冠军，陆芸芸和李忆星都看过，所以这次完全是"陪太子读书"。

陆芸芸本就是兴趣缺缺，再加上"肝"论文、连续熬了好几天，电影开场才七八分钟，她就打起了盹儿。就在她晕晕乎乎、云里雾里的时候，突然，身边传来老大的动静——

"敌人！这是残害人民的阶级敌人！"

好大的一声吼，暴雷一般地炸响在耳边，陆芸芸瞬间就清醒了。睁眼一看，坐在她右边的周水生满脸的义愤，直挺挺地站在大礼堂正中间的座位上，指着屏幕开骂。骂完了，他还低头摸腰：

"枪呢？我的枪呢？"

陆芸芸定睛一看，电影正演到残酷的画面：代号"老爹"的外国雇佣兵头目，正在利比亚肆无忌惮地屠杀平民，手段残忍至极。

周水生看得义愤填膺，左右摸枪，看样子是想当场"崩"了这个"阶级敌人"——不过他的"撅把子"早就被陆芸芸没收了，不然肯定得闹出乱子。

他这一起身，后面的观众可不乐意了，礼堂里顿时嘘声一片。还有同学把爆米花和薯片从后往前丢到了周水生的头上。在观众的嘘声中，陆芸芸和李忆星一边一个，赶忙拉着周水生的胳膊，将人摁了下来。

"那都是演的，你当什么真啊！"陆芸芸压低声音，小声告诫他，"观影要安静，懂不？不要吵到别人。"

对于普通市民来说，这是最基础的观影文明，但在周水生这里，"观影"却还是个陌生的新鲜玩意儿。被摁下来的他，只能用一双大眼睛炯炯有神地紧盯屏幕，时不时气得鼓起了腮帮子，并且狠狠地捏紧了拳头——他恨不能跟冷锋一样，冲到电影里暴揍外国雇佣兵一顿。

陆芸芸实在太困，又开始昏昏欲睡，她把电影里的枪声、炮声都当成了助眠的背景音。渐渐地，电影似乎来到了尾声，原本激昂紧张的 BGM 变得舒缓下来，也让她的睡意更浓。就在她的意识逐渐朦胧，即将堕入梦乡的那一刻，耳边又是一阵暴吼：

"老乡们，闭眼——"

啥啊这都是！陆芸芸吓得一个激灵，猛地睁开眼。只见画面上的男主角冷锋和女主角 Rachel 正相互依偎，脸颊逐渐贴近……

周水生满脸通红地坐在座位上，一边大吼"老乡们闭眼"，同时两只手左右开弓，一边一个去捂李忆星和陆芸芸的眼睛，防止他们看见"有伤风化"的场面。

他的再次打岔，让周围的同学们彻底怒了。人们纷纷侧目，四下张望，寻找"罪魁祸首"。更有脾气大点儿的男生，直接大吼出声："这谁啊？搞什么！"

真他妈丢人啊！

陆、李二人实在坐不住了，赶忙拖住了周水生。陆芸芸把他的脑袋一摁，李忆星则拽着他的胳膊架住了他，两人跟"左右护法"似的，押着周水生一路小跑着奔出了大礼堂。

一路小跑，跑出了老远，俩人才把这个"惹祸精"摁在了花坛边的长椅上。陆芸芸和李忆星同时抱起胳膊，四只眼一齐瞪他：

　　"你丢不丢人啊？文明观影，懂不懂？"——这是讲规矩的"老妈"。

　　"打个啵儿嘛，在我们这时代老正常了，就跟表情包里'么么哒'一样，别那么大惊小怪的。"——这是教坏小朋友的"老爸"。

　　陆芸芸听罢把眼一瞪，所有火力瞬间转向，开始冲李忆星"高能输出"：

　　"你在教他什么鬼东西啊？打啵儿能那么随便吗？要自重，尊重爱情！"

　　"你怎么也这么老古板，"李忆星不以为然，"什么年代了，啵啵算啥，又不是法式深吻。"

　　两人站在椅子前"对杠"，坐在椅子上的周水生，一脸无辜地望着那两个吵得正欢的人。感觉到气氛逐渐白热化，那两人眼睛越瞪越圆，脸越贴越近，周水生"噌"地起身，举手："我有问题！"

　　"啥？"

　　"说！"

　　两人异口同声不同字，两双闪耀着怒火的眼睛，一齐转向周水生，瞪得后者头皮都发了麻：

　　"我就想问，"周水生的眼睛亮晶晶的，一脸期待地问他们，"这电影里演的，是真的还是假的？"

　　"当然是假的，"李忆星随口回答，"那叫'特效'。"

　　那双亮晶晶的眼睛，瞬间就黯淡了下去，周水生低下头，闷闷地道："哦，我还以为是真的……"

　　他这落寞的神色落入陆芸芸的眼中，她眼珠子一转，就琢磨出状况了："他说得不全对。电影里的人物是假的，但这故事是有原型的，是根据利比亚撤侨事件改编的。"

周水生的眼睛瞬间被点亮："所以我们真的有航母？我们真的能漂洋过海，去接同胞回来？"

"嗯，"陆芸芸重重地点头，"真的！"

周水生咧开嘴角，眉眼弯成了月牙。他的喜形于色、他满足的笑容，让陆、李二人的争吵消弭于无形，两人对望一眼，唱双簧一样解释起来：

"我给你找网课，"陆芸芸掏出手机就开始百度，"我们有'辽宁号'，还有自主研发的'山东舰'！"

"电影里那个航母的镜头，就是咱们的'辽宁号'，"李忆星乐了，他举起右胳膊，学着电影里吴京的动作，"幸好电影没看完，不然让你看到最后冷锋举国旗那段，你还不得破防啊！"

周水生接过陆芸芸递来的手机，又开始疯狂补课。看着视频里的"辽宁号"和"山东舰"，他的眼睛里有星光闪烁，他几近贪婪地用目光一寸一寸地欣赏着中国的航空母舰。

远处的礼堂前，传来学生们的笑闹声——电影散场了。

这是周水生平生第一次看电影，也让他学到了新的知识。

电影里写的不是中国。可就是这样一个发生在别的国家的撤侨故事，却让他更加直观、更加清晰地意识到，2022年的中国，是个什么样子。

真的不一样了。

不再是那个任人宰割的旧中国，不再是那个备受欺凌的华夏神州。

这是新时代的中国，不但能独善其身，还能兼济天下，这是一个庇佑着全体中华儿女的祖国母亲。

第十三章　追究责任

由于陆芸芸连续"修仙"，战斗力有限，看个电影眼皮子都直打架，看她一副撑不住的样子，周水生便早早结束了这个庆祝的小聚会，催她早点回宿舍休息。

陆芸芸赶回宿舍蒙头大睡，一觉睡了十个小时，直到日上三竿。她迷迷糊糊地睁开眼，在床上翻滚着摸出手机，刚眯着眼慢吞吞地关闭飞行模式，手机就"嘀嘀嘀嘀"地叫唤起来。

微信的提示音一声接着一声，连续、尖锐又疯狂，陆芸芸的蒙眬睡意瞬间被驱散了。清醒过来的她赶忙点开未读消息，这一瞅，就惊了——凌晨两点，李忆星给她发了十五条消息，还都是小视频。

这家伙搞啥呀！半夜"机"叫？

陆芸芸在心中吐槽某人的不靠谱，正琢磨着要发个愤怒的表情包，顺手点开了第一条小视频。这一看，顿时让她瞪大双眼，陆芸芸整个人忽地坐起身，又因为眩晕而摔了回去。

清醒了两秒，待到眼前的雪花点消散，陆芸芸赶忙拨通了语音通话：

"这是什么玩意儿？你哪儿看到的？"

"你醒啦？"李忆星没有第一时间接话，"我就想让你确认一下，这是不是咱们学校的？"

陆芸芸眉头紧锁，她盯着手机视频里的内容仔细确认了一番，几秒之后笃定地下了结论："没错，就是咱们学校的。"

语音那头陷入了沉默。静默了十几秒钟，只听李忆星在电话那头深深地叹了一口气，然后说道：

"咱们约个地方见面聊吧，这事儿挺麻烦的……"

二十分钟后，当陆芸芸赶到约定地点——操场旁的小凉亭的时候，周水生和李忆星已经等在那里了。

"喏。"周水生手里提了个袋儿，里面装着份热乎乎的煎饼果子。不愧是人民的好班长，心中有同志，他猜出陆芸芸没吃早饭，特地准备了一份。

"谢谢。"陆芸芸伸手接过，却没心思吃。她满心满脑都是小视频里的画面，赶忙望向李忆星，连珠炮似的提问："你在哪儿看到的视频？知道什么人上传的吗？告诉学校了吗？报警了吗？"

李忆星摇了摇头，"什么都还没做呢。我也是昨天半夜，从罗杰那儿收到的。我一看觉得不对劲，就想先和你商量一下，让你确认确认，是不是咱们学校的女生被拍了……确认之后，再做打算嘛。"

陆芸芸的脸色沉了下去：说实话，看见这视频的时候，她的感觉先是震惊，后是暴怒。

这十几个小视频，短的十来秒，长的两分钟，都是用十分诡异的角度，偷窥女生宿舍的大门，偷窥教学楼的女厕。有的视频看不出端倪，也有极个别的拍到了宿舍楼号，还有个视频上漏出了半个校徽。

一想到学校里有人在偷窥女生宿舍，还偷拍了视频出来，陆芸芸就觉得心里头有一把火烧得正热，她恨不得立马把那个猥琐又恶心的混蛋揪出来，丢地上让全校女生一人一脚，反复踩踏，一直到他跪地求饶……想到这还是不解气，越想越上火，陆芸芸直接破口大骂：

"喵的！这种猥琐男，就应该抓出来，化学阉割，让他偷窥女生！"

她这火冒三丈的模样，以及犀利的言辞，让李忆星抖了三抖。至于周水生，则显得有些困惑，他小声地问李忆星："什么叫'化学阉割'啊？"

"嘘——"李忆星做了一个"收声"的手势，然后冲周水生挤了挤眼睛，那表情分明就是一种提示：不要问，不要再刺激暴怒中的女生。

"你从头说一遍，视频在哪儿看到的？怎么是罗杰·盖尔发你的？"陆芸芸一瞪眼，气势惊人，"他参与偷拍了？"

"不是不是，"李忆星慌忙摆手，"他也是从外网上看到的——你懂的，不是什么好网站——他刷着刷着，刷到了视频，看到这宿舍楼跟咱们学校有点像，就赶紧发给我了。他也是想确认一下，是不是咱们学校的妹子被针对了。"

"外网？"陆芸芸皱眉，她很快就想通了其中关节。

在中国的互联网环境下，网信部门打击得很严，网络"扫黄打非"是重点工作，因此一些"不和谐"的东西，是很难被发布出来的。这个偷拍者肯定是运用了VPN之类的"翻墙"技术，把视频发布到了外网上，赚取流量或者金钱收益。

至于罗杰·盖尔，是美国的留学生，肯定有自己的"翻墙"渠道。他在不良网站上闲逛的时候，看见了疑似本校的视频，就赶紧联系了自己的好朋友李忆星。而李忆星又不了解女生宿舍的情况，于是半夜三更的，又把这些视频全部转给了陆芸芸辨认。

"你不是学计算机的吗，"陆芸芸将视线投向李忆星，"有没有什么办法，能查出 VPN 的使用记录？学校里能上外网的途径不多，只要找到翻墙方法，就能锁定疑犯了！"

李忆星白了她一眼，"你当我们学计算机的，是万能的啊？我们既不是网信办，又不是国安局，怎么调得到翻墙记录？"

也对，是她想得太简单了。虽然心里认同了李忆星的说法，但陆芸芸还是忍不住"杠"了一句，"你不是挺厉害，还会开发软件吗？我看网上那些'黑客'都超牛的，调个记录分分钟的事情……哎哎哎，你在干吗？"

后半句是对周水生说的。对同学吐槽到一半的陆芸芸，一抬眼就发现周水生默不作声地奔到体育场旁边，脚一蹬，就攀上了砖石和不锈钢共同架设的围栏。

"周哥，你要干啥！"不只是陆芸芸，李忆星也惊了。

两双眼睛，带着疑惑、带着震惊，齐刷刷地投向了周水生。

只见这个十七岁的新四军战士，以矫健的身姿，三下两下地攀上了围墙的顶部，坐在砖块的最高处。他伸出右手，挡在眉间，摆出了孙悟空的姿势，严肃地向周围瞭望。

带着警戒的意味，周水生瞭望了一圈，然后放下了右手，居高临下地望向陆芸芸和李忆星："没有。"

"什么'没有'？"陆芸芸更蒙了。

"没有疑犯，"周水生的神情严肃又困惑，"我看不出来谁是疑犯。"

陆芸芸崩溃了，"这哪儿能用眼睛看得出来？你以为你是火眼金睛的孙大圣啊！"

周水生垂眼望她，小表情儿带上了一点不解和埋怨，"不是你说的：只要翻墙，就能锁定疑犯吗？"

"……"陆芸芸一时语塞。她仔细回想了一下，刚自己还真这么说过……

"噗！"李忆星忍不住喷笑出声。他"哈哈"了老半天，左手捂着肚子，右手向周水生竖起大拇指，"周哥，你真是人才！这个'翻墙'的'墙'，不是这个'墙'啊！"

周水生更困惑了，骑在墙头上，满脑袋的问号，"不就是墙吗？怎么，是不是这面墙不对，要一面不透风的墙？"

"……"这话陆芸芸根本都没法接，她深吸一口气，冲骑在墙上的他勾了勾手指，"你先下来。"

周水生动作极是敏捷，脚尖稍借力，直接跳下了两米高的墙头。这动作利落又潇洒，与跑酷高手一般漂亮，引得李忆星吹了个口哨。

只见周水生走到陆芸芸面前，立正站好，一副等待命令的模样。此时，倒显得陆芸芸像那个发号施令的小班长了，她指着手机解释："所谓'翻墙'，不是真的翻我们肉眼看到的这种'墙'，翻的是网上无形的墙——上网你懂的，对吧？"

"懂！"周水生点头，上网、上网课，是他来到现代中国的第一项学习任务。

陆芸芸皱眉，她觉得要向对方解释什么是"绿坝"，什么是"净网"，什么是"清朗行动"，实在是有点复杂。想了想，她只能用最简单的语言，试图快速建立概念：

"上网，也是分国度的。在国内上不了国外的网，需要借助一些软件和手段——这个过程，我们就叫作'翻墙'。"

这下子，周水生听明白了，他恍然大悟道："所以，就是学校里有学生，在女同志不知情的情况下，偷偷拍了女同志的视频，然后'翻墙'，发到了国外的互联网上，对吧？"

"没错！"看他秒懂，陆芸芸颇有点"孺子可教"的欣慰。

周水生剑眉紧蹙，又开始摸腰，摸不到"撅把子"的他义正词严地呵斥道："调戏妇女，这样违背妇女意愿、违背人民意志的罪恶行径，应该军法处置！"

乖乖，好嘛，这比陆芸芸口中的"化学阉割"还狠，直接上升到"军法处置"了。按这定性，岂不是要枪决？

李忆星惊了，他望向陆芸芸，而她也正一脸震惊地望着他。交换过眼神，都是被吓到的人。出生在 21 世纪的他们俩都没有想到，在周水生的观念里，这件事能那么严重。

"那个，你们那儿违法乱纪，"陆芸芸小声地试探，"是什么法什么纪？你们是怎么处理的？"

"根据三大纪律、六项要求、十项注意，还有《新四军十条军规》，严格依军法处置，"周水生回答得斩钉截铁，"必须严格遵守铁的纪律，才能锻造出一支思想过硬、作风过硬、能打胜仗的铁的军队！"

这下子，轮到陆芸芸拿起手机开始"百度"、学习新知识了。

这些纪律和要求的雏形，是秋收起义时就提出来的，当时条例极其简单，但精准有效。随着斗争形势的发展和部队的实践经验，后来在内容和表述上又有调整完善。比如"纪律"里有"行动听指挥""不拿工人农民一点东西""一切缴获要归公"，比如"要求"里有"说话和气""买卖公平""不打人骂人""不损坏庄稼""不调戏妇女""不虐待俘虏"……

看到"深入教育，严格执行"的文本，再看看对面周水生那坚决的眼神，陆芸芸终于知道，新四军"铁军"的外号究竟是怎么来的了。正如周水生说的那样，有"铁的纪律"，才能有"铁的队伍"。

突然之间，陆芸芸觉得，有一种奇妙的违和感：一方面，她觉得这些"铁的纪律"有些过时，而且这么严厉的处罚，是不是有些太过激了。另一方面，她又觉得，是不是就因为现代人处罚得太轻，太随意，才会有那么多违法乱纪的事情？才会有那么多混蛋，去搞偷窥偷拍？

这个问题，她答不出，只是隐隐约约地觉得困惑又无奈。

"呃，周哥啊，"还是李忆星站出来打了个圆场，"咱们现在是法治社会，会照章办事，你先别激动。现在已经确认是咱们学校了，下一步，怎么办？"

"报警！"陆芸芸果断地回答，"揪出那个猥琐男，让他跟全校女生道歉，然后负法律责任，该怎么判怎么判！"

李忆星挑了挑眉，"这个报警，好像名不正言不顺啊。你又不是被拍到的受害者，怎么报啊？"

这倒是。陆芸芸转念一想，"那就先告诉辅导员，报告给学校，让学校组织调查。"

说办就办。

三人风风火火地杀去了计算机学院——毕竟先拿到视频的是李忆星，向他的辅导员报告，是一件顺理成章的事情。

李忆星的辅导员姓陈名光，只比他大四岁。陈光也是本校生，硕士毕业后以优秀的综合测评成绩成为留校辅导员，目前正在努力准备博士生考试，希望能通过学历的提升，尽早转入讲师序列。

到了办公室，李忆星将来龙去脉说了。陈光听了也是义愤填膺，说道：

"还有这种事？太可怕了！如果确有此事，学校一定会严查到底的！"

得到这句保证，李忆星总算安了心。正当他想说"谢谢啊，陈老师"的时候，陈光又接着说了下去：

"……不过，你确定，这是咱们学校？"

"是，我找女同学看过了，就是我们学校。"李忆星回应。

"我看不太像嘛，"陈光皱着眉头，摇了摇头，"你们哪里看出来的啊？我觉着……这有可能是国内任何一座大学啊，没有明确指向。"

"有证据的，"李忆星点开一则视频，暂停到露出半个校徽的画面，"喏，你看像不像？"

陈光眯着眼睛研究了半晌，眉头皱得更深了，"哎呀这像素太差，看不出什么啊。你们是不是太紧张了，下意识就觉得是咱们校徽了？这圆圈圈，蓝图标，全国至少有一半学校的校徽长这个样儿。"

这个时候，李忆星还不疑有他，继续据实力争，"那你看这个，这个楼，是不是就跟文学院女生宿舍一样？"

陈光的眉头瞬间就舒展开了，他长长地"哦——"了一声，然后把手机还给了李忆星：

"对，有点儿像，不过具体嘛，要找文学院来查证，毕竟是他们学院出的事情。"

"……"李忆星一愣，静默了两秒，懂了。

李忆星从来就是个思维活络伶俐的人，他立刻会过意来，什么"像素太差"，什么"校徽都是一个样儿"，都是托词。说到底，陈光知道这事儿是个大麻烦，不希望搅进这个烂摊子里，所以才百般否认。后来一听，这皮球能踢给文学院，立马疯狂甩锅。

"呵，"李忆星冷笑道，"陈老师，你是我的辅导员，既然我已经向你汇报了，你总不能当事情不存在吧？"

他这是"正面刚"了。看出学生的不悦和顶撞，陈光也愣了半秒，然后他也不生气，只是也那么笑眯眯地对着李忆星"呵呵"：

"呵，同学，你是向我汇报了没错，但这偷窥偷拍的事，是你干的吗？"

陈光的问题，让李忆星蹙起眉头，脱口而出："当然不是！"

"这不就结了吗？"陈光呵呵笑道，"要是你犯的错，我是你辅导员，我当然得马上联系学校保卫处，严肃处理，我责无旁贷。但这不是你的问题，是文学院的女生出了岔子，冤有头债有主嘛。"

"……"李忆星心里有一万头草泥马在奔腾：这说的是人话吗？明明是学校里有偷拍狂，却说的像是女生们惹了祸一样！就算是想"甩锅"、想"打太极"，也没这么玩的！

李忆星眼珠子一转，冷笑着反问："陈老师，这个偷拍狂精通'翻墙'，万一就是咱们计算机学院的人呢？那冤有头债有主，你是不是也有连带责任啊？"

不过显然，李忆星并不是陈光的对手，对面的辅导员老师笑得十分温和，"我相信我们学院的学生，不会的。再说了，咱们院那么多班级呢，你怎么能这么不信任自己班上的同学？"

简而言之，拼概率，就算罪犯有翻墙的能力，是计算机学院的学生，也不一定这一届、这个班——陈光背上这个"锅"的可能，是一种小概率事件。

李忆星都给气笑了，忍不住又掉了一句："陈老师，祝您运气爆棚，抽中 SSR ！"

他话里有话，陈光怎么会听不出来？后者呵呵一笑，倒也没生气，只是挥了挥手，做了一个"你可以走了"的手势，然后一转头，接着看他桌上的那本博士英语。

李忆星憋着一肚子气，走出了办公室，正迎上在门口等待的陆芸芸和周水生。

"怎么样？学校怎么处理？"

面对陆芸芸的问题，李忆星只有满肚子的国骂。一个不雅的脏字，从他嘴巴里爆出，然后就是刚刚陈光的一系列回复。

"喵的，这他妈什么辅导员？甩锅王吗？"陆芸芸也震惊了，破口大骂。

"……"周水生没说话，只是冷着一张脸，挺直脊梁骨，迈着最笔直的军姿步伐，就往办公室里冲。

"别价，你别添乱，"陆芸芸一把拉住周水生，赶忙阻拦，"你现在是个'黑户'，你要过去找辅导员算账，李忆星就更难办了——他收留你在宿舍里住，这是违反校规的！"

她的这句话，让周水生也冷静下来。后者满脸义愤，大声质疑：

"这是高等学府，辅导员就是学生们的组织者，怎么能如此推卸责任？毫无'为人民服务'的精神！"

他的质疑，引来李忆星的白眼，"周哥，你太天真了。这大学校园里，有几个谈得上'为人民服务'的？都是管学生的，管着咱们不许惹事。"

这句话，让周水生更加愤懑了："你们是中国的希望，未来的希望，怎么就是'惹事'了？当老师的，不为学生着想，这算什么'为人师表'？同学们，同志们，我们不能任由这种思想发展！"

"不，等等，你这上纲上线了啊，"陆芸芸赶忙出声打断，"没到那一步，现在明显是这个姓陈的不愿意管事，别一竿子打翻一船人。不过他那堆屁话里，也有一句有道理的，既然我们文学院的女生是受害者，的确，咱们应该找文学院去。我相信从事人文学科教学的文学院老师，做不出这种事。"

李忆星不乐意了，"别搞专业歧视啊，我们理工科出来的都是实在人，那辅导员还不是你们文科专业出来的！"

"谁专业歧视了？"陆芸芸瞪他，"就你话多，你才挑事呢！"

人文和理工的鄙视链，存在已久。两个大四学生都在维护自己的专业，直接开始"物理较劲"，比起了脚程——他们横穿大半个校园，飞速冲向文学院，想要用体力争个胜负。

不过，最终取得胜利的，是只有小学私塾文化水平的周水生。比起体力，这位来自1942年的新四军小战士才是真正的"王者"。丰富的外卖送单经验，已经让他把学校里的角角落落，摸了个清清楚楚。一看陆、李二人要比速度，周水生直接一骑绝尘，只留给两人一个寂寥的背影。

陆芸芸和李忆星对望一眼，用眼神交换无奈：

"休战？"李忆星提议。

陆芸芸没吭声，只是喘着气竖起手指，做了个"OK"的手势。

当两人赶到文学院大门的时候，周水生已经在门外"站岗"了。他站着军姿，用警戒的眼神侦察着门前每一个角落——那个偷拍狂，很有可能就在附近徘徊。

"你去试试。"李忆星对陆芸芸做了一个"请"的动作。

陆芸芸昂起头，大步流星地冲进了院楼，敲开了辅导员办公室的门。文学院的辅导员是一位稍年长的女性，复姓濮阳，已经在学校工作十五年了。

当陆芸芸说明来意，把手机上的视频调出给濮阳老师，她倒是没有气愤发飙，而是面色凝重地做出了判断：

第一，这件事情她会一一上报，先报给文学院的党委书记，再通报保卫科，进行细致调查。

第二，在调查结果出来之前，请陆芸芸不要宣扬，以免造成女同学的不安和混乱——尤其是不要用微博、微信朋友圈等形式在网络上传播，以免造成不良后果。

濮阳老师的这番嘱咐让陆芸芸有些隐隐的不满："既然是事实，为什么不能说？我告诉其他女同学，让她们多小心一点，不行吗？"

"那学校的秩序不就乱了？到时候人心惶惶的，大家都上网'818'，那不就出大问题了？"

濮阳老师的回答，让陆芸芸逆反了：

"不让上网，是怕影响学校的声誉吗？难道学校的名声，比起我们女同学的隐私安全更加重要吗？"

这一刻，曾经连死都不怕的陆芸芸，拿出了要跟学校大干一架，评出个是非曲直的架势来。濮阳老师看她如此义愤填膺，赶紧给她倒了杯水，劝道：

"你别急，先喝口水。你别把学校想那么坏，你有没有考虑过，这事儿本来只有外网传播，学校只有很小一部分人知道。但一旦被'八'上网了，那些无聊又好事的人，都在网上去搜、去传播。到那时候，那些被拍下来的女生，该怎么办？"

"……"陆芸芸被问住了。

没错，原本有"墙"的限制，这些视频是没有在国内传播，如果事情真的闹大了，网上肯定会有一些不怀好意的猥琐男，去恶意传播这些视频，甚至去"818"被拍到的女孩子。

"您的意思是，低调解决？"陆芸芸挑眉，"那您能保证，会尽快联系网警，删掉这些不雅视频吗？"

"那是必须的。"濮阳老师点了点头。

"那偷拍狂呢？会报警抓他吗？"

"这个我不敢保证，"濮阳老师摇头，"究竟事情怎么处理，要听取学校高层的意见，也要看警方的处理办法。但我可以确认的是，一定会秉公办理的。"

这个答案，陆芸芸可以接受。

端着纸杯，陆芸芸走出辅导员办公室。面对等在门外的周水生和李忆星，她将濮阳老师的话一一复述。李忆星听后分外感慨，毕竟，他们的辅导员相比起来，真的就两个字：拉胯。

"我们先等等看吧，"陆芸芸建议道，"濮阳老师说，一有消息，会立刻微信我的。"

出于对老师的信任，陆芸芸决定暂且按兵不动。她还和李忆星打了招呼，让他跟罗杰·盖尔说好，不要再传播视频了，大家先一起等一等。

可这一等，就是一天。第二天早上，陆芸芸给濮阳老师发了微信，询问进度的时候，得到的却只有一行字——

学校还在调查，少安毋躁。

怎么"少安毋躁"？偷拍狂还逍遥法外，此时此刻，说不定又有女生被拍了视频，学校竟然还在调查，还没有定论？

陆芸芸火冒三丈，立马点开一个名为"你才穿越了呢"的三人微信群，噼里啪啦就是四个字：

等不了了！

李忆星秒回，回了她一个"？"。而周水生虽然有李忆星的旧手机，还被李忆星注册了个账号，但他完全没有掌握打字的技能，只能发一些中老年人表情包。说实话，他的审美风格，实在是太一言难尽了：用户头像是个闪闪的红星，表情包的配色着实闪瞎眼，比七八十岁的老爷爷老奶奶用的还夸张。

学院完全没动静，我们不能无视罪恶，总该做点什么！

文科生的打字速度相当惊人，而理科生的李忆星的回复则体现出直男风格：

O了

他还是不打标点，这让汉语专业的陆芸芸看着十分不爽。可还不等她批评李忆星的文字表达，一张图就被PO进了微信群里。

那是一张文字图，是毛爷爷手写体的一句话——

自己动手，丰衣足食

微信"叮"的一声，又跳出来一张图，还是熟悉的手写体——

为人民服务

"叮"信息又来，是一个短短三秒钟的语音。陆芸芸点开一听，是周水生的声音，新四军小班长的战术与方案：

"组织同学同志，建立校园志愿队，打扫战场，建立巡逻制度。"

第十四章　校园志愿队

志愿队怎么搞？这个问题，陆芸芸答不出。她是一个为了考研"卷"了四年的人，两耳不闻窗外事，一心只读考研书，之前跟班上同学也没啥交情——说实话，人缘不咋地。不过好在互联网时代，人和人的连接还有一种便捷的方式：微信。

几个小时前，陆芸芸把自己的微信联系人全部盘了一遍，稍微有点儿脸熟的，都发了一条信息：

　　有没有兴趣做志愿者？

然而，回应她的，寥寥。一来，是她本身人缘不佳；二来，这到了大四的下学期，同学都在忙着写毕业论文、考公务员、找工作，谁有这个闲工夫，来当什么志愿者？

唯有陆芸芸同寝室的柳心仪还挺讲义气。当手机"叮"地发出提示音，她瞥了一眼，便从上铺探出头来：

"什么志愿者啊？要做什么？"

——没错，这就是现代社会的交流。明明两个人都在同一个房间里，但为了避免正面沟通、当面否决带来的尴尬，还是发微信比较保险。

见柳心仪探头提问，陆芸芸放下手机，抬头回答："我们学院的女生被偷拍了，我们打算组织一个志愿队，校园巡逻，寻找并拆掉那些偷拍的摄像头。"

柳心仪的眼珠子转了转，挑起了那双柳叶一般的细眉。几秒钟后，她忽然灿烂一笑："我参加。做志愿者，能帮同学做点好事，怎么都要支持的。"

她这笃定的答案让陆芸芸挺感动的，连说"谢谢"。

事实上，陆芸芸虽然和柳心仪同寝室四年，但没什么过多的私人交情，就是普通室友，两个人属于见面打招呼、生活不干扰、"君子之交淡如水"的同学。

当然，这种局面主要是陆芸芸造成的，她之前完全是一名"社恐患者"，因为心里藏着事儿自觉"罪孽深重"，唯恐与人交心。而柳心仪则是个活泼的女孩，会来事，也会说话，见人都是笑眯眯的，跟同学、老师的关系都还不错。

此时，柳心仪成了第一个响应她的人，陆芸芸很是感慨，立马投桃报李："我请你喝奶茶。"大学生表达情感的方式，就是这么简单粗暴，"投喂"两个字即是"人不错，能处"的最高境界表达。

"哎呀，那怎么好意思呢？不用啦，"柳心仪笑着说，"为同学做点事情，那还不是应该的咩？你别那么客气啦。"

既然对方这么说了，陆芸芸也不再客套，直接丢出时间地点："晚上七点，一号教学楼 1027，到时候大家一起商量商量，怎么搞巡逻。"

时间飞快，眼看天色就暗了下来。陆芸芸等了大半天，微信里也没几个回复她的。至于辅导员濮阳老师，还跟早上一样，只一句"少安毋躁"的安抚：

学校有学校的流程，你别催，再等等。

这话说的，好像她催促结论就是在给学校找麻烦一样。对学校高层的猜忌和质疑，在陆芸芸的心中发酵。她连晚饭都不想吃了，早早就来到了约定的教室，等待着自己的"同盟"。

没多久，周水生、李忆星也来到了教室。三个人相互交换了情报，边聊边等，而被他们"召唤"来的志愿者们，也陆陆续续到了场。

2月23日，晚上七点，一号教学楼，1027教室。

本可容纳一百人的教室里，稀稀拉拉地坐着十来个人。陆芸芸觉得丢脸又难堪，因为在场的女生除了她之外，就只有室友柳心仪一个。她不由得反省起自己，平时做人的确有点问题。

相比起她，李忆星的社交能力那是妥妥的没问题，一群哥儿们来给他撑场子，其中还包括两个"老熟人"：罗杰·盖尔、大桥清智。

"你说，要做什么志愿者啊？"王竞途率先发问，他下意识地给出了一种可能，"学校又要防疫了？"

"咱们这儿没疫情，别瞎想。"李忆星笑着回自己的室友，然后将目光投向了陆芸芸："要不你来说吧，这事儿还是你们女生说比较合适。"

祸从天上来，陆芸芸瞬间有点蒙。她之前是"独行侠"，没参与过什么社区活动、班级管理之类的工作，现在让她来当这个组织者，她着实是有点慌的。强烈的紧张感让她吞了吞口水，陆芸芸试图阐明事情的来龙去脉：

"呃，我们发现，学校里有不法分子，在女生宿舍门外、教学楼里安装了摄像头，试图偷拍……"

"啥？！"

一石激起千层浪，她这一句话，让在场的十几个人顿时炸开了锅。惊讶之后是愤慨，当下就有人掏出了手机。发个信息，发个微博朋友圈什么的，是这代年轻人在听到"大新闻"之后下意识的反应。不过，就在他们大拇指飞速运动，开始"噼里啪啦"敲字的时候，就被陆芸芸制止了：

"同学们，请你们保密，不要在网络上发消息。"

陆芸芸沉声道，她将从辅导员濮阳老师那里听来的说辞复述了一遍：

"我已经向学校进行了汇报，会有老师和警察来调查的。学校不希望我们将这件事发到网络上，因为有可能产生连带效应，一旦激起网友的好奇心，伤害到我们学校的女同学、那些被拍摄的受害人，就不好了。"

大伙儿面面相觑，停下了拇指的动作。她的这个解释，也有道理，大家能够认同。

王竞途也是计算机学院的，自然手速最快，他本来在聊天框"啪啪啪"都打完一段话了，听了陆芸芸的话，又给一个字一个字地删了个干净，然后才抬头问：

"那我们要做什么？学校不是已经在处理了吗？"

陆芸芸面露难色："问题就在，处理速度实在太慢了。我们是昨天上午就汇报了的，到现在为止，学校都还没有给我们明确的答复，也不知道警察调查到什么进度了。但那些摄像头是确实存在的，也没看见有保安师傅来排查、拆除什么的……"

"所以，你就想组织一支志愿者队伍，在学校里排查一下，拆掉摄像头？"柳心仪脑子转得快，立刻明白了室友的意图。

"对！"陆芸芸点头。

得到确认的柳心仪，微一思索："那得多找几个女孩子，有些地方，男生不太方便去吧？"

说到这个，陆芸芸就尴尬了："我……我跟同学太不熟，又不能把偷拍的事情说得太明白，之前就没能找到人。"

"没关系，交给我，"柳心仪笑着打了包票，她晃了晃手机，"网上不能说原因，只要把人先叫过来，当面讲就行了吧？"

说话的同时，柳心仪开始在微信群、QQ群里进行"大召唤术"。然后，她老神在在地放下了手机，冲在场的众人微笑道："大家请稍等，五分钟就来。"

看她成竹在胸的模样，李忆星挑了挑眉，有点刮目相看的意味。

果然像柳心仪预告的那样，不到五分钟的时间，女生们陆陆续续地走进了1027。一下子又来了二十多个人，她们大多是大一、大二的小姑娘，一进门，就围到了柳心仪身边，甜甜地喊着"学姐"和"社长"。

这组织力、这号召力，让陆芸芸着实佩服。柳心仪也自动担当起了"女生组长"的责任，向后来的学妹们解释说明了一下情况：一是网络保密的要求，二是志愿者的工作目标。

"咱们人少，分两个队伍，"柳心仪俨然成了团长，开始分配任务，"大伙儿在校园里进行巡逻，看到摄像头及时拆除就行。男生们主要关注室外场所，而在教学楼的卫生间这种地方，主要就得靠咱们女生了。"

女生们纷纷响应，男同学们也都来了精神。毕竟，这可是大好的机会，可以在漂亮学妹们面前露一手，展现自己的男子气概和骑士精神呢。

"我准备了三台探测器，每个小组拿一部。"

李忆星早有准备，拿出三台黑色的超级探测器，分别递给了柳心仪、王竞途，自己也留了一台。发完设备，他又亮出手机屏幕，点开一个软件：

"其他同学，每个人都在手机里装个探测 APP。不过说实话啊，这种软件的准确度有待提高，主要还是靠探测器。"

陆芸芸赶忙下载 APP，又帮着周水生的手机安装了一个。虽然他已经可以熟练地使用微信、B 站、中国大学 MOOC 网这几个程序，但他毕竟是个刚刚接触互联网的"老大爷"，说到新软件的下载、安装和使用，周水生就摸不着门道了。

陆芸芸一边安装程序，一边偷瞄前方：李忆星正在帮柳心仪，教她调试设备。看着他们两个，陆芸芸忽然觉得，心里有点沉甸甸的。

他们两个，都是那种"闪亮亮"的人——有号召力，有执行力，到处都是朋友。而她，既没有人脉和门路招到人，也没有想到提前准备软件与设备，除了干着急，什么也不会……

一瞬间，曾经笼罩着她的"丧"的情绪，宛如一片魔性的迷雾，再度将她包围。她开始质疑，自己未来能做什么？

她曾经心心念念的考研，已经彻底失败了。至于毕业论文，刚刚交了初稿，还没什么新进展。而此时，已经是二月底了，距离大学毕业，只有短短的三个多月……

她到底该怎么办？找工作吗？还是搞 gap year，继续备考研究生，明年再战？这些问题，她都还没有想过。

这一刻，她很羡慕李忆星，他已经完成了研究生初试，就在等着三月初的国家线公布了。

她也很羡慕柳心仪，柳心仪是优秀学生代表，之前在校招阶段就跟几个知名企业的 HR 建立了联系，手里有不止一份 offer。

比起目标明确的他们，她陆芸芸，什么也没有……

越想越是迷茫，陆芸芸盯着手机屏幕，双眼却逐渐失神。就在此时，一只手拍上她的肩膀，将她从失落与颓丧的情绪中拖出。陆芸芸抬眼，对上了一双如星辰般坚定的明亮的眼眸。

他的眼神，和这代人完全不一样。或许是从小不被电子设备环绕，周水生的双眼里没有浓重的红血丝，也不会因高度近视而下意识地眯眼，他只是这么望着她，似乎能透过双眼，看进她的灵魂。

"陆芸芸同志，"他轻声呼唤，"有什么问题吗？"

"没什么。"陆芸芸挤出尴尬的笑容，她总不能回答自己突然心态崩了、突然"丧"了。

她的言不由衷，落入周水生的眼中，让他心生疑惑：

"有什么事情，你可以说出来，大家一起帮你分担。"

这是集体主义的思维，在周水生的眼中，集体是个人坚强的后盾，周围的同志都是可以依靠的亲密战友。一个人扛不下来的事，就大家一起扛。这也是他率先提出组建志愿队伍、进行校园巡逻的原因。

周水生说出这样的话，陆芸芸是完全理解的。然而，这句话却让她脸上那硬挤出来的笑容，变得更加勉强了：

"不一样的。"

"怎么不一样？"周水生挑眉。

"……"陆芸芸抿了抿嘴角，她不知道该不该直白地叙述：在这个时代，没有亲密的同志，只有竞争的对手。

是的。在这个时代，同学们既是朋友，也是竞争对手。李忆星也好，柳心仪也好，全国的研究生招生就那么多人，每个企业就那么些 offer，他上了，她就拿不到。

他们的成功，比对出的，是她的失败……

就在陆芸芸低头不语、深深地陷入纠结的时候，教室另一边的三支队伍已经组建完成：柳心仪领着二十多位学妹，李忆星照应着他的留学生朋友，王竞途带着剩下的男生们——三人手持侦测设备并带领各自的"队伍"，立刻升格成了队长。

柳心仪的积极性最高，行动力也很强。组队刚一完成，她就一声招呼，带着妹子们走出了教室。

此时，大家本就身处一号教学楼，在柳心仪快步带领之下，学妹们径直杀向了女厕所。

柳心仪按下开关，黑色的探测器发出"嗡嗡"的声响。她伸长手臂，让探测仪贴近墙壁，屏幕显示的绿色光柱也随之升高或降低，频繁地摆动着。

对于学文科的妹子们来说，这显然是一种极新鲜的体验，有一种"执行特别任务"的错觉。而设备运行中的"嗡嗡"声，频率越来越快，更是给志愿队的同学们打了鸡血，大家纷纷跟上去，想要找到第一个罪恶的摄像头。

走进第一间厕所，柳心仪用探测器扫了一圈，没有反应。她皱起眉头，似乎有点不死心，又在墙壁四周细细地扫了一遍，还是没有任何异常。

"下一间。"她立刻做出决定，然后快步冲向第二间女厕。

跟在柳心仪身后的同学们，看见这状况，神情复杂：说不清是失望，还是放心。她们都抓着手机、开着反偷拍 APP，想要率先逮住那只"阴暗的眼睛"。但话说回来，又有谁希望厕所里真的有那些下三滥的东西，窥视着女同学的隐私呢？大家都希望是搞错了，希望学校里没有这么变态的人，没有这么恶心的事。

第二间、第三间，都没有问题。柳心仪越走越快，志愿队的同学们也越跟越急。转眼间，他们来到了教学楼的三层，刚走到厕所门口，就听探测器发出了不同寻常的声音——高频的噪声。

有了！

不只是柳心仪眼睛一亮，后面跟着的二三十个同学也都是急不可耐地，想把那该死的探头揪出来。不过毕竟是在女厕所，只有妹子们能进去。除了柳心仪拿着设备，学妹们也都挥舞着手机，顺着墙壁寻找。

探测器越来越尖厉的鸣叫来自一个隔间。柳心仪捏起拇指和食指，用最小的接触面，拉开隔间的门。探测器疯狂尖叫，让她锁定了方位——

然而下一秒，她"啪"的一声，又把门给甩上了。

"怎么了？"守在门外的李忆星，奇怪地问她。

柳心仪的一双柳眉紧紧地蹙了起来。她面色发白，一脸纠结："实在太脏了……我们还是喊阿姨来收拾吧。"

是的。寻找摄像头虽然很重要，但也不能要她们打扫厕所啊。刚刚那隔间里，蹲坑里有咖啡色的痕迹，纸篓里的一堆杂物都漫了出来。

不仅柳心仪面露难色，学妹们也都退避三舍。做志愿者很重要，但志愿服务的内容也是有区别的！

李忆星也理解。他扭头就往楼下走，想去找一楼服务处的清洁工阿姨。可他刚下了半截楼梯，就撞上了稍后赶来的周水生和陆芸芸。

面对周水生"出什么事儿了？"的疑问，李忆星把柳心仪发现了摄像头、需要喊阿姨打扫厕所的事情，快速地交代了一遍。

"……"周水生皱眉，沉默了片刻，然后一把抓住了李忆星的胳膊，把人又重新拖回了楼上。

别看周水生比李忆星要矮上一个头，但要论起力气活儿，周水生高了对方不止一点半点。十七岁的他，那只布满老茧的手，像是铁钳一样地钳住了李忆星，在他"哎哎周哥，你轻点儿"的叫唤声中，把人又拽回到了三楼女厕的门口。

厕所外，三十多位同学挤在那里，像是排队似的，场面着实壮观。周水生——拨开同学们，走到了最前方的柳心仪面前，缓声询问：

"既然已经找到问题，解决就是，为什么还要喊别的老乡呢？"

他口中"老乡"这个词儿，让柳心仪愣了愣，然后才反应过来，指的是清洁工阿姨。她柳眉蹙紧，感到万分疑惑：

"让阿姨来打扫卫生，这有什么好奇怪的，这就是她们的工作啊。等打扫干净了，我们再把摄像头清出去不就好了吗？"

她这理所当然的说法，换来的却是周水生严厉的质问："就算这是老乡们的工作，但你们自己拉的屎，自己扔的纸，就不能自己收拾吗？"

他这直白到粗俗的表述，让柳心仪倒吸一口凉气，继而恼羞成怒：

"第一，这间又不是我们上的厕所；第二，我们来读书是交了学费的，是花了钱的，就是要把这些打扫公共卫生的活儿交给专业的人。既然有专门的清扫阿姨，为什么要我们做？术业有专攻，每个人的工作和任务都是有区分的，好吧？我们的任务就是读书。"

她的回答简直把周水生气笑了："现在的年轻人，难道只知道用钱买服务吗？你们说读大学、读书，结果书都读到狗肚子里去了？连'一屋不扫，何以扫天下'的道理，都不记得了吗？"

他这句无疑是捅了马蜂窝，不等柳心仪回应，旁边的学妹们已经指着周水生的鼻子开喷了："你谁啊？你怎么骂人呢？"

"我说错了吗？怎么？你们都不用拉屎的吗？自己家的厕所不用打扫的吗？怎么到了学校，厕所就是不能沾的事了？"

周水生颇有些恨铁不成钢的意味，他是真的不明白，这种"最普通的劳动"，在这些大学生面前，怎么就成了难题呢？

想不到先前揣着"英雄侠义"与"雄心壮志"的校园志愿者，在这厕所里屎尿屁的现实问题面前，瞬间折戟沉沙，有些志愿者当下就不干了，抗议道：

"我们是来找摄像头的，不是来扫厕所的。"

众人瞬间吵吵起来，七嘴八舌地反驳周水生的说辞。见众人统一口径地对抗周水生，陆芸芸心里一沉，看不下去了。她是真明白，在周水生的眼中，这些真的都不是事儿：他上战场都不怕，怎么会怕扫厕所？她也知道，站在周水生的角度，他的确是不明白：为什么现在的年轻人，会觉得扫厕所的工作完全跟自己无关，就必须是保洁阿姨来做？

"……"陆芸芸无语，她知道，双方巨大的信息差异、生活习惯差异，真的是犹如鸿沟。她想为周水生辩解，但又找不到合适的理由。

而那一厢，被一众大学生七嘴八舌地批判着，周水生实在气不过，已经决定自己上阵了：

"有人吗？有女同志在厕所吗？没人的话，我要进去了。"

他大声招呼，确认没有答复之后，一只脚跨进了女厕的隔断门。可这个动作，却让门外的学妹们更加炸了锅。妹子们伸手就去扒拉他，阻止他进入女厕所：

"你怎么能进女厕所？耍流氓啊你！"

甚至有人说出了更不靠谱的话："你哪个院哪个专业的？你一男的进女厕所，我们怎么知道那个摄像头不是你放的？"

见周水生被围攻，陆芸芸又急又纠结：她不好解释，也没法儿解释，毕竟处处都是漏洞——这人不但不是本校生，不但还未满十八岁，而且还是来自1942年的新四军战士……

女生们的围攻让周水生着实为难，特别是那些上手扒拉他的，让他急得满脑袋都是汗："停！你们这些女同志，别动手动脚的啊！"

可这话在学妹们耳中成了"倒打一耙"，大家闹得更凶了。

李忆星也同样看不下去，急成了热锅上的蚂蚁，他一边喊"周哥"，一边想去解救对方，却也被二十多个姑娘团团围住。

厕所门口，嘈杂声一片。妹子们的指责声、李忆星和男生们的拉架声，还有三台设备的嗡鸣声，混成了一团噪音，令陆芸芸的头皮都发了麻。就在她觉得自己的脑袋都要炸开来的时候，突然有一句话跃入她的耳际：

"你连死都不怕，为什么会怕成为一个普通的劳动人民呢？"

这是她与周水生初次相遇的夜晚，他向她提出的问题。

所谓"普通的劳动人民"，到底能有多"普通"？

坐在CBD办公室里忙着做PPT、造Excel表格的小白领，算不算"普通"？

在工厂里重复毫无技术含量的机械工作的蓝领工人，算不算"普通"？

便利店里笑着呼唤"欢迎光临"、餐厅里端盘子洗碗的服务员，算不算"普通"？

大学里扫厕所搞保洁、被他们呼唤为"阿姨"和"师傅"的清洁工，算不算"普通"？

这个问题，她之前没想明白。她也曾经觉得，身为接受过高等教育的本科毕业生，至少要有一份体面的工作，至少要坐在办公室里，当一名 Office 或是 WPS 操作小能手，那才是可以勉强接受的"普通"。

可这个她所认可的"普通"，真的是世界上、是社会上的"普通"吗？站在当下，究竟什么才是"普通"的定义？

自从那一晚和周水生对话之后，她慢慢意识到，她站在这里，站在大学的校园里，已经不是这个时代的"普通人"了。其实，她又何尝不明白，作为一名普通人，饭是要自己烧的，没有低价的学生食堂可以依靠；厕所是要自己扫的，也没有"阿姨"和"师傅"能帮着解决屎尿屁的问题。只是此时此刻，他们还不愿意去面对这样的"普通"。

陆芸芸望向昏暗的厕所，她能看到地板上的污垢，她也能闻到一些异味隐约从隔间里飘出。

下一秒，她越过了争吵的人群，跨进了厕所里。在略显阴暗的空间里张望了一圈，她看到了阿姨放在水池边的手套和抹布。她抓起手套戴上，又左右搜寻了一圈，找到了黑色的铁钳子。

大一大二的学妹们渐渐安静了下来，不再纠结于周水生的问题，而是惊讶地望着陆芸芸的动作。柳心仪也瞪大了双眼，疑惑地望向自己的室友——要知道，陆芸芸是个"两耳不闻窗外事，一心只读考研书"的"卷王"，除了泡图书馆就是泡自修室，在宿舍里是完全的"小透明"，而且是传说中那种"推倒油瓶不扶"的人。

看出了她的意图，周水生扬起了唇角，眼中有赞许的光。他开口，再度确认："里面没人吧？"

"没。"陆芸芸回答。

得到答复的周水生，大步地跨进了女厕所，他抓起墙边的拖把，在清洗槽里"哐哐哐"地冲洗了几下，然后和陆芸芸同步开始了清扫行动。

陆芸芸推开隔间，用钳子将散落在垃圾桶外的纸巾、卫生巾什么的，塞回垃圾桶里，用黑色垃圾袋装好，系紧成包。垃圾桶上沾了些污垢，她便提着桶子在清洗槽里仔细冲洗。

周水生顺势而上，操着拖把，仔仔细细地把瓷砖的每一个缝隙都拖干净。坑里的深色污渍，也被他抄起刷子，快速地冲刷干净了。

两人合力之下，不到几分钟，隔间里就被打扫得干干净净，瓷砖变得白净，因长期存放垃圾桶而一片狼藉的角落，也终于恢复了本色。而这一清洁完毕，就暴露出问题了——

就在垃圾桶和冲水脚踏之间，原本最脏的位置，显露出一个瓶盖大小的黑色柱体。

探测器"嗡嗡嗡"直叫唤，红绿色的灯柱在屏幕上跳跃个不停。

陆芸芸弯下腰，将黑色柱体抠了下来，经过仔细端详——没错，是它，在柱体的最前方，可以看见小小的镜头。

"喵的！这还是人干的事啊！"

她大声咒骂。不只是她，见眼下证据确凿，外面的学妹们还有其他男生志愿者，都开始了暴怒与谩骂。讲真，别让他们逮到这个偷拍狂，如果被他们碰上了，真是要一个大巴掌"呼"上去了。

只有周水生还没有反应过来，他凑到陆芸芸身边，盯着她指尖的小黑圈看了半天，才震惊地瞪大双眼：

"你说这个——就这个，能拍照？"

不能怪他大惊小怪。周水生虽然知道什么是偷拍，知道这场志愿队行动的目标和路径，但是这么小的摄像装备，在他看来就是天方夜谭——要知道，在他那个年代，照相机都是个新鲜玩意儿，还是体积颇大的"大眼睛"大设备呢。

周水生震惊于技术的发展，更震惊于人性的灰暗，以及当代人类可悲的想象力：

"这么高级的技术，用来搞建设、搞军备多好啊！如果有这种设备，就能记录下日本鬼子的罪恶行径，就不会因为资料缺失任由他们篡改历史了……"

他半是遗憾，半是激愤，瞪圆了双眼，大声斥责：

"……结果、结果你们这代人，竟然仗着高科技，拿它偷拍女同志！"

他的控诉，实在是一针见血，让陆芸芸和李忆星的心里都不是滋味儿。不过眼下可不是感慨这个的好时机，那么多同学在呢，他满口"日本鬼子"什么的，实在是太奇怪了。

果然，有学妹开始好奇了，上上下下地打量着周水生："你这人怎么一口一个'同志''鬼子'的，抗战片看多了吧？"

"别理他，他最近重刷《亮剑》呢，入戏太深。"李忆星赶紧找了个借口。

"难怪了。"妹子恍然大悟，接受了这套不靠谱的说辞。

第一个偷拍摄像头被成功地揪了出来，这无疑给他们校园志愿队打了鸡血、叠了层正向"BUFF"。

出于对偷拍狂的愤怒，出于朴素的正义感，同学们不再纠结"扫厕所"的事情了——毕竟，陆芸芸和周水生刚刚都已经现身说法、打扫过一遍了。这一套流程看下来，不也就是扔扔垃圾、拖拖地，只要能忍着恶心，做也就做了。

柳心仪拎着探测器，带着学妹们继续一间一间地排查女厕所，又在四楼发现了一个。这一次，她们也没有再呼唤阿姨，只是戴上手套，用拖把顶开垃圾桶，顺利地翻出了摄像头。

从一号教学楼开始，李忆星、王竞途也带着志愿队的男生们按楼栋逐个儿排查。他们学着周水生刚刚的办法，先在女厕所门外招呼一声：

"有人吗？没有女同学的话，我们要进去打扫卫生啦。"

确认没人之后，男生们就进了厕所。看见污渍和垃圾，王竞途的脸垮了下来，一副恶心得想呕吐的表情，赶忙从口袋里捞出口罩戴上。不过，虽然他万分嫌弃，但最终还是抄起钳子帮着收拾，一边屏住呼吸，一边快速地戳开塑料篓子。

李忆星要靠谱许多，毕竟天天听他这个太爷爷辈儿的"周哥"的教导，思想上多少有点转变。只见他拎着拖把，三下五除二，顺手就把厕所瓷砖给拖了一遍。

这一晚，这支三十余人的校园志愿队，收获颇丰，确实完成了一项大工程——他们一共排查了四栋教学楼，一直忙到二十二点整，忙到大楼统一关门。最终，他们清理并拆除了三个偷拍摄像头，可谓是"为民除害"了。

教学楼大门落了锁，志愿队的同学们也累了个腰酸腿痛，一行人上上下下地站在大门前的台阶上，揉肩的揉肩，捶腿的捶腿。

陆芸芸兜了个塑料袋，把三个摄像头都收了起来，准备到第二天早上，作为证据交给辅导员濮阳老师。而人缘好、靠"刷脸"刷来一堆朋友的李忆星和柳心仪，则忙着和自己的朋友们道谢：

"多谢啦，"李忆星笑着对朋友们说，"大家今天都辛苦了，感谢感谢。"

"客套的话就别说了，"美国人罗杰·盖尔大手一挥，搬出他超级英雄的那一套，"都是为了正义，能力越大，责任越大——你就直说吧，明天还巡不巡？"

"巡！"一个字，李忆星答得斩钉截铁。

听见他的答复，柳心仪先是瞥了他一眼，然后转过身去继续跟学妹们"拜拜啦""晚安啦""亲亲爱爱么么哒"。

时间不早了，大伙儿也迅速解散，各自回了宿舍。

陆芸芸和柳心仪是结伴回去的。一进寝室，柳心仪就一头扎进了浴室，洗澡洗了快一个钟头，出来的时候她还忍不住抽抽着鼻子，像只小狗一样左闻闻右闻闻，确认自己身上没有厕所的味儿了。讲真，她从小到大活了二十多年，这是她第一次打扫公共厕所，也算是"初体验"了。

等陆芸芸刷牙洗澡、收拾好自己的时候，已经过了午夜。正月廿四的下弦月，缓缓地升入夜空。陆芸芸一边擦着滴水的头发，一边望向窗外的明月，眼神逐渐迷蒙：

今天组建志愿队的事，给她带来了挺大的冲击。她意识到自己大学四年来做人的失败，意识到自己和李忆星、柳心仪的差距，也意识到他们应届毕业生对工作不切实际、脱离社会现实的期许。

也许是时候重新规划自己的人生了，该仔细想一想，自己究竟要追求一个怎样"普通"的未来。

意识到这一点的陆芸芸，掏出手机，点开屏幕，找到那个顶着一颗闪闪的红星的头像，快速打去三个字：

谢谢你。

？

没想到周水生也还没睡，这个只会使用中老年表情包的"老年人"，在对话框里发出了一个蠢蠢的问号。

望着那跟"潮流"和"审美"不沾边儿的问号表情，陆芸芸似乎能透过它，看到周水生捧着手机、皱着眉头、一头雾水的模样。

这一刻，陆芸芸只觉得心中百感交集，千言万语，却不知道如何言说。周水生的出现，确实颠覆了她旧有的价值观。她有太多太多的感想，最终只化为一句：

谢谢你，穿越而来。

他们初见之时，还是元宵的满月。短短九天的相处，却让陆芸芸改变了不少。如今，这月盘缺了角儿，窗外的下弦月似乎是一种计时，显示着时间的流逝，直到下一轮月圆。

第十五章 纷乱信息与"Z世代"

"哐、哐、哐!"

剧烈的敲击声扰乱了陆芸芸的清梦,她迷迷糊糊地从被窝里探出脑袋,试图分辨声音的来源。

"陆芸芸!"

不只是急促的敲门声,还有声指名道姓的呼唤,多少带着些气急败坏的味道。

这谁啊,一大早的……陆芸芸还在迷糊着呢,她摸了一下还处于飞行模式里的手机,瞥了眼屏显时间,才刚过六点。

对面铺上的柳心仪,也顶着个鸟窝头钻出被窝,丢下一句"你去开门啊,找你的",然后又厾回了羽绒被里,把自己裹了个严严实实。

陆芸芸裹了件外套,迷迷瞪瞪地下床开门,对上的,是一张严肃的面孔——辅导员,濮阳老师。

一看对方横眉怒目的样子,陆芸芸瞬间就清醒了:濮阳老师这一大早来逮她,绝对没什么好事!她大学上了近四年,还是第一次被辅导员找进宿舍来。

"怎么了？濮阳老师，出什么事情了吗？"

睡意全无，陆芸芸瞪大双眼。而在上铺的柳心仪听到她的这一句，也悄摸摸地掀开被窝，露出一双眼睛来观察形势。

见陆芸芸穿得单薄，虽是满脸不加掩饰的怒气，濮阳老师还是没先发飙，而是抬抬下巴，示意她把衣服穿好，"别冻着了，穿好衣服再说。"

看这阵势，陆芸芸心里是七上八下，忐忑不安。但仔细琢磨琢磨，濮阳老师会找上门，大概率就是不满她没有"少安毋躁""等待学校调查结果"，而是自行组建了志愿队的行动。既然她没听劝、没服管，学校会有意见，也并不在她的预料之外。

想到这里，陆芸芸也不再困惑紧张，她穿好衣服之后掏出昨天那个黑色塑料袋，把三个摄像头亮出给濮阳老师：

"这是我们昨天在教学楼里搜出来的，本来打算今天上午找您汇报的。"

看到那些偷拍镜头，濮阳老师的脸色更难看了。她张了张口，似乎是想教训什么，可终究又说不出半句责备的话来。毕竟，学校里出了这种事儿，一来是罪犯无耻，二来是校方失职。她明白，学生们自发行动，也是在做他们心目中"正确的事"，又如何能够责怪呢？但是……

"唉——"

一声长叹，溢出濮阳老师的唇角。她神情复杂，掏出手机，翻出一张截图，亮给陆芸芸看：

"你自己看看吧。陆芸芸，我知道你们是好心，但处理事情的方式，不是你们想象的那么简单。"

陆芸芸凑过头去，盯住了屏幕。那是一张朋友圈的截图，一个顶着玲娜贝儿的可爱头像的账号，发出了一行文字、一幅照片——

> 学校厕所里有摄像头，这个世界还有安全和隐私吗？

文字下方的配图，是一只戴着红色橡皮手套的手，捏着一个小小的黑色摄像头。

在朋友圈这则帖子下方，评论连成了一长串：有人发出了"呕吐"的表情包，有人跟着接龙"呕吐"排成了队，也有人发出了评论：

> 天啊，怎么会有这种事？垃圾学校！垃圾人！

有咒骂学校的，也有感慨女生的生存环境的：

> 这是韩国 N 号房事件吗？女生太难了，这根本防不胜防啊！

这句话却又引来了另一些人的不满：

> 女生难，有我们男生难吗？你们没有工作还能嫁人，我们呢？

这句话无疑是"引战"了，下面的学生顿时吵成了一片，变成了男生和女生的"对轰"：

> 又在打极端"女拳"了！

什么玩意儿？我们感慨两句就是极端"女拳"，你们怎么不说是你们猥琐男干的坏事搞的偷拍呢？

凭什么说是猥琐男？也有可能是你们女的在栽赃啊。

……

一排排的评论，看得陆芸芸先是瞠目结舌，然后一阵头皮发麻。她怎么也想不到，同学们会发散到这地步，争吵到这地步，甚至变成了男女对立的互相指责。

不应该的，不应该这样的。明明就在昨天晚上，他们男生女生都在为同一个"正义"而奔忙，无论性别，大家都想打击罪恶，都想帮助自己的同学和朋友——可怎么到了网络上，就变成了相互的指责与攻击呢？

陆芸芸看不懂，想不通，但大受震撼。

见陆芸芸的表情愈发沉重，濮阳老师又是一声长叹：

"现在知道了吧？为什么我让你少安毋躁，等学校官方的处理方案……你太天真了。"

是的，她太天真了。她以为，只要跟志愿队的同学们说好，约定好"大家不要发在网络上"，大家就真的会遵守。

"我们只是想早点把摄像头清掉，不要有更多的受害者……"陆芸芸垂下头，小声地辩解。

她的动机，濮阳老师又怎么会不明白？后者伸手拍了拍她的肩膀，放缓了语气：

"你也别紧张，我们已经联系到同学，把帖子删掉了，这是我保存的截图。我只是想告诉你，学校之所以走流程、定规矩，也是有多方面考虑的。"

濮阳老师顿了顿，眉头又皱了起来，解释道：

"其实，前天你举报的时候，我们已经第一时间报告学校并且报警调查了。就在昨天，那个嫌疑人已经被警方控制。至于为什么没拆摄像头，是警方有他们的取证流程——你们可好，直接自个儿给拆了，我都不知道会不会影响定罪！"

这句话，给了陆芸芸"致命一击"，她有点慌了，将求助的目光投向濮阳老师："那……我们现在怎么办？有什么我们能做的，有什么办法能挽回吗？"

看她自责又急切的模样，濮阳老师也不忍苛责，叹了一口气，才说下去："相信警方，他们一定能把事件调查清楚，该定罪的定罪。至于你们，你先把证据交给我，然后回去跟你的朋友们说清楚，让他们千万不要在网上乱说了，免得事情越搞越大，越搞越复杂。"

这句话，陆芸芸是赞同的，但是濮阳老师的下一句却让她觉得刺耳了——

"……你们这些孩子啊，你又不是不知道，万一哪个不懂事的同学发在微博上，搞出个千转万转的，搞出严重的网络舆情和社会影响，学校想处理、想擦屁股都没办法。"

为什么"千转万转"、搞出"网络舆情"，就要怪学生"不懂事"呢？难道陈述事实，也有错误吗？

是的，刚刚看到的朋友圈截图里，见同学们骂作一团、男生女生互相指责攻击，她心里是不好受，也觉得这样不对。可是，校方唯恐出乱子，那么忌讳他们发微博、发朋友圈，难道就是合理的吗？他们可没编没造，只是在说实话啊。

陆芸芸憋不住，将心里话质问了出来，得到的是濮阳老师略显无力的回复：

"那天我就跟你解释过了，学校也说怕引起不良的后续反应，万一有人搞网暴，万一有人搜咱们女生照片，怎么办？"

濮阳老师又是一声叹息，原本严肃的面容，带上了无奈与颓丧，简直写满了"心累"两个字：

"你们啊，跟我以前带的学生不一样。你们是'Z世代'的学生，从小在互联网环境下长大的。可网上的事情根本不受控制，谁都无法预料事情会往什么方向发展……这一点，你们应该最清楚了，不是吗？"

陆芸芸被问蒙了。直到濮阳老师离开寝室，她还愣在原地，无法释然。

她真的想不明白，他们"00后"也是爹妈生的，也是从小努力学习、健康成长的，没觉得他们有什么特殊，却总被"老人们"评价为"最不好管的Z世代"，说得好像他们有什么毛病一样……

互联网上的舆情事件无法控制，这笔账，难道应该算到他们头上吗？

因为互联网上的事情管不住，就要让他们闭嘴，让他们罔顾事实、视而不见吗？

明明他们从小被教育的，是要"诚实"与"守信"啊。可现在掉过头来，却让他们考虑"后续影响"和"谨慎发言"，最好还是乖乖闭上嘴，不要在网上发声？

她真的想不通啊。

越是思考，脑海中就越是混沌。有愤愤不平，也有迷惘无解。百般情绪涌上心头，撑满她的胸臆，万千念想纠结脑中，挤炸了她的脑海。最终，她只能愤愤地掏出手机，在名为"你才穿越了呢"的微信群里打出三个字母：

SOS

清晨的食堂，弥漫着暖暖的香气。就着一碗热腾腾的雪菜肉丝面，陆芸芸将一大早和辅导员濮阳老师对峙的事情，一一说给两位盟友听：

"这还怎么讲道理？义务教育说一套，高等教育说一套，我们到底是要诚实守信、公平正义，还是瞻前顾后、考虑影响？特喵的，现在有错的是互联网，是广大网友里有一堆不做人的，反过来怪我们喽？那大家都不要发声，都不要说实话好了！"

越是琢磨就越是气愤难平，这些面对老师无法倾诉的愤慨，此时在红亮亮的辣油的催化下，与鼻头上热辣的汗珠一起，散发了出来。

李忆星没答话，只是挠了挠脖子，表情有点尴尬，又有点复杂。他张了张口，似乎想说什么却又闭上了嘴，然后闷下头，继续大口大口地吃他的六合皮肚面。

周水生抓着个油饼，一边啃一边皱起眉头，放缓了咀嚼的速度，他显然是在琢磨、在消化陆芸芸话里的信息。他不是新四军队伍里的指战员，但身为班长，处理战士们的情绪、做好思想工作，也是他的职责：

"陆芸芸同志。"

"干吗？"陆芸芸没好气地翻他一眼，"别又给我做思想政治教育啊，我现在烦着呢！"

面对她的抗拒，周水生并没有气馁，而是继续好言相劝："陆芸芸同志，你说得也有道理，但是作为战士，不能凭借个人朴素的情感行事，要听指挥、听命令，要有大局观。"

果然是思政教育，而且还是当兵打仗搞作战那一套，陆芸芸更是气不打一处来，把一双筷子往桌面上一拍，发出好大一声响：

"如果连个人最朴素的情感都维护不来，那要这'大局'有啥用？"

她动作粗暴，话说得直白，但周水生并没有生气，只是平静地望着她，沉稳地叙述：

"如果都按你这么想，维护每个人朴素的情感，那面对日寇侵犯，我们劳苦大众该逃的逃，该躲的躲，而不是听党指挥、服从大局——如果没有组织，没有对抗，没有战斗，没有牺牲，又哪里来的胜利，哪里来的新中国呢？"

他这句没毛病，陆芸芸却更恼怒了："你那是战争年代，都是不得已的！你别老拿抗日战争的事儿来说现在！现在是什么年代了？你都说了，新中国，都 2022 年了，都全面脱贫建设小康社会了，都全球第二大经济体了，难道还不能尊重个人情感、维护个人利益吗？"

她的霸气回掉，把周水生惊到了，他瞪圆了双眼，又惊又喜："什么？现在的中国经济，是全球第二了？全面脱贫了？小康社会又是啥？"

"看吧看吧，你什么都不懂，还在那儿教训人，"陆芸芸崩溃了，喷他，"你 out 了！观念早就要更新了！"

周水生不懂什么是"out"，但从陆芸芸的表情上，也能判断出，不是什么好词儿。他将求助的目光投向了自己重孙子辈儿的李忆星。后者被他的"周哥"这么一瞅，也没法儿继续装傻装死，只好开口打圆场：

"你们别争了。这意识观念问题，是咱们能吵出结果的吗？尤其是涉及互联网，那是真的麻烦，是真的盘不清、算不透，也争不明白。我爸就是网信办的，他们那儿一堆公务员加一堆大牛专家和教授，都讨论不清楚，你一个大四学生，你一个八十年前的人，能争明白才怪呢。"

难怪刚刚他欲言又止的模样，原来自家老爹就是做互联网舆情管控的。陆芸芸恍然大悟，又把炮口调转向李忆星："你别在那儿和稀泥当骑墙派，你的观点呢？"

"我的观点？"李忆星一脸的为难，"这玩意儿又不是非黑即白的，你也逼着我站队啊！我觉得你讲得有道理，咱们学生如果连'直言不讳'都做不到，那书真是读到狗肚子里去了。可站在你辅导员、站在学校、站在我爸的角度想，网络舆情就是不可控因素太多，最好能大事化小、小事化了啊。"

陆芸芸被他说得都没脾气了，"你说了那么一大堆，还不是白说！你讲的我也明白啊，可我就是想不通这个'度'，也没人能说出个结果，我才生气的啊！"

李忆星耸耸肩，表示无能为力，"社会难题，不是靠个人能揣度明白的，你就消消气，let it go 吧——对了，不是说，嫌疑犯已经逮到了吗？"

他这句问话，果然转移了陆芸芸的注意力："嗯，对，具体濮阳老师也没多说，只是告诉我嫌犯已经被公安机关控制了。"

"那就好，总算咱们没白忙活。"这个结果，李忆星还挺满意的。

陆芸芸一愣，她还真没意识到这点：对啊，嫌疑犯已经被抓了，他们的举报成功了，但她怎么没感到一点开心，反而越来越焦虑了呢？

"我……"陆芸芸垂下头，她望着碗里漂着红油的雪菜面，觉得自己的思绪也像是这辛辣的味道一样，变得尖利而刺目了，"我到底是怎么了，我都没觉得自己做对了，只觉得这件事还有那么多后续的问题，还有那么多的漏洞……"

她突然而至的颓丧的反省和自问，让李忆星摸不着头脑，他疑惑地望向周水生，用右手食指在太阳穴转了转，又以眼神示意对方：她咋啦？脑子出什么状况了？

别看周水生是八十年前来的人，他可能是"out 了"，是脱离了当下的现实，虽然他不懂什么是"脱贫攻坚战"，不懂什么是"全面建成小康社会"，但他曾经听陆芸芸吐露过心声，知道她心里的牵挂太多、烦恼太多，快装不下了。

"陆芸芸同志，你不必追求完美，不必期望事事圆满。"

他的话让陆芸芸抬起头，望向这个明明五官稚嫩的年轻人。周水生用一种说不出的、不属于这个时代的沉稳，望着她，继续劝慰她：

"仗是一场一场打的，就像我们游击战一样，积少成多、聚沙成塔，才能迎来最终的胜利。咱们不能指望一步登天，不能期望用一场大战，就将侵略者赶出去，也不能期望用一次运动，就将千百年来的陋习清除。

"你们说的'网络舆情'，这个我的确不懂，但我觉得刚刚星星同学说得有道理。社会难题，不是一朝一夕之间就能黑白分明地解决的，这也不是你一个人的责任，你不必在此时此刻就求个清楚明白，求个翻天覆地式的旧貌换新颜——你们年轻人啊，有责任心是好事，但也不必把整件事的责任，往自己肩上扛。"

他说得对，虽然又是思政教育，但指出了她内心的困惑：是她太期待圆满了。她希望嫌犯能被抓住，希望摄像头能被清理，希望这件事之后校方立马做出强硬反应，让这种事情不再发生，她希望社会各界都能凝聚共识，关注对女性隐私侵犯的犯罪整治，希望这个世界能真正地公平公正，真正地正义而平等——但，还做不到啊。正因为还做不到，正因为求而不得，她才会如此愤怒，如此颓丧，如此愤懑不平，又如此绝望不安……

"革命尚未成功，同志仍须努力。"

周水生沉稳又带着笑意的话语，让陆芸芸猛地抬起头来。她望着他的双眼，在那清澈又坚定的眼神中，看见了如星辰一般明亮的光。

也对，尚未成功，仍须努力。她所期待的光不是一蹴而就的，所以才要继续去追啊。

想通了这一点，郁结在胸膛里的那一股乱糟糟的闷气，瞬间消散一空。陆芸芸觉得食欲大开，又抄起了筷子，大口吃面，辣得额头都沁出了汗珠。

见她心结已解的模样，周水生和李忆星对望一眼，彼此交换了一个放心了的眼神，然后继续啃各自的早餐。李忆星一边吃着，还一边用左手扒拉着手机，刷新着班级微信群里的消息。突然，他呛了一下，嘴里的皮肚被捧回了碗里：

"糟了，这事儿闹大了呀！"

"啥？"周水生、陆芸芸异口同声，都凑过头去看手机屏幕。

这是李忆星他们计算机学院的班级群，大伙儿正在群里七嘴八舌地八卦着，说学校里出大事儿了，有人在厕所里装炸弹！

"这都哪儿跟哪儿啊，"陆芸芸无语，"什么鬼谣言！"

可偏偏，越是不靠谱的谣言，越有市场。同学们的想象能力也非常丰富，不去写网络小说都可惜了——有的说是考研失败的化学院的学长，打算报复学校、报复女朋友，所以在厕所里放炸弹、要炸个"屎到临头"。也有人消息挺灵通，把事儿猜出了个五六成，说有猥琐男在厕所里搞偷拍，然后被一堆学长学姐们抓着暴打摁进了坑里……

陆芸芸看得瞠目结舌，李忆星则被那些倒胃口的猜测弄得连饭都吃不下去了。

就在三个人大眼瞪小眼，感慨"谣言猛于虎"的时候，又有两个女生走进食堂打饭，一边走还在一边八卦着"听说厕所出事了，半夜里闹鬼"之类的校园恐怖奇谈。

这谣言越传越离奇了。三人面面相觑，用眼神相互示意：怎么办？

"咱们得想办法，消除影响。"这是周水生的意见。

"可濮阳老师三令五申，让我们不要再搞事情了。"陆芸芸才被辅导员"叮"过，这时候有些迟疑。

"咱们不搞事情，只是给昨天行动赋予一个合理的理由——师出有名，谣言自然就会消退。"

周水生老神在在，显然心里已有了主意。

陆芸芸和李忆星万万没想到，这所谓"合理的理由"、所谓的"师出有名"，就是给他们临时组建的校园志愿队，再增加两场活动任务——扫厕所。

这个解题逻辑，说实话也有一定的道理：他们干脆对外公布，志愿队昨天晚上的行动，就是"清洁厕所，净化校园"，而且不是一天，是连续做三天公益性的志愿活动。同学们虽然会惊讶，但也就不会再害怕，不会再妄加揣测了。

可问题在于，昨天是号召小伙伴们追求正义、对抗罪恶，晚上大家清扫厕所、查找摄像头，虽然苦虽然累，但毕竟是"为正义而战"，大家都能认可。然而到了今天，这任务的使命，却"降格"成了单纯的扫厕所，失去了"大义"的号召，大伙儿的响应程度，立马就变了天。

罗杰·盖尔连声说"sorry"，大桥清智低头猛鞠躬说"狗咩那撒以"，王竞途也想找个借口溜号，但被李忆星一把揪住了。昨天还是将近四十名勇士，今天就只剩下一半都不到了。

大四的"老油子"们都比较滑头，拒绝的理由也是五花八门：大多是公事型的，比如"有课""要听讲座""要参加社会实践"什么的。也有私事型的，一句"跟女朋友约好了，放鸽子会被 K 死"，完全是让人无法反驳的无敌借口。

至于被柳心仪"召唤"来的那些大一、大二的学妹，还是比较认真可爱的，溜号的不太多。当然，心里面有没有意见，那可就不好说了。

为了凝聚人心，这一次，变更了"行动纲领"的周水生，拿出了他革命队伍小班长的派头，站在教室的最前方，向这不到二十个同学，进行思想动员：

"同志……喀，同学们，"他轻咳一下，改变了称呼，"我知道，你们心里有意见，觉得身为天之骄子，扫厕所这种事情，不应该由你们来承担。但是，这种思想是错误的！"

坐在下面座位上的陆芸芸，开始翻白眼：这老派的说辞，同学们能听得下去才见鬼喽。

果然，学生们面面相觑，有人小声议论，他们投向周水生的眼神都带了点儿"这人没毛病吧？"的困惑。

注意到大家的表情和反应，周水生停顿了两秒，转了转眼珠子，随即笑了：

"好，咱们换个说法。同学们，你们觉得，心目中的志愿者，该做什么？献血？做义工？还是救灾、上战场？"

坐在台下的学妹们纷纷点头，一位圆脸妹子带头发言："对啊！你喊我们做志愿者活动，那肯定要做特别有意义的事情。"

"那为什么扫厕所，就不算有意义呢？"周水生笑着反问。

台下的大伙儿沉默了。大家的纠结，陆芸芸非常明白：从小受到教育的他们，都明白"来自各行各业的劳动者，都是平等的"这个道理，所以谁也说不出"没意义"这个否定的答案。但另一方面，大道理是一回事，真正落到实际生活中，大家心里都有一杆秤，都有一条无形的鄙视链，认为工作就是分三六九等的，不然谁削尖脑袋，去考大学、考公考研啊？

见大伙儿不回答，周水生笑着继续提问："好，那我再问一个问题。假设现在给你十五分钟的时间，你会做什么有意义的事？"

他的提问，让大伙儿面面相觑。刚才的那名圆脸妹子，一边用拇指划着手机屏幕，一边皱起了眉头："十五分钟能干吗，也就刷刷抖音呗。"

"那刷抖音有意义，还是扫厕所有意义？"周水生的这个问题，无疑是灵魂考问了。

圆脸妹子露出了不自在的表情。问题的答案，她是知道的，但她还是不认可："你这干吗啊？道德绑架啊？我刷抖音怎么了，我精神放松，我爽一下不行吗？"

"当然可以，"周水生点了点头，他那清澈又坚定的目光锁定了妹子的眼睛，"那请问这位同学，你愿不愿意拿出自己'爽一下'的时间，做一点别的尝试呢？

"近处看，劳动既可强身健体，又可以分担其他劳动者的任务，也就是你们口中的'阿姨'和'师傅'，他们年纪都不小了，咱们年轻人，分担一些老乡们的工作，也是一种帮忙。

"远处看，我们清扫的不只是厕所，也是广大同学心中的疑惑，还是校园里流传甚广的不当谣言。或许你们是弄脏了双手，但刷净的，是其他同学对校园的信心。

"做这样一举多得的事情，难道不值得称为一个'志愿者'吗？"

他这一连串的发问，把台下的同学们问蒙了，连陆芸芸都忍不住对周水生刮目相看：原先，她只当他是一个落后于时代的"土包子"，到了这时候，她才真的感觉到，他是新四军队伍里的小班长，是能说服自己的战士们、是能引领自己的战友们一同前进的领导者。

在周水生的动员之下，现场的学生们也没了牢骚怪话，乖乖地投入了扫厕所的"重大"工作。

一连三天，校园志愿队的同学们，挨个清扫了几栋教学楼的厕所。而这一次的活动，目的是对抗校园谣言，所以行事风格也不再低调，而是与之前完全相反，就四个字——高调展示。

毕竟是文学院的学生，陆芸芸还搞了副打油诗似的对联，上联"扫坑扫屎扫垃圾"，下联"积赞积分积人品"，横批"濯污扬清"，每到一间厕所，就往门口一贴，让过往的学生们啧啧称奇。

虽然有不少人看着对联发蒙，说他们志愿队是"神经病"，但也有一些同学，竟然也加入了队伍。后来陆芸芸一问，才知道各种原因，还真是那副对联起了作用。

"下个月就要出考研分数线了，我要攒点人品。"这是那新加入的同学，给出的直白的答案。敢情他把扫厕所，当成"许愿锦鲤"一类的玄学活动了。

不过这三天的志愿活动也不是一帆风顺的，中间出了两段小插曲。

第一段插曲，是在扫厕所行动的第一天，也就是 2 月 24 日的中午。

那天一点多的时候，陆芸芸在男厕所门口贴对联，周水生和李忆星在里面刷小便池。陆芸芸不好进去，就站在门口看手机刷了会儿微博。不刷不知道，这一刷让她下意识地发出一声惊叫。

"怎么了、怎么了？"周水生一个箭步冲了出来。

陆芸芸睁大双眼，将手机屏幕亮给对方，惊声道："打、打仗了。"

这三个字，让周水生和李忆星都愣住了。李忆星一把夺过手机，端看微博里的爆料信息，当真是句子越短，事情越大，就那么一句话，改变了世界的格局：

快讯：俄罗斯总统普京宣布对乌克兰顿巴斯地区采取特别军事行动。

"真打起来了？大毛和二毛，打起来了？"

李忆星的表情，是跟陆芸芸一样的难以置信。而比起他们两个震惊地愣住，周水生的"愣"，则是蒙圈的"愣"：

"俄罗斯？乌克兰？那是哪儿？离中国很近吗？"

不能怪他，他来到 21 世纪才短短九天，刚刚补完中国近代史，对世界形势一无所知。他的问题，让陆芸芸和李忆星面面相觑，两个人用眼神交流：

——你说。

——不，还是你说吧。

不能怪他们两个太过谨慎，实在是这个消息对于周水生来说，打击有点大。最终，还是李忆星开了口：

"那个，周哥啊，告诉你个事儿啊……"

"啥？"周水生疑惑。

"那个，"李忆星斟酌了一下语言，生怕对他这个太爷爷辈分的周哥，造成太大的冲击，"你所熟悉的那个苏联哈……"

"怎么？"周水生挑眉。

"没了，早没了，"李忆星一脸的纠结，"苏联早在 1991 年就解体了。这个俄罗斯、乌克兰什么的，都是苏联解体之后分裂出来的国家，都变成资本主义国家了。"

"……"周水生瞠目结舌，震惊到无语。

在周水生所处的时代，在他的认知中，苏联是他们闹革命的明灯，是"社会主义老大哥"——没了？而且早就没了？！

瞬间信仰崩塌的周水生向后退了半步，半靠在了墙壁上。看他那摇摇欲坠的模样，李忆星赶忙伸手扶住了他，连声安慰：

"周哥，哎你别急……唉，抱歉啊，苏联解体这事儿，忘了通知你了。"

"你这说的什么话呀，"陆芸芸听不下去了，她一把推开李忆星，抢回自己的手机，"啪啪啪"点出个历史老师的讲解视频，又递给周水生，"看看这个吧，来龙去脉，你就清楚了。"

周水生却不接手机也不接茬儿，只是戳在那里愣了好久，才又抓起拖把，走回了男厕所，只丢下一句：

"把链接发到群里吧，我有空慢慢看。"

也是。历史的变迁，已然化为过往，他又能做什么呢？至少他明白，社会主义还在，社会主义就在这里——在他脚下的这片土地上。

接下来的日子，周水生一逮到时间，就猛刷网课，补习这些年世界局势的变化。他还让李忆星帮他装了个微博，好关注社会新闻，关注俄乌局势。

微博上的消息，纷乱不堪，网友们吵架吵成了一团。有挺俄罗斯的，有站乌克兰的，大家在网上各执一词，却谁都说服不了谁。

再然后，就是满天飞的所谓"战争"视频。

今天出了个导弹漫天飞的，说是俄罗斯轰炸乌克兰城市，可一晚上过去就被"扒"出来，这是几年前在阿富汗发生的事情。

今天出了个乌克兰大兵挥泪送别妻子的，赚得网友眼泪汪汪，结果明天却发现这大兵是亲俄的、是自愿留下来协助俄罗斯参与战斗。

今天"爆料"了个俄军暴行的视频，明天又被"扒"出来，这是乌军自导自演拍的假视频，后天又说不但乌军伪装成俄军、俄军也有伪装成乌军的……

互联网的舆论战，打得不可开交。周水生这个"土老帽""老古董"，看得云里雾里，今天义愤填膺，明天又难以置信，找了半天，也不知道哪一方才是真正的"正义"。

到了最后，他茫然无措，只有关上了手机，长长地叹了一口气："唉，看不懂啊……"

看他那惆怅的模样，旁边的陆芸芸和李忆星倒是见怪不怪了。尤其是李忆星，他的父亲是做网信工作的，对网络舆情多多少少有点了解，于是他伸出长长的胳膊，拍了拍周水生的肩膀，劝慰道：

"周哥，时代不一样了。现在打仗，可不只是比谁的拳头硬，比谁的火力强。信息战、舆论战，都是现代战争的重要一环。"

"信息站？舆论战？"周水生更迷茫了。

李忆星解释道："你看到的微博上那些，那就叫'舆论战'，战的就是一个道理，究竟谁算是'正义'。还有不少黑客组织，攻击国家的网络系统，这就是'信息战'。然后你也看到了，北约那么多国家，怎么制裁俄罗斯的吗，那些都是经济手段，也是一种战斗。"

周水生足足愣了半分多钟，才惶然地感慨道："这仗……原来还能这么打……"

"早就跟你说了，现代人面临的问题，跟你们那时候不一样，"陆芸芸随口感叹，"咱们的烦恼，不比你们那时少。信息太多了，面对的问题和挑战，也复杂得多。"

陆芸芸的这句话，对于周水生来说，突然有点"扎心"。他突然想起，之前曾对她说过：你们的烦恼，在我看来，都有些甜蜜得可爱了。

曾经的他以为，这代年轻人、这些"00后"，从小生在蜜罐子里，成长在一个强大的新中国里，不愁吃不愁喝，还口口声声地"丧""躺平""抑郁""不想活"，是一种略矫情的体现。如果换到他们那个吃都吃不饱、过了今天没明天的战争年代，这些年轻人也就没工夫矫情了。

可这些日子待下来，小到防不胜防的偷拍设备，大到网络信息战、舆论战，他才意识到，这代年轻人、这些出生于互联网时代的"00后"，面对的世界是如此宽广，如此复杂，如此难以想象。正如陆芸芸所说，他们要面对的信息、要处理的问题，比起他们那个时候，要复杂太多、太多了。

"陆芸芸同志，"周水生突然沉声呼唤，"我为我之前的不当言论道歉：对不起。"

陆芸芸过了几秒才反应过来，笑着摇头，"不，我觉得你说得对。要不是你那天的劝说，我还打不起精神，还交不出毕业论文呢。我刚刚吐槽那一句，也只是想告诉你，一代人有一代人的烦恼。"

周水生重重颔首，添上了一句："一代人也有一代人的长征。"

志愿队活动的第二段小插曲，则是发生在第三天——2月26日的下午。

三天下来，志愿队的成员从二十多人，又涨到了五十人。一些新面孔的同学，抱着"攒人品"的期望，也加入到了志愿活动中。

周水生站在教室的讲台上，继续做他的动员演讲。环视整场，看着那些大一、大二年轻学妹，他突然意识到这接连三天了，柳心仪都没有出现过。

"你们的学姐呢？"他向那位圆脸妹子提问。

"哦，我们会长啊，她说有事。"

"天天都有事？"周水生皱眉。

"对啊，她是校学生会的委员，是我们社团的会长，有很多社会工作的。"显然，这位小学妹对自己的学姐很是崇拜，话语中都透着倾慕。

见周水生的眉头蹙得更紧，简直写成了一个"川"字，陆芸芸赶忙打圆场："她是真有事。今天下午是他们预备党员的汇报，她要参加民主生活会。"

就在陆芸芸为自己的室友辩解的时候，台下有人"呵呵"了一声。众人转头去看，只见一个男生冷笑道：

"你们都被她骗了。柳心仪在我们班上是出了名儿的'人精'，出了名儿的会算计，是无利不起早的那种人。"

圆脸妹子听不下去了，立马站起来回击："你谁啊？凭什么这么说我们会长？"

"我是她同班同学，"男生的脸上写着一丝愤慨，"这个柳心仪，在你们学妹面前光鲜靓丽的，在咱们班上可没什么好口碑。她啊，只要有加分可以拿，有履历可以加，有优先评奖、评奖学金什么的，她都是第一个争。像这种志愿活动，如果有学校支持、有加分，她肯定跑得比谁都勤快。但你们这个事儿，纯粹就是凭自觉、攒人品的，她才不费那个心思呢。"

一语惊醒梦中人。陆芸芸原先和柳心仪不熟，真的就是见面问个好的"塑料"室友。可这些日子处下来，回过头一琢磨，的确是这么回事，就两个字：人精。

就说这次偷拍事件，柳心仪这么积极参与，还拉了一众学妹来，自告奋勇地当了"队长"，显示出无与伦比的组织力，俨然成了行动的带头人。可接下来，那天在寝室里，当柳心仪听到辅导员的反对之言，立马就变了态度。陆芸芸几次询问柳心仪是否有空参加，她都推说有事。可等陆芸芸晚上回宿舍一看，对方也只是窝在床上刷剧而已。正如这位同学所说的，仔细想来，柳心仪表面上是个"热心的甜妹"，可她的处事准则，的确全是利益的算计。

学妹们面面相觑，虽然也有人质疑那男生话语的真实性，但更多的人则是反应过来：对啊，自己被卖了，是会长学姐招呼她们来帮忙的，她本该带队啊。可结果，她自己却整整失踪了三天，这算是什么事儿？

"……"周水生没说话，只是双眉紧蹙。

动员会结束后，下午的志愿活动顺利进行。众人扫完了一整层的厕所，周水生突然问陆芸芸：

"她在哪儿？"

"谁？"

"柳心仪。"

"哦哦，"陆芸芸反应过来，给出了答案，"在文学院楼里的活动室，那是他们党员活动的地方。"

周水生不声不响，只是快速把清扫工具全都收拾好了。再然后，他就这么皱着眉头、气势汹汹地，进了文学院的院楼。

活动室里，预备党员们围坐在一张大桌旁，一名辅导员老师正在主持工作，而柳心仪就在下面坐着。

从玻璃窗里看见这情形，周水生叩响了活动室的大门，探头进去：

"同志，打扰一下，我想旁听，可以吗？"

这是位年轻的辅导员，以为周水生是低年级的同学，想旁听了解一下申请入党的流程，于是欢迎他进来，还让他在大桌尽头的位置坐下了。

周水生不动声色，先听这些年轻的学生做预备党员汇报工作。轮到柳心仪的时候，她轻咳一声，用甜美又清朗的声音朗读她准备好的汇报文稿：

"虽然我只是一名预备党员，但我严格按照党员的标准要求自己，与同学团结友爱，积极投入到各项公益活动当中……"

周水生突然举手提问："柳心仪同志，我有几个问题。"

不只是柳心仪被打断、为之语塞，连辅导员都愣了：敢情这小伙子不是来学习来旁听的，是来砸场子的啊！

"这位同学，你有什么问题，可以会后沟通……"

辅导员和稀泥的话还没说完，就被周水生打断：

"党员同志的一言一行，都要受人民群众的监督。既然我有疑问，当面沟通不是更好吗？我就几个问题，问完就走。"

柳心仪的脸色有点挂不住了，但又不便在人前当场发作，只好勉强地笑道："你问吧。"

周水生目不斜视地望着她，提问："第一，你为什么入党？"

这个问题，柳心仪倒是不怕的，脸色也释然了一些，她自信地笑答："当然是为了变成一个更好的人，积极向上，寻求自我的提升。"

"是为了你更好，还是为了人民群众更好？"周水生有些咄咄逼人了。

"呃，"柳心仪支吾了一下，她意识到自己失言，立马改口，"是为了大家，服务大家。"

"那为了服务大家，服务其他同学同志，你做了什么？"

周水生的问题，让辅导员刮目相看，他那略显惊讶的表情仿佛在说："这主持人，干脆换你来做好啦。"

毕竟是学生会的委员，柳心仪也算是见过大场面的人，她很快稳住了阵脚，微笑着回答：

"我做了许多事情：首先，我是校学生会的委员，积极为同学们发声，传达信息。其次，我是社团的团长，组织活动，丰富同学的校园生活。再次，我积极投入公益活动，策划并组织了二手书的义卖，并将所筹善款捐赠给了民工子弟小学……"

她一一细数，听得辅导员连连点头，显然很是赞许。但周水生却不为所动，他只是平静地望着她，淡定地提问："你所说的这些，全是组织者的身份。你有没有以一个执行者的身份加入公益活动？"

柳心仪有些蒙："组织者有什么不对吗？为什么要以执行者的身份？"

"柳心仪同志，我换个问法，"周水生沉声提问，"你所参加的各项活动，是否全写在你的发言稿上，写在你的履历上了？"

"是啊，"柳心仪根本没有意识到他的话外之音，反而将发言稿递给了周水生，"都在上面了，你看就是了，我做了多少事情。"

周水生接过那篇 A4 纸打印的文稿，上面满满当当都是各项工作汇报，生怕漏了一项。他深深地吸了一口气，抬眼望向柳心仪，缓声呼唤：

"柳心仪同志，成为一名共产党员，不是为了给你写履历用的。"

在众人困惑又震惊的目光中，周水生走到辅导员面前，抛下汇报文稿，又拿起了桌上的文件——那是柳心仪的入党申请书。

周水生两手轻动，在柳心仪崩溃的尖叫中，将那份申请书撕了个粉碎，淡然地陈述：

"加入中国共产党，是为人民服务，不是为了你个人的成功。'中共党员'这个名号，也不是你入职升职的敲门砖。利己主义的人，不配加入中国共产党。"

活动室的门外，隔着一扇玻璃窗，目睹这一切的陆芸芸和李忆星，被周水生这疯狂的举动震住了。

而在门里，望着那被撕成碎片的入党申请书，碎纸如雪片纷飞，柳心仪先是震惊，几秒之后，她的理智彻底崩溃了，尖声咒骂道：

"你他妈谁啊？你管老娘为什么入党？不能加分加履历，谁写入党申请书啊？大家都这样，你以为你是谁啊，你大几的野小子，你管得着吗?！"

她越是叫嚣，周水生的态度就越是淡定，直到那句"野小子"稍稍撩起了他的怒意，周水生斜眼睨视，讥诮一笑："你问我大几？我是你大爷。"

这句话在李忆星听来，绝对是事实，周水生不但是他大爷，而且还能多一点，是"太爷"。但在柳心仪耳中，这句话就无疑是一种挑衅和辱骂了。她一个箭步冲上来，挥拳就要动武，却被辅导员老师拦住了。

周水生望着她，失望地摇了摇头。再然后，他大步流星地走出了活动室，将柳心仪的咒骂留在了身后。

他刚一出门，就被陆芸芸和李忆星一左一右地架住了肩膀，飞也似的拉出了文院楼。毕竟，这"大闹民主生活会"的戏码，辅导员真要追究起来，他们可没法儿解释。

周水生被拖着狂奔，三人一直跑到小花园里，陆芸芸和李忆星才放开了他。

此时是冬末，小花园里一片萧条，新叶绿枝尚未抽条，只有常绿的冬青树仍是郁郁葱葱。

忍着青石的寒意，陆芸芸坐定在石凳子上，她的脸色有点沉重，话里也有一丝的埋怨："你这么一搞，柳心仪要恨透你了——哎呀，我回宿舍要怎么面对她呀。"

"我是对事不对人，"周水生正色道，"入党这件事，就是必须认真对待，不能怕得罪人。"

他说得没错，但陆芸芸还是一脸的纠结：毕竟同寝室的是她，要面对柳心仪"暴风骤雨"的，也是她啊。

见她表情很是无奈，周水生突然提问："你们也申请入党了吗？"

生怕也被他"对事不对人"的作风炮轰，陆芸芸赶忙摆手否认："我没有，我也没想过。"

李忆星尴尬地点了点头："刚交的入党申请书……周哥，你别说我动机不纯啊。"

"我还什么都没问呢，你怕什么？"周水生斜眼睨他。

李忆星不敢吱声了，毕竟这是他太爷爷辈分的老大哥，真要被他逮着骂，他都没法儿回嘴。倒是陆芸芸忍不住开了口：

"其实我很不明白，党员就一定要舍己为人，自己不能得一点好处吗？"

她反正没打算入党，干脆一股脑儿地将长久以来的疑问倒了出来：

"我真就奇了怪了。我看到好多主流媒体的报道，说到党员，宣传的都是那种鞠躬尽瘁，奉献一生，过得不怎么地、可能过得还很艰难很惨的那种——这什么鬼宣传啊？我们老百姓就想要'好人有好报'，这些主流宣传里的党员好人，净吃亏了，感动个锤子哦！"

李忆星不说话，只是猛点头。刚刚他们在门外，把柳心仪的汇报也听了个七七八八。虽然她是存着"靠申请入党来给自己增加背书、丰满履历"的心思，但她的确也做了很多工作啊，怎么就被周水生一棒子打死了呢？

两位年轻人的疑问，让周水生长叹一口气：

"可是所谓'党性'，就是利他大于利己——强调利己思维，强调要得到点什么'好报'的，就不是真正的共产党员了。"

陆芸芸还是不能理解："利他当然是好事，但也不能否认利己啊，那不是反人性吗？"

说到这里，她突然想到了什么，举了个例子："你看那些好莱坞的超级英雄电影，不都是这样，英雄可以牺牲，可以为了拯救很多人而流血流泪，但当他打败反派大 boss 之后，他会收获人们的称赞，会过上好日子啊——就像童话里说的，过上幸福美满的生活，这个 happy ending，不好吗？"

周水生没看过什么超级英雄电影，只是疑惑眨眼："那些超级英雄，也是党员吗？"

"哪儿跟哪儿啊，他们不是党员。"陆芸芸又好笑又无奈，内心充满了吐槽。

"哦，那他们做的事情，还是很了不起的。"周水生微微颔首。

"对吧对吧？"陆芸芸乘胜追击，"英雄得到敬仰，好人有好报，这才是 happy ending 啊。咱们的宣传口径，就不能给那些党员，那些好人，都加个好结局吗？"

她的质问，换来周水生温柔的凝望。他那清澈的目光里，似乎有星辰在闪耀，那是属于他的信仰：

"好是好，幸福结局当然很好，但我还是那句话——如果说奉献是为了结果，是为了付出之后能拿到相应的回报和赞誉，那归根到底，还是利己主义，不是真正的共产党员。"

"……"陆芸芸被他噎住了，无言以对。毕竟，她不是党员，也没有梦想过入党，她确实不懂什么叫"党性"。

这一刻，她只能无言地望着周水生。她看见下午的阳光映照在他的肩膀上，也映进他璀璨的星眸里。他立于阳光之下，坚守着他的信仰，他那称不上"高大"的身形，此时却显得如此孤高。

就在陆芸芸望着对方发愣的这一刻，她的手机轻轻地震动起来。她赶忙低头查看，只见微信里跳出了濮阳老师的信息：

> 你有空来一下我的办公室。偷拍的事情，警方已经解决了。

第十六章 守护与对抗

濮阳老师的一句微信，让刚杀出院楼的三人组，又杀回了文学院的辅导员办公室。

刚刚结束民主生活会的年轻辅导员，一抬眼看见他们三个进来，尤其是看见周水生，直将双眼瞪得老大，生怕这家伙又来踢场子了。不过她刚问出一句"你们干吗的？"，就被濮阳老师抬手示意，制止了她的盘问：

"是我请他们来的。陆芸芸，这两位是？"

"我朋友，"陆芸芸解释道，"他们都是全程参与的。"

濮阳老师点了点头，向他们做了一个"请"的动作："三位同学，跟我来。"

在其他辅导员疑惑的目光中，这位组里年纪最长、教龄最久的濮阳老师，走在前领路，带着三人组来到了二楼的小会议室。

看来这次谈话，挺私密，也挺严肃。一进会议室，濮阳老师先给三人每人倒了一杯水，然后才坐在桌旁，沉声向他们述说：

"关于女厕所偷拍的事件，正如我上次说的，警察已经捉到了嫌疑人，也已经查明他的犯罪事实了。学校第一时间做出了处理，开除了他的学籍。"

这无疑是个好消息,三人互望,面露喜色。尤其是李忆星,他笑着感慨道:"动作还挺快啊!"

除了看见恶人伏法的喜悦之外,李忆星的心里头,多少还有点不是滋味儿——看着濮阳老师这处事方式和速度,再想想自己计算机学院里那不成器、只会甩锅的辅导员陈光,他一时感慨:学生的工作,说到底就是人的工作,老师个人的能力和想法,实在是天差地别。

陆芸芸却更关心程序上的正义,片刻的开心之后,她又疑惑地皱眉:"可是,学校里风平浪静的,连一封通告都没出啊?难道那个猥琐男被开除学籍的判罚,不应该向同学们公告一下吗?这才能警示更多的同学,也让女生们放心啊!"

濮阳老师的表情闪过一丝窘迫,她的右手向下压了压,冲陆芸芸做了一个表示"少安毋躁"的手势:"之所以喊你们来,做一次私下的沟通,就是想跟你们说明一下情况。这情况,稍微有点复杂……"

陆芸芸异常迷惑。在她看来,违法乱纪就该严肃处理,该抓抓,该罚罚,哪有什么复杂的?可濮阳老师接下来的这句话,让她彻底明白症结之所在。

"这个搞偷拍的,是个留学生。学校领导研究过了,不想把事件扩大,也不想引起同学们对国家、对地域的攻击,所以做出决定:不做全校公告,开除该生的学籍,永不录用,勒令他立刻离开校园。"

难怪了,原来是留学生,学校怕搞出舆情。陆芸芸恍然大悟。

"到底是谁啊?"李忆星更好奇了,"留学生院里我还认识不少人呢!这偷拍狂魔,到底哪国的啊?"

濮阳老师笑笑，不接话。

陆芸芸则在脑子里迅速搜索，突然，她想起了微博上的一则爆料和新闻事件，于是又问："是跟'N号房事件'有关吗？"

濮阳老师还是笑笑，不作声，完全不给任何回应。显然，她的沉默就是一种态度：保密，不可说。

"那好吧……"陆芸芸只能作罢，看来她是问不出什么结论了，只得将目光投向李忆星，用眼神示意：你回去问啊，谁被赶出学校了，留学生们肯定知道。

得令。李忆星眨眨眼，也用眼神回答她。

两人的小动作，怎么会逃过濮阳老师的眼睛？她忙摆摆手，招呼他们道："这事儿，你们就别再追究下去了，也别打听什么小道消息。现在的事情，一弄上网就说不准了，舆论的走向完全控制不住，学校也实在是没办法，才决定低调处理的。"

吃一堑长一智，毕竟之前曾围观过同学们那脑洞大开、天花乱坠的谣言，陆芸芸也能接受濮阳老师的这番说辞，她无奈地摊摊手，回了一句"好吧"。

见他们三个都点头答应，濮阳老师的脸色缓和了很多，表情稍显轻松了些。她从会议室的书橱里，拿出了一个红色封面的本本，展开了递给三人，笑着道：

"老师也知道，这些日子你们做了不少工作，无论是前期清除摄像头，还是这两天忙着扫厕所，都是想帮助同学们。老师们都很感动，所以学院里准备了一封感谢信，谢谢你们为同学着想。"

陆芸芸凑过头一看，还真是封感谢信，米黄色的纸张上，用仿宋字体打印着"感谢您为清朗校园环境、保障同学安全做出的突出贡献"的话语，不过具体事由倒是没说，落款盖了个文学院的红色印章。

李忆星"啧啧"了两声,声音里带着点儿羡慕:不怕不识货,就怕货比货啊。看看人家文学院,这做事风格,确实对得起"人文"这两个字。再想想自家不成器的计算机学院,真是心塞唉——不过话说回来,也不是计算机学院的问题,主要还是陈光那个人不靠谱、没担当。

陆芸芸连声道谢,接过了那封感谢信。濮阳老师也连声说"是老师谢谢你们才对",不过末了,她还是忍不住嘱咐、多"叮"了一句:

"三位同学,注意啊,这件事到此为止,咱们就别再发散了。"

三个人的回答是三种风格:周水生立正站好、一声斗志昂扬的"是——",陆芸芸乖巧的一声"明白",李忆星则是大大咧咧地一挥手"知道了"。

就在三人离开会议室的时候,陆芸芸突然想到另一个问题,她站在门边,转身回望:"濮阳老师,那警察确认了没有,学校里的摄像头已经都清理掉了吗?"

"都没有了,你放心,"濮阳老师点头保证,"警察已经检查过了。学校保安处也采购了设备,以后会不定时地对教学楼、宿舍楼进行检查,确保这种事情不会再次发生。"

"那就好。"陆芸芸终于放下心来。

恶人伏法,学校严肃处理,事情也算是有了个不错的结局。接下来的几天,志愿队的活动告一段落,三人组也就各忙各的。

陆芸芸收到了导师的通知,开始按照导师的修改意见,对毕业论文进行修改、形成二稿。再加上宿舍里还有一个被激怒的柳心仪,为了减少与对方打照面的机会,陆芸芸又开始没日没夜地"泡"图书馆。

周水生继续一边补课,一边接单。

一方面，他喜欢溜到各个教室里现场"蹭课"：今天跑文学院的教学楼，蹭蹭艺术史，明天跑建筑学院的教学楼，蹭蹭土木理论，后天跑计算机学院的教学楼，蹭蹭图形图像学——不过实在看不懂，刚听五分钟他就快睡着了，毕竟他也就小学文化水平，连汉语拼音都不会，遑论英语，更别说计算机语言了。

另一方面，周水生也很喜欢他那份"校园跑腿"的工作。赚取生活费，请两名后辈吃饭，成了他的新乐趣。而在接单送单的闲暇时间，他最喜欢掏出手机刷 B 站，看各类 UP 主分享的各种知识类视频。换而言之，在这位落后于时代的私塾小学生的身上，倒是真的实施起了高等教育的"线上线下混合课程"。

在三人组里，只有李忆星闲得慌。他早已搞定了毕业设计，导师也已经通过了，现在就等着国家公布研究生的分数线，再做复试面试的计划。而在这二月底、三月初的十几天里，他过着大学里最清闲的日子，天天吃饱了睡、睡饱了吃，没事就跟朋友们约个咖啡聊聊天，清闲得一米。

二月本就短。月亏月盈之间，那一轮元宵时节的满月，渐渐黯淡了一角，化为了不规则的下弦月，又慢慢变成了月牙儿弯弯，最终化为了不可见的朔月。

无月之夜，唯有星光漫天。3 月 2 日的夜晚，陆芸芸一番苦战之后，终于在毕设系统上提交了论文的二稿。就在她长舒了一口气，抱着笔记本电脑走出图书馆的那一刻，兜里的手机又急切地振动起来。

在那个名为"你才穿越了呢"的三人微信群里，蹦出一条李忆星的留言：

又出事了。

晚上九点半，学校的后街正是热闹的时候。各类小吃铁板烧麻辣烫，腾腾的热气混着香料的味道，直往人鼻孔里钻，馋得学生们走不动道儿。

熙熙攘攘的人群，穿梭在由各家大排档组成的通道里。餐饮、服饰、文具、照相、打印等各类小店，沿街一字排开且各自"独善其身"。每家小店都有自家的装修风格，有招牌红底黑字、显得粗放豪迈的大碗面，也有墙壁被漆成马卡龙色、配着绿植与多肉的女装小店，风格是满满的"小清新"。奶茶店则是窗明几净，暖调的灯光透出落地窗，干净的料理台里，店员们做饮料的动作一览无遗，专业而利落。

三人组的约见地点，就被选定在这家奶茶店里。周水生化身为"经常请吃饭的帅气哥哥"，大手一挥，抢着付了账。他早已熟悉了微信支付的方法，并且以在战场上磨炼出来的掏枪速度来掏手机并迅速扫码买单，陆芸芸和李忆星还真就抢不过他。

奶茶是甜的，但这幸福的味道，却多少有点硌硬。望着周水生的笑脸，陆芸芸却是眉头紧蹙："你别再请客了！我们年纪都比你大，你老抢着买单，算个什么事儿啊？"

周水生摆出老大哥的模样，笑着摆手："你们都还是学生。"

"那你还没满十八岁呢，"陆芸芸一双柳眉都飞了起来，"吃你的喝你的，我们心里都不安，搞得跟虐待童工似的！"

语气虽不动听，但她言语中的关心，周水生是完完全全地收到了。他微微一笑，轻描淡写地回答道："反正我都是要回去的。钱留在我这儿，也没用啊。"

"……"陆芸芸瞬间被戳中了。她撇了撇嘴角，想反驳，却说不出一句话来。

"挣点钱，存点钱，就留在这个有吃有喝的和平年代，不好吗？"她的内心，被这个问题占据了，但她问不出口。她知道，那是周水生的选择，选择回去，回到那个中国最为黑暗无助的年代，回到硝烟弥漫的战场……

她缓缓垂下双眼，陷入了伤感的沉默。李忆星见气氛不对，赶忙转移话题："先别说这个了，我刚在网上看到一条举报信息……"

他将手机屏幕亮给两名同伴：软件是微博的界面，在＃学校名称＃的"超话"下，横着一条简短的信息，得到了上百条的点赞。

＠穿越星海的冒险王：那个在一号教学楼女厕所放摄像头的罪魁祸首已经查出来了，四号门的保安，姓骆。

下面还配了一张图，是一个明显偷偷旁观并拍摄的视角：在那灯火通明的四号门旁，保安正向过路的女同学挤眉弄眼，笑容满面。

这位师傅，陆芸芸是认识的。不但她认识，周水生也见着脸熟——正是2月15日晚上，他第一次潜入校园的时候，那个拿着测温枪，对着他的脑门"开一枪"的师傅。

陆、周两人面面相觑，又将目光一齐投向了李忆星。陆芸芸诧异道："这不是扯淡吗？学校和警察都已经确认了罪犯了，是留学生啊，跟保安师傅有什么关系？"

"是啊，因为知道真凶已经被处理了，所以我下午刚一看见这条消息，就赶紧把微博转发给学校网络处了，让他们上报，安排事情的进一步查证。"

李忆星这脑回路和处置办法，看来是得到了他爹的"真传"，妥妥的一个"网络舆情监督"啊。

"然后呢?"陆芸芸疑惑:既然学校已经在处理了,喊他们俩又有什么用?

李忆星的眼角抽搐了一下,他端起那一杯满满的奶茶,狠狠地喝了一口,像是在用甜味压抑他内心的愤怒,然后才狠狠地道:

"就在刚刚,网络处打电话回复我了。他们进行了详细的排查,也调取了监控,网络处和保安处都确认:保安骆师傅的工作区域一直在四号门和食堂附近,根本没去过教学楼,也没接触过留学生。所以,网上这一条微博,完全就是诬告。"

诬告的确过分,但还不至于让李忆星如此愤怒。那他怎么……这么大反应?陆芸芸琢磨了几秒,突然她睁大眼睛,抓过李忆星的手机,再次审读那条微博……

"这是咱们校园志愿队的人干的!"她终于发现了"哔点"。

是的,明确知道一教楼女厕所里有偷拍器的,只有他们校园志愿队的人,而且是他们第一次行动的那一批人——因为到了第二天,整个行动就被叫停了。而之后参与"濯污扬清"扫厕所的队员们,很多是不知道这前因后果的。

"为什么?"这是陆芸芸最想不通的,她想不通"自己人"为什么会将矛头指向一个看大门的校园保安。她皱着眉头琢磨了半晌,也琢磨不出一个所以然来。努力思考的她,把奶茶的吸管都咬弯了,才继续提出一种可能:

"是不是有人误会了什么?要不我们跟濮阳老师汇报一下,把第一次行动的小伙伴们召集到一起,跟大家说明一下罪犯的事情,请他们不要搞错了?"

"没用了,"李忆星摇了摇头,他把自己的手机丢到了桌面上,操作给陆、周二人看,"我给你们看的这个微博投诉,已经是一张截图了。原帖之前就被删了,但事情并未止住……"

他的话还没说完，陆芸芸的关注点已经歪了："学校还有这能量？能管得到微博？"

"这还真不是学校做的，是我拜托了我爸，通过网信办联系微博客服，删掉那个不实谣言，"明明是想做好事，但李忆星的脸却更黑了，表情纠结，"可没用，事情反而更糟糕了……"

他继续操作手机，直接点击 TAG 进了学校的"超话"，按时间排序，一连串的博文就跳了出来。

傻 × 学校就会删帖！我们要真相！

偷拍犯应该化学阉割，这种赤果果（注："赤裸裸"的网络表达）的犯罪行为谁来管一管？ @南京××@×× 发布

姓骆的滚出校园！

校长下课！

一时之间，学校的超话下群情激愤。愤怒的同学们用控诉刷了屏，转发的、评论的、点赞的更是数不胜数。而且不只是本校，在几个金色大 V 的转发下，事态迅速发酵，已经闹到了学校外。最多的一条，也就是那个发布者，在大 V 的推波助澜下，短短半个小时就已经两千多条转发了。

"……"陆芸芸目瞪口呆。半分钟前她刚喝进嘴的一口奶茶，因为合不上的嘴巴而漏了出来，在嘴边形成一道小瀑布，场面堪比卡通。

周水生抓起一张纸巾，赶紧给她嘴角的瀑布"截流"。再然后，他将视线投向李忆星，凝重地陈述：

"堵，不如疏。靠删帖，靠禁言，靠阻止人民群众发声来操纵

舆论，是不可能成功的。做人民群众的统战工作，凝心聚力，靠的是摆事实、讲道理，是将心比心、互相理解。"

李忆星自知理亏，撇着嘴不说话，毕竟是他多事，才把事情越闹越大的。至于陆芸芸，则对周水生那段语重心长的评论有点意见：

"我说周'政委'，你这大道理说得是没错，可现实比这难办多了。我就问你，现在这情况，你怎么办？你怎么在网上搞你的'统战'？"

作为在校的大学生，陆芸芸对周水生那身处战争年代、带着政治色彩的说辞并不感冒，所以说到"统战"两个字的时候，她还抬手做了个表示"引用"的动作。

说实话，她虽然亲近这个新四军弟弟，觉得他可敬又可爱，但她不觉得他的话能有什么用处：他一小学文化水平，能有什么大见识？再说了，"堵不如疏"的大道理谁都听过，可实际上哪有他说得这么简单？

越想越纠结，似乎连奶茶都失去了甜味。虽然饮品店里灯光明亮、气氛柔和，三人组的脑袋上却像是飘起了愁云惨雾，并且陷入了即将电闪雷鸣、大雨倾盆的"低气压"状态。

就在这片哀怨的静默中，突然，小圆桌上横着的手机，"叮"的一声，跳出一条推送来。顿时，三个脑袋凑了上去，撞得"哐哐"两声响——

官方通报

蓝底白字，落款是盖了学校"大院章"的"官宣"，总结概括一下就是：学校联合了警方，多方调查后确认，查无此事，保安

·221·

骆师傅不存在违法行为。

"两位同志，看吧，不必太过担忧，"周水生笑道，他指向通报里的内容，"有调查，有说明，有理有据，同学们会理解的。"

他那笃定的态度，只换来陆芸芸"呵呵"一声："too young, too naive."

周水生困惑地眨眨眼："兔什么？"

李忆星还在 emo，只是抽了抽嘴角，不答话。而陆芸芸无奈地扶住了额头，开始她的"神预言"："哪儿有你想的那么简单，我们打赌：就靠一份官方通报，想把热度压下去，这才见鬼咧。学生哪儿有那么好摆布的？"

正如陆芸芸猜测的那样，这份官方通报并没有起到"一锤定音"的效果，事实上恰恰相反，到了第二天的早上，微博超话里的讨论反而变得更加一发不可收。

义愤填膺的学生们，自发地组织并形成了 #校园保安偷拍# 的话题 TAG，还有人"扒"出了骆师傅和已退休的老校长的亲缘关系，说保安是前任校长的远房亲戚，所以学校故意发假通报、掩盖事实。

一时之间，"官僚""腐败""严查到底"的呼声，在网络上迅速发酵，短短两天时间，就蔓延到了线下的校园里。有同学在行政楼的墙壁上贴打印纸，控诉学校的"腐败行为"，要求"高层下课"。有班级直接罢课，班长作为学生代表，对任课老师撂下"一日不开除犯罪的保安，就一日不来上课"的豪言壮语……

事实不是这样的，真的不是！

看见学校里这些"为了正义而战"的行动，陆芸芸在心中发出呐喊。作为事件的亲历者，从一开始接到罗杰·盖尔发出的视频，到清扫厕所，再到学校对他们几个说明调查结果，整个事情的来龙去脉，她看得清清楚楚：事情真的和网上说的不一样，和同学们的猜测不一样！

但是，同学们有错吗？勇于在网络上发声、勇于质疑劝慰，用行动追求正义，是没有错的。

但是，学校有错吗？学校明明已经做了调查做了处理，也发了官方公报和声明，据实以告，能做的也都做了。

可大家都没错，为什么还会变成这样呢？

纠结，郁闷，气愤，却又找不到宣泄的出口，陆芸芸只觉得自己肚子里满满当当的，塞的全是闷气。

这已是 3 月 4 日的晚上，盛大的冬残奥会开幕式，在北京鸟巢隆重举行。校园里的学生们，一边忙着用移动设备刷视频看开幕式，一边凑在四号门的门口继续"围观"保安，试图"用眼神审判"。

当看见盲人运动员举着奥运圣火的火炬，努力地四处摸索着，想将它插入雪花花环中的凹口，却一连失败了好几次。人群中不知道是谁先开了口，带动同学们一齐呐喊助威：

"加油！中国加油！"

校园中的呐喊，与视频画面中网友们的弹幕相互呼应，声音和文字，同时传递着最真诚的祝福、最热忱的掌声。

同学们的加油助威，回荡在夜空下的校园中。当视频中的圣火火炬被固定，大雪花缓缓升上半空，同学们一齐发出兴奋的欢呼。

他们这些"Z 世代"的年轻学生们，是如此的热情，如此的爱国，如此的正义，他们中的大多数人，都怀着真正的"赤子之心"。

然而，他们又是如此的年轻，如此的稚嫩——在欣喜地欢呼之后，他们将视线从屏幕上移开，又将充满敌意的目光，投向了门口的保安师傅，然后齐声呐喊：

"下岗！下岗！下岗！"

在这农历二月初二的夜晚，夜风仍是寒凉，可那保安师傅的脑门上，却沁出了一层薄薄的汗珠。门前的路灯，灯光明亮，映出他滴落汗珠的鬓角，出卖了他试图掩藏的局促与不安。

手机闪光灯发出的光芒炸了又炸，"啪啪"的拍照声，此起彼伏。在同学们的眼中，骆师傅这汗流浃背的表情，可以理解为"心虚"，这似乎又验证了他们的判断，于是将口号喊得更大声了：

"下岗！判刑！下岗！判刑！"

就在这时，两个人穿过人群，走到了四号门边。那是一个男孩，一个女孩，他们的手里都举着面标牌，他们沉着脸不说话，只是高高地举起标牌，默然无声地站在保安的身侧，仿佛是他的左膀右臂、左右护法。

师傅并无过错，罪犯另有其人。

请停止网络暴力，相信校方与警方的通报。

一左一右两副标牌上，写着他们想要告知义愤的同学们的话。这两个人，正是陆芸芸和周水生。

学生们议论纷纷，猜测着他们与保安的关系。至于保安师傅，则是被他们出奇的举动吓着了，他瞪大双眼，左边看看，右边看看，惊讶中带着些感动："同学，谢谢你们……"可下一秒，他又拍了拍他们的后背，摇了摇头："……我谢谢你们，但你们快走吧，别被牵连了。"

陆芸芸黑着脸不说话，周水生则向骆师傅送上一抹亲和的笑容："老乡，没事的，我们挺你。"

有学生举起相机，想将这"左右护法"一并拍下，却被一只大手遮住了镜头。只见人高马大的李忆星，他右手扛着一面标牌，左手挡在了摄像头前，他冲那人笑了笑：

"同学，尊重个人隐私哈，侵犯肖像权的。"

跟着李忆星一同来到四号门的，还有他的室友王竞途。这位平时看上去挺不着调的大男孩，此时眉头深锁，表情极是凝重。

随着李忆星和王竞途的加入，这保护着保安的"左右护法"的队伍，变得充实起来。四个人不交谈，也不辩解，只是往门口那么一戳，守在保安师傅的身后，高举手中的标牌：

没有调查，就没有发言权。

网络流言不可尽信，请同学们勿造谣、勿传谣。

人群中的哄闹声更大了，就在有人质问"你们什么人啊？凭什么相信他？"的时候，又有几个人走来。

金发的罗杰·盖尔、挑染了墨绿色的大桥清智，还有皮肤深两个色号的巴基斯坦留学生，以及直接黑成巧克力色的非洲留学生，一齐走到了李忆星的身侧。

虽然学校封锁了消息，没有公布那个罪魁祸首是谁，但他们都是留学生院的，大家都住一栋楼，有人被逐出宿舍和校园，这能瞒得过他们吗？所以，他们也都知道那个真正的犯人是谁，自然也就守护正义、力挺保安师傅了。

"区区一个保安，"人群中传出质疑的声音，"怎么还跟境外势力勾结上了？"

好一个"境外势力"！真……绝，绝了……！

陆芸芸简直要被气笑了，但她知道，在这种情绪化的场景下，辩论是没有用的。大家都是为了追寻正义，只是信息的渠道不一样。其实，大家的心和出发点，都是好的，只是朴素的道德观被人利用了而已。

这场无声的对峙，一直延续到晚上十点多。一方面，临近宿舍楼关门，有些学生熬不住，偷偷溜了。另一方面，听到风声的辅导员们已经气势汹汹地"杀"了过来，想阻止事态往负面方向发展。不过还好，正反两方也只是隔路相望，谁都没有过激行动：或许因为"挺保安派"始终不发声，所以两方连吵架都吵不起来，变成了"干瞪眼"的比赛。

"散了，散了，都回去睡觉了！"辅导员举着喇叭，大声吆喝。

人群中本来就有不少是纯粹看热闹的，此时借坡下驴，离开了这个无趣的赛场。另一些原本斗志昂扬、准备找保安师傅"算账"的同学，则因为对手实在太沉默，也变得意兴阑珊，斗志消磨了大半。于是，在辅导员们的催促下，大伙儿终于相继散了场。

辅导员如释重负地叹了一口气。保安师傅则连声说"谢谢"，爬了皱纹的眼眶旁，有水光闪动，亮晶晶的。

学生们还没来得及说什么，周水生已经一个箭步上去，两手握住了骆师傅的大掌，热情而用力地摇晃着："老乡，没事儿的，我们都知道，您没有做错事。"

这一声"老乡"实在太出戏，倒把骆师傅给喊蒙了。他眯起眼打量周水生半晌，突然想起什么似的："哦，你是那个……掉到水里的同学！"

陆芸芸生怕周水生说多错多，赶忙一把将人拽了过来，跟留学生们道了句"good night"。这时间点儿也不早了，大伙儿不敢多耽搁，各自奔回了宿舍。

一夜过去，当陆芸芸在翌日上午刷开微博的时候，更犀利的

"爆料"出现了。

这一次，指控的对象已经不限于保安骆师傅一个人了，昨天他们"挺骆派"的几个人，也被好事的校友进行了"深扒"。也不知道是哪儿来的牛人，搞到了四号门的监控视频，竟然放出了陆芸芸在 2 月 15 日晚上给保安送了杯奶茶的录像。

> 这是赤果果的贿赂！保安收了贿赂，不遵守防疫规章制度，不查健康码就放学生入校！必须严惩！

是学生也是网友，直接将这一杯奶茶定义为了"行贿"，再加上"防疫规则"的大棒一挥，再次在"超话"里掀起了轩然大波。

就在陆芸芸震惊无语的下一秒，她刷到了学校官方对视频的回应：

> 经调查，保安骆某没有检查健康码、放学生进入校园一事，确认属实。该行为违反了校方的防疫制度，具有重大安全隐患，予以骆某停职处理。

陆芸芸瞳孔地震，瞬间从床铺上蹦了起来。而就在同一时刻，手机铃声响起，那是来自李忆星的消息，一连串儿"疯狂夺命"的微信求助：

> SOS
>
> SOS
>
> SOS

第十七章　罪魁祸首

　　陆芸芸和李忆星单约在食堂里。自从看了那视频，陆芸芸连吃早饭的心情都没了，她耷拉着个脸，有一下没一下地用吸管戳着酸奶盖，戳出一个烦躁的孔洞。

　　李忆星看她黑着一张脸，也知道她为什么而烦恼：虽然外人看不出来，但李忆星一眼就瞧出，监控视频里的两人，正是陆芸芸和周水生。而且他都不用开口问，就把事情的经过猜了个八九不离十。算算日子，2月15日就是周水生刚穿越的那一天，他肯定没健康码呀，所以陆芸芸找了个借口蒙混过关，把他带进了校园。

　　她明明是善意之举，却带来了糟糕的后果。他刚刚也去四号门打听过了，保安骆师傅确实被停职了。毕竟，现在疫情防控那么严，师傅没查健康码这事儿又有视频佐证，算是铁板钉钉，学校不可能不处理的。

　　"你别急，也先别自责，"李忆星深吸了一口气，"真正追究起来，这锅扣不到你头上。我已经找到在微博上造谣、诬陷保安师傅的罪魁祸首了。"

"啊?!"陆芸芸的双眼,顿时被点亮了。她像警觉的小鹿一样,瞪大了亮晶晶的大眼睛,瞪视着面前的青年:"说!谁特么干的好事?!"

李忆星叹了一口气,无奈地摇了摇头,报出了一个熟悉的名字:

"王竞途。"

时光回溯,时针拨回到一个小时前。早上八点多,李忆星打着哈欠睁开眼,宿舍里只剩下他和王竞途两个人。周水生早早就出门工作,做他的"跑腿任务"了。

身为当代青年,李忆星和大多数大学生一个样儿,早起第一件事不是刷牙洗脸,而是先摸手机,刷会儿信息。他慵懒地趴在床上刷微信、微博,就被一个惊雷"轰"清醒了——正是陆芸芸看到的、网友爆料的那段所谓"贿赂"视频。

同样,李忆星也看到了学校官方对骆师傅的停职处罚,便不由得皱起了眉头。

他以为昨天晚上的行动,那一条条宣言,能让同学们冷静一点,能让事态转向好的方向。可事实上,越是解释越是有事,事态越描越黑,最终陷入一片泥沼。不但牵连到了陆芸芸和周水生,连保安骆师傅都被带翻进了沟里。

不能这样下去了。从最初的造谣,到现在的一发不可收拾,肯定是有人隐藏在网络之下,持续不断地煽动。想到这一点,李忆星调出最早的那张造谣截图,给自家老爸打去了电话:

"爸,你能不能帮我查个账号啊?微博 ID '穿越星海的冒险王',他造谣搞事情哎,你帮……"

他的话没能说完,一个黑影就猛地扑到了床铺之上,力道重得让李忆星都弹了起来。

满脸惊恐的王竞途一把抢过李忆星的手机并掐断了电话，然后苦苦哀求："别！别查！求你了，别找你爸！"

"啊？"对方这一惊一乍，李忆星还没来得及反应，"怎么了？"

"我……我……"王竞途吞了吞口水，他垂下双眼，整个人像是被抽空了力气一样，瘫坐在床边，"我就是那个'冒险王'。"

其实，王竞途也没想到，整个事情会搞成这样。最初的他，也只是一时的恶作剧、一时的气不过而已，可一份全然造谣的网络举报，却成了推倒多米诺骨牌的第一股动能。

时间再次回溯，回到二月底。

瞒天瞒地瞒老师，瞒不过自家宿舍的"中国好室友"。想当初，李忆星带着周水生住进宿舍，是跟王竞途打了招呼的。当然，在他的说辞里，周水生是他的乡下表弟，想到大学体验下生活。

至于李忆星偷偷编了个小程序，做了个假的健康码界面，让周水生方便进出校门的事情，却没能瞒得过王竞途。同为计算机专业的王竞途，一眼就看穿了他们的小伎俩，他还曾夸过李忆星，夸对方程序界面的 UI 抄得挺像那么一回事儿的。

或许是大四的最后一个学期太过无聊，又或许是鬼使神差、用南京话来形容就是"大脑滑丝"，那一天的王竞途实在太闲，突然就萌发了一个念头：如果把李忆星编的小程序里的绿码，换成红码会怎么样？校园里出个红码就好玩了，不知道学校会怎么处理哦！

看热闹不嫌事大，王竞途也真就那么做了。他三下两下地更改了李忆星编写的小程序，把绿色的图片换成了红色，然后在出校门的时候，故意一晃手机，亮了下那个"假红码"。

瞬间，炸锅了！

王竞途本是恶作剧，想来一个"危机测试"，没想到自己立马就"被危机"了。保安骆师傅眼疾手快，抓起门卫室里的防暴叉，一叉就给王竞途扎墙上了。

骆师傅的动作快、准、狠，仿佛绝世的武林高手。那一瞬间，王竞途仿佛透过对方的大叔面容，看到了鲁迅笔下的少年闰土，而他自己就是那只倒霉的猹。

被扎在墙上、分毫动弹不得，王竞途左手捂着脖子，右手赶忙掏手机，想打开真正的支付宝健康码。可他这一紧张，再加上脖子一被"叉"，他又呛了口口水，剧烈地咳嗽起来。这下子，保安师傅更紧张了，一声令下，周围的保安大叔全都戴着口罩冲了上来，看那架势，似乎分分钟就能把王竞途扭送到防疫中心。

玩大了。王竞途好容易顺过气，赶忙将真的"绿码"亮给了保安们。骆师傅定睛一看，想想不对，顿时厉声喝止："同学，这究竟怎么回事？我刚看到的明明是红码！"

"咳！你、你看错了！"王竞途当然不会承认自己的恶作剧，咬死是保安自己老眼昏花。

骆师傅可没那么好糊弄，防暴叉不离手，不问出个清楚明白，绝对不让王竞途蒙混过关。经验丰富的骆师傅，目不斜视地盯着王竞途，同时抬起下巴招呼自己的同事："给学生工作处打电话，让他们查……"

一听说学工处，王竞途瞬间就尿了，他可不想自己的恶作剧闹到老师那里。在骆师傅"坦白从宽"的威慑之下，王竞途把事情一五一十地交代了，还亮出假程序，坦白了自己恶作剧的经过。

骆师傅终于放开了"猹"，他放下防暴叉，转而提溜起王竞途的衣领，把人带到了计算机学院，找到了辅导员。

王竞途跟李忆星是同班同学，辅导员都是陈光。见保安师傅来告状，陈光将看了一半的考博英语书合上了，满脸堆笑地对骆师傅说："谢谢您啊，我们一定好好批评教育。师傅辛苦。"

嘴上说是"一定好好批评教育"，结果骆师傅一离开办公室，陈光扭过头，瞪向王竞途，一张脸就阴沉下来，恶狠狠地道："净给我惹事！"

王竞途赶忙说"对不起"，他把头埋得低低的，等待辅导员的暴风骤雨一般的批评，可是等了老半天，也不见什么动静。王竞途抬起眼，只见陈光已经一屁股坐下了，又翻开他的考博英语，开始他的"百词斩"了。

"呃……"王竞途走也不是，待也不是，愣了半分钟，才试探性地喊了一声，"陈老师？"

"……"陈光却连搭理都懒得搭理他，眼睛都没斜一下，只是无声地挥了挥手，示意他可以滚了。

王竞途一颗悬着的心终于放了下来。他又不傻，没理由站在这里找骂，于是贼兮兮地调侃了一声"微臣告退"，然后就奔出了计算机学院的大楼。

回到宿舍，王竞途越想越气，越想越憋屈：不就一个恶作剧，能有多大事啊？连他们辅导员都不管的，可偏偏遇到一个较真的破保安！区区一个保安而已，拿着鸡毛当令箭，还叉他！

王竞途气不过，决定报复保安一下。这种报复当然不是物理意义上的真人PK，而是通过网络举报。他用一个微博小号在学校的"超话"下进行了爆料，谎称骆师傅是厕所偷拍案的犯人。他知道这是诬陷，但他就是想找些没脑子的同学，一起骂骂骆师傅。

在王竞途的思维中，网上骂战而已，也只是情绪发泄，是"口嗨"，不会有什么危害的。正因为整件事是无中生有的诬陷，他反而"放心"：等自己骂爽了，最多再辟谣一下，事情也就散了呗。

然而，事情不像他想象中的那么简单。仅仅在他造谣的两个小时之后，网络舆情的发酵之快就远远超出了他的预计。一切都不可控了。先是学校超话里的内容被大 V 转发，引发了"隐私保护""女性权益保护"等一系列的衍生话题，再有就是针对本校、甚至针对整个高校系统管理的质疑。

两性对立，共识撕裂，男生女生们相互指责。质疑权威，学生们针对高校管理的种种揣测。再然后，学校出通告来辟谣，可根本没人信，同学们为了"挑战权威"，反而越战越勇，越"扒"越深——学校说什么，他们偏就不信什么。

王竞途慌了，彻底慌了。他觉得自己是个弱智，像个三岁的小孩子，坐在火药桶上玩火柴，火星不小心落下去了，他自己屁股还没烧起来，脚底下的大地却已经炸成了焦土。

要炸了。意识到这一点的王竞途，赶忙将自己的微博小号清空，账号也都注销了。可湮灭了"罪证"并不能带来心理上的轻松，他惴惴不安地等着辅导员陈光带着学工处、保卫处来找他麻烦。可是，还是没有。

受伤的，只有学校的信誉，只有保安骆师傅的名誉。当王竞途看见网上有人骂骆师傅是"人渣"、是"禽兽"的时候，他自己心里也不是滋味儿。

他后悔了，真的后悔了，可是他所做的一切、造成的这可怕的影响，根本无法撤销。

所以，昨天晚上，当他看见李忆星和周水生去力挺保安、给骆师傅站台的时候，王竞途也跟过去了。他特地戴了黑口罩，生怕骆师傅认出他来。可事实上，骆师傅根本没有关注到这一点，这位在高校工作了十几年的中年男人，只是眼泪汪汪地，望着他们几个学生，一迭声说"谢谢"。

王竞途真希望能时光穿越，穿到几天之前，把那个"脑残"的自己打一顿。可是他做不到，他只能眼看着网络舆情与事态的发展越来越糟糕，完完全全地脱离了轨道。

他不是没想过站出来道歉，但他没有那个勇气。

"求你了，李忆星，求你不要找你爸，不要查出是我，"王竞途跪在李忆星的床铺上，苦苦哀求，"事情搞这么大，我会被退学的！都大四了，我不能退学，我要毕业的！"

"……"李忆星蒙了，茫然无语。

气愤，无奈，纠结……诸多情绪混杂，李忆星狠狠地抬起拳头，他想给王竞途一记老拳，但看着对方那苦苦哀求、可怜兮兮的模样，却又下不去手。

怎么办怎么办怎么办？

三个字的问题，在李忆星的脑海里萦绕，简直飞成了一连串儿的弹幕。他知道，王竞途说得没错，如果真相被揭穿，学校追起责来，王竞途搞不好要被记过和退学。那大学四年不就白读了？说不定他一辈子就毁了。

更糟糕的是，如果王竞途的事情抖搂出去，也会牵连到他李忆星，牵连到陆芸芸，牵连到周水生。他做了假程序，陆芸芸把外面的人带到学校里来，都是违反校规校纪的行为，他们一个个都跑不了，至少都得记过处分、延迟毕业！

李忆星倍觉混乱，倍觉不安。既是忐忑不安，惧怕东窗事发，怕被学校追责，怕不能顺利毕业，又是惴惴不安，他这良心上过不去啊，那骆师傅招谁惹谁了，人家好端端地照章办事，结果被扣了硕大一个屎盆子，现在更是被搅到丢掉了工作！

心乱如麻，李忆星大脚一开，先是把跪在面前的王竞途给踹下了床，然后他掏出手机，在微信里调出陆芸芸的头像，发出求救信号：

SOS

听完整件事的来龙去脉，陆芸芸咬着下唇，两眼直勾勾地瞪着李忆星，无语。

"……"两个人，不说话，只是大眼瞪小眼。

周围路过的同学，好奇地扭过头。在他们看来，陆芸芸和李忆星俩人是校园情侣，视线里胶着的都是柔情蜜意。他们哪知道，这两人都在用眼神说话，而且是同样的台词：

怎么办怎么办怎么办……

这原本是李忆星内心深处的弹幕，此时却像是一大坨的心情垃圾，"喱"的一声，被空投到了陆芸芸的心底：怎么办怎么办怎么办……

混乱又纠结的弹幕，持续在脑海里刷屏。

这份无语的沉默，不知持续了多久，直到陆芸芸嘴里那根吸管被咬断，"啪"的一下掉在了桌面上，才终于打破了这份胶着。

"这个事，"陆芸芸茫然地问，"要告诉周水生吗？"

李忆星摇了摇头："告诉了周哥，他肯定要我们自首啊！他眼里容不下半粒沙子的，还不得为了劳动人民的饭碗，把我们三个全都卖了！"

陆芸芸琢磨了片刻，认同了李忆星的决定："对，他是不会理解的，毕业对我们来说有多难多重要。这件事，不能告诉他……"

"不能告诉我什么？"

背后突然传来熟悉的声音。

陆芸芸和李忆星吓得跳将起来，转头望向那个突然冒出来的"背后灵"。只见周水生踩着轮滑，两只手抓着奶茶、煎饼、比萨等一堆外卖，带着一脸的疑惑，重复了他的问题：

"你们在聊啥？什么不能告诉我？"

第十八章　拥有太多

周水生的突然出现，让正在密谋中的两个人，都吓了个魂飞魄散——果然，不能在人背后说坏话，分分钟就暴露了。

说曹操，曹操就到，陆芸芸简直想抽自己的嘴：她这什么乌鸦嘴，简直说人人到，说鬼鬼来啊。不过下一秒，她又察觉出了问题的根源所在，并将埋怨的目光投向李忆星：

——你约的是啥鬼地方？

——我哪儿知道周哥会来食堂啊。

李忆星用眼神回答，小表情十分哀怨：是他疏忽了。周水生的"代跑腿"生意，主要就集中在宿舍生活区这一块儿，会路过食堂看见他们，还真不算是个意外。

看两个人眉来眼去地搞小动作，周水生挑了挑眉，半是打趣，半是提问：

"怎么？有事瞒我？"

他这一问，两个人更心虚了。陆芸芸的眼神开始乱瞟，看天看地就是不敢看周水生。而李忆星则是眼珠子一转，鬼点子就来了：

"这不快毕业了，几个朋友约好了说庆祝一下，搞一顿'散伙饭'。"

"毕业聚会，好事啊，"周水生困惑，"这有啥不能让我知道的？"

"怕你唠叨呗。真要好好吃一顿，至少上千咧。你还不得念叨我们是'脱离人民、脱离贫苦大众'、玩'资本主义的小资情调'啊。"

看来平时在宿舍里，周水生没少念叨李忆星，对现代青年的消费观念也颇有微词。果然，周水生的关注点被顺利转移，他吸了一口气，"咝"的一声，听上去颇为心疼：

"虽说这散伙饭挺重要，也是个大事儿，可你们都还是学生，吃什么要花上千块钱啊？"

相比起揭发王竞途的所作所为和一系列的连带后果，仅仅被批评两句"奢侈浪费"，已经算不上什么事儿了。李忆星借坡下驴，赶忙点头：

"周哥说得对，那我回复他们几个，重新换个场子，人均五十上下的饭店，成了吧？"

周水生似乎被他忽悠过去了，丢下一句"这还差不多，你们慢慢商量"，然后踩起他的"风火轮"就要继续他的外送大业。可没滑出两米远，他又突然刹住了。

他这一刹车，让李忆星的心脏都停了半拍。他不由自主"咕嘟"吞咽了一声，然后挤出谄媚的笑容："周哥，又咋啦？"

一边是李忆星刻意讨好的表情，另一边是陆芸芸游移不定的眼神，周水生一双黑亮的大眼睛像是探照灯一样，在两个人脸上一通逡巡。这一巡，周水生基本就确认了：这两名同志，思想上有问题。

"陆芸芸同志，李忆星同志！"

毕竟是做了亏心事，一被郑重点名，李忆星立马稍息立正，一声"到！"刚喊出口，他就后悔了：哎呀，暴露了！

　　没错，在正常情况下，李忆星哪儿会这么"一个口令一个动作"地讲规矩、听命令？这么快又这么乖地回应，根本就是此地无银三百两啊。

　　"说吧，到底干了什么坏事儿了？"

　　周水生抬了抬下巴，睨视比他高出半个头的李忆星，语调虽轻，语气里却是不容置疑的意味。这眼神、这动作、这问话方式，不再是学校里的外送小哥，而是妥妥的队伍领导啊，他这个战地小班长，可不是白干的。

　　李忆星支支吾吾，将求助的眼神投向陆芸芸。接收到他的眼神暗示，一直目光游移不定的陆芸芸，终于望向了周水生。

　　那是一张年轻到有点稚嫩的面容，可陆芸芸却感到了强大的压迫感。面对这张年轻人的脸，她却连半句谎言都编不出来了。因为，他来自的那个时代，他所秉持的那个信仰，他像是一个标杆、一种符号，而在这种符号面前，是不能欺骗抵赖的。

　　她是怕惹出麻烦，是怕被学校记过、怕毕不了业，但她的内心里也充满了纠结，甚至让她的胃部都开始绞痛：骆师傅遭了冤枉，连工作都丢了啊，他们又怎么能置之不理？

　　"实话跟你说了吧！事情从王竞途开始……"

　　陆芸芸眼一闭，心一横，一股脑地将骆师傅和王竞途的纠纷经过，竹筒倒豆子似的说了个清楚明白。

　　听完一切，周水生似乎陷入了沉思，半晌不说话。

　　他的沉默，让陆芸芸和李忆星更加不安了。两个"00后"面面相觑，谁都不敢吭声，不敢打破这尴尬的静默。

　　熙攘热闹的食堂里，唯有三人所在的小小区域，陷入冰冷沉默的"低气压",仿佛气温都降了好几度。陆、李二人惴惴不安地等待着来自周水生的"暴风骤雨",可令他们意外的是,周水生并没有愤怒指责,而是淡淡地丢下一句:

"你们找个空教室等我,我先把同学们的餐送了,过会儿来找你们。"

虽说他才是个十七岁的小弟,但在陆、李的心目中,周水生是妥妥的"老大哥"。现在"老同志"这一声令下,两名"Z世代"青年只能灰溜溜地照做。

兵分两路,周水生继续跑腿送餐,陆芸芸和李忆星则听从命令,在一号教学楼找了个空教室,继续惴惴不安地等待。

窗外阳光明媚,梧桐的枝头上,稍稍抽了些许小绿芽儿,小巧又娇嫩。然而,比起室外春意微露的景象,教室里却是一派愁云惨雾。

"你说你,连撒个谎都不会,"李忆星长腿一伸,半靠半坐在课桌上,他抱起双臂,居高临下地瞪视陆芸芸,一副恨铁不成钢的模样,"你非明明白白地告诉他干什么?"

陆芸芸回了他一个白眼:"你有什么资格说我?是你定在食堂见面的,你会猜不到他能路过?"

"……"李忆星秒怂,垂下两只胳膊,再也摆不出训话的架势了。

陆芸芸说得对。食堂明明是"风险高发区域",他这个擅长编程计划的"理工男"不可能不知道,他却还是将见面地点约在了那里,约在了周水生的工作路径上。或许,在他的潜意识里,在他的内心深处,也有一个小小的声音,想要有人能来阻止他们、提醒他们:这么做是不对的。

十多分钟后,踩着旱冰鞋的周水生,像是一阵徐徐清风,顺滑地溜进了教室。

他的出现，让两名二十出头的大四学生瞬间挺直了脊背。不敢"颓"也不敢"丧"，一个站如松，一个坐如钟，两双眼睛齐刷刷地望向门口，等待"老干部"的训话……等等，不对，什么"老干部"，这货比他们还小四五岁呢！

刚刚绷紧的身体，又变得松弛。李忆星完全可以预判到，周水生会拿那些"责任和道义"、拿那些"全心全意为人民服务"的说辞，向他挥舞道德的大棒。于是，李忆星决定一边"摆烂"，一边"先下手为强"。他拽拽地抱起了胳膊，脖子一梗，先声夺人：

"你先别训人，先听我说。"李忆星横起右手，摆出一个"stop"的手势，抢先一步扼杀周水生发言的机会，然后自顾自地辩解起来：

"这件事都怪王竞途脑残，我们算是被牵连的。但是事到如今，骆师傅都已经被停职了。现在如果将真相告知学校，再追究我们几个的责任，只不过是多加几个倒霉蛋而已，大家没一个好过的。与其大家一起倒大霉，不如想个办法补偿。我确定，我有办法给骆师傅介绍一份新工作，而且工资比学校还要高！"

刚开口的时候，李忆星多少还有点惴惴，但越说到后面，他就越是自信。对啊，给骆师傅找一份新工作，报酬更高的工作，事情就解决了，皆大欢喜！

他的这个提案，也让陆芸芸一改先前的满面愁容，双眼都明亮了些："好主意！这样骆师傅的问题解决了，工作还更好了，我们也不会被退学，就能顺利毕业了！双赢！"

她的一句"双赢"，让周水生挑了挑眉。他一双剑眉，斜飞入鬓，一双炯炯有神的黑亮眼眸，在陆、李二人脸上逡巡，像是在确认他们的真心：

"这就是你们所谓的'哈皮矮丁'？"

happy ending，这是陆芸芸曾经告诉周水生的，幸福的大团圆结局。他的这句反问，让陆芸芸的喜悦和兴奋稍稍降了些许的热度。她瞬间沉默了，扪心自问：就算骆师傅的损失被补偿，所有人的错误都被掩盖，这真的是双赢的 happy ending 吗？

是的，表面上看，谁都没有损失了。可被伤害的，是公理，是正义。而她明白，他们做错了，只是不愿也不敢去面对后果而已……

其实，她都明白的。但都到这种时候了，真的要去掰扯什么"公理"和"正义"吗？这个世界本来就不是黑白分明的，能够找到一个大家都不受伤的方法，已经是非常不容易的了！

"我知道，我们做错了，我们也知道这种方法不道德，但是周水生你要明白，现在的社会很复杂的，一味讲道理，根本寸步难行。假设我们去自首，又能怎样呢？就像李忆星说的，只不过多几个倒霉蛋而已。"

陆芸芸的双眼锁定了周水生，她想说服他，让他理解他们的痛苦和不得已：

"真到了那时候，我，李忆星，王竞途，都要被记大过，会没法毕业的！王竞途更惨，说不定直接就被退学了！一旦不能毕业，我们的人生就都毁了，可能一辈子的人生路径都将被改变！这真的是你想看见的吗？"

李忆星猛点头，跟着帮腔："陆芸芸说得对。我们不是不道义，只是想尽可能地把大家的损失降到最低。我们会补偿骆师傅的，我们不是不仗义。但我们不能为了一个看不见的大道理，让自己的人生陷入泥沼啊！"

这番实用主义的辩解，只让周水生的目光更加深邃了。他的黑眸扫过陆芸芸，最终落在李忆星的脸上。他的表情很是平静，语气却是不容置疑：

"你是提交过入党申请书的人，请你再思考一下。你真的认为，你的做法是最佳答案，没有伤害到任何人的利益？"

"是。"李忆星不假思索地点了点头。

周水生无声地叹了一口气："你错了。你伤害的，恰恰是你口中'无形的道理'，那是你的信仰。你，已经失去了信仰。"

李忆星抽了抽嘴角，他很想反问：什么信仰？党性吗？谁能说清楚"党性"是个什么东西啊！

似乎是听见了他内心吐槽的声音，只听周水生坚定地说下去：

"党性是利他，不是利己。就算你说得再冠冕堂皇，再天花乱坠，再'双赢'再'哈皮'，你都无法反驳这个事实：你是在为自己个人的得失和功利算计，你不是为人民群众的幸福做谋划，更不是为社会的正义和公平而谋算。你已经迷失了。"

"……"李忆星被说蒙了，半晌说不出话来。

是啊，理论上，他是有信仰的。但似乎，他又从来没有真的信过。

就像这次，他虽然能做到把事情瞒下去，把损失降低到最小，但确实损害的是周水生口中的"人民幸福"和"公平正义"。就算给骆师傅找到了薪资更高的工作又怎么样？他还不是要背着"偷窥"的骂名一辈子抬不起头？如果他不去做，谁能够还骆师傅一个清白？

是的，他说得再冠冕堂皇，也只是想找个借口，掩盖自己的错误，让自己好过一点而已。他打着"皆大欢喜的最优解"的幌子，只不过是在为他的自私自利，寻找一块遮羞布罢了。

李忆星无言以对，他的内心陷入了天人交战。而陆芸芸却还在努力为他辩驳：

"为自己的未来谋划，难道有什么错误吗？人不为己，天诛地灭。就算他要入党，就算他已经成了党员，那又怎样？他还是个人啊！是人，就有私心。再说了，社会不一样了，现在不再是你们打仗那个年代，干什么都讲'抛头颅、洒热血'，在这个年代，有点儿私心也很正常啊……"

说到这里，陆芸芸皱起眉头，她想努力地劝说周水生，让他理解新时代的复杂：

"……你也看到了，现在这个时代，就是思想多元。思路多，方法也多。再说了，国家已经安定了，强大了，这种时候评价体系也应该改变了。人人为我，我为人人，完全可以多方面考虑，争取大家都受益嘛！"

周水生没有正面回应陆芸芸的问题，他提出了另一件事：

"你很担心，害怕不能毕业？"

"是。"陆芸芸点了点头，老老实实地回答。

"陆芸芸同志，你连死都不怕，为什么会害怕不能毕业呢？"

周水生的问题，瞬间"扎心"了。陆芸芸呆愣在那里，突然回忆起，就在半个多月前，她还打算抛弃一切：不只是学业和未来，还有家庭和亲情，甚至包括她自己的生命……

僵硬了的陆芸芸，良久才扯了扯嘴角，尴尬地辩解：

"此一时，彼一时，我现在不是想通了嘛，既然已经不想死了，当然要为怎么'生'去做打算啊……"

"是，咱们应该好好活，"周水生沉声道，"但怎么活，跟'毕业'不是画等号的。你刚刚说了，国家安定了强大了，你们生在这么好的时代，天高海阔，有那么多选择，总能做出一番事业的。"

他讲的都对，可越是正确，就让陆芸芸的心里越是纠结焦急："可这个社会不是你想象的那么简单啊，没有学历，什么都做不了！"

周水生望着她焦急的模样，又望向李忆星若有所思的表情，微微扬起唇角，温和地笑了：

"你们啊，就是拥有的太多了，才会迷路的。"

一句话，犹如一记闷棍，把陆芸芸打蒙了。

是的，他们拥有的太多了。在这个物质丰富、思想多元的时代，他们拥有的太多，才什么都放不下。

越是拥有的多，越是不想失去，越是想获得更多。

当她什么都不想要的时候，她能单纯地去追求心中的正义，去做一个纯粹而善良的人。可眼下，她的论文二稿通过了，似乎毕业证近在眼前、唾手可得，所以她反而不敢说话、也不敢做正确的事情了。

她的内心里其实"门儿清"，她知道什么是"做正确的事情"：他们应该说明真相，一方面，能还骆师傅一个清白；另一方面，也让那些跟风声讨的同学，意识到他们被网络谣言带歪了，意识到他们其实是做错了事情、冤枉了好人。

她都知道的。但正如周水生说的那样，他们拥有的太多了，才会迷路，才放不下，才想方设法给自己找了那么多借口和理由，去掩盖那个"不想失去已拥有之物""想要得到更多"的、赤裸裸的私心。

陆芸芸将视线投向李忆星。两个人都没有说话，只是用眼神彼此相望，似是一种交流。

有迷茫，也有焦虑。但他们的眼神，在彼此的凝望中渐渐变得清亮，神采渐渐变得坚定。如果说，只有坑了别人、害了别人，才能换来他们期待的毕业，以及之后那个"体面"的未来，那这样的未来，他们宁可不要！

醒了，他和她，彻底醒了。

是的，不用再担忧，不用再奢求，也就不必再害怕"掉队"。身处于这个时代的他们，已经拥有了很多。如果为了满足"拥有更多"的私心，为了追求"人上人"的未来，而失去了纯粹与善良，那才是得不偿失呢。

那些更功利的追求，或许在他们成为"社会人"之后，会变成重要的东西。但此时此刻，他们还是大学生，还是青年，还希望能保住他们那颗骄傲的、纯洁的、火热的心——赤子之心。"我可以去'自首'，但你的事情要怎么说？"

陆芸芸提问。她可以说服自己放下，但还是得头痛一件事：怎么解释事情最初的起因？毕竟，她和李忆星都是为了把这个"穿越"而来的大活人带进校园，才搞出了那么多的事情，惹出了一连串的连带后果。

"实话实说，"周水生淡淡一笑，"当然，也要找对方法，找对的人。"

十几分钟之后，三人组来到了那个"对的人"的办公室。

辅导员濮阳老师被三人围住，并在陆芸芸"老师，我们有非常重要的事情，必须向您单独汇报"的说辞之下，被他们带入了小会议室。一关上门，陆芸芸转过头就将所有事情，一股脑原原本本地说了出来。

信息量太大，濮阳老师听那什么"自杀"和"落水"，听那什么"穿越"和"抗战"，听那什么"星星"和"太爷爷"，整个人直接蒙了。

"……"

她宛若石化一般地沉默着，只是双眼圆瞪，呆望着面前的年轻学生们。

陆芸芸却不给她消化这些信息的时间，直接将这半个多月的时间线全理了一遍，说到她怎么带周水生进校，怎么碰上李忆星和留学生们，李忆星又为什么要给周水生做一个假的健康码，以及之后他们怎么发现"偷拍"的事，王竞途又怎么跟骆师傅结了梁子并在微博上搞诬陷，最终捅下了大娄子……

濮阳老师的面部表情，随着事件影响的扩大，从无措到郁闷再到愤怒，听到最后，她的鱼尾纹都因不悦地眯眼而划出了深深的沟壑。

"事情的经过就是这样！"

当陆芸芸终于"结案陈词"，濮阳老师深深地吸了一口气，她的目光扫过周水生、李忆星，最终落在陆芸芸的脸上：

"现在没事了吗？"

"啊？"换陆芸芸蒙了，"就是有事啊，所以才来找您的！"

濮阳老师摇了摇头："不，我的意思是，你的心情平复了吗？还会不会有自毁的冲动了？"

"……"

陆芸芸无言以对，但心中却涌起一阵暖流。讲真，她说了那么多，不符合科学逻辑的"穿越"都出来了，但濮阳老师的第一个关注点，却仍在她身上，光凭这一点，就让她觉得温暖又愧疚。她之前的举动，真的是太草率了，明明有那么多人还在关心她呢……

"谢谢老师，我没事了，"她送上一个真心诚意的笑容，"真的，我已经完全好了，我想通了，所以才变得贪婪，之前不敢说实话。"

说到最后，她开始了自我反省。濮阳老师走上前，轻轻地将右手搭在她的肩膀上，传递温暖的力量："没事的，能说出真相，你们已经很勇敢了……不过你们……"

濮阳老师突然加重了语气，她目光如炬，投向周水生："……你们再编，也编个靠谱点儿的借口啊！疫情管控之下，你们放校外生进来，实在不应该，但更不应该编什么'穿越'啊！周同学，你究竟家住哪里？该不会是……"

说到这里，濮阳老师的双眼瞪大了，一脸的惊恐，"……不会是偷渡来的吧？"

看来，"偷渡"这两个字，已经是这位人民教师能想象到的最严重的情况了。

三人组哭笑不得，尤其是周水生，他其实很想反问对方，自己这标标准准的江南少年的长相，究竟哪一点像是从外国偷渡来的了？但他也明白，"穿越"太过匪夷所思，不能怪濮阳老师不肯相信。

怎么才能证明自己呢？他转了转眼珠子，突然开始脱衣服。

"哎哎！同学你干吗？！"

濮阳老师惊呆了，生怕又来个有心理疾病的孩子，这必须得找专业人士进行心理疏导啊！

正在她思考着是找社工、还是找专业心理医生的时候，周水生快速脱光了上衣，转身将后背亮给她看。

明明是少年人的清瘦身形，背部却是坑坑洼洼。除了一道贯穿的刀痕，还有一个弹孔的痕迹，新长出的肉偏白，和他微黑的皮肤形成了鲜明的对比。另外还有些细小的疤痕，但比起那两寸多长的刀伤和明显的弹孔，它们便显得不那么要紧了。

那些惊讶，那些质疑，全部被吞进了喉咙里。濮阳老师任教多年，也算是经过大风大浪的了。这十五年的教学经验里，她遇到的最严重的状况是自残和家暴，但远远没有周水生这样重的创伤。

陆芸芸口中的"穿越"再次闯入濮阳老师的脑中，所有的思绪都中断了，下一秒，她只能颓然地瘫倒在椅子上，半晌说不出话来。

别说是濮阳老师傻了眼，陆芸芸也是第一次看见周水生的伤势，她下意识地伸出手去，想要轻抚那狰狞的疤痕……

"陆芸芸同志，注意纪律！"周水生赶忙退开好几步，迅速将卫衣套了回去。

陆芸芸气得要跺脚："别满口纪律纪律的，我又不是调戏你！我只是，只是……"

她噎住了，不知道该怎样表述她的心情：有些酸，有些涩。此时的他站在这里，十七岁的青涩模样，仿佛是这个时代里无忧无虑、自在不羁的少年，像是她弟弟一样的存在。她几乎要忘记了，他来自八十年前。直到那些伤痕，再次提醒了她：在那个旧中国，在那个最黑暗的年代，小小年纪的他，却已是扛枪扛炮、要拿命去拼的新四军战士。

陆芸芸垂下了双眼。见两名女士都陷入沉默，周水生赶忙辩解："两位同志，我不是要耍流氓啊，我们部队纪律很严明的，我是给你们看证据……"

"明白的。"濮阳老师一脸的心累，她压了压右手，示意对方不用解释了。穿越这件奇妙的事情，击穿了她的认知，她深深地吸了一口气，又顿了顿，才继续说下去：

"那你们接下来，有什么打算？"

周水生信心满满地回复："再有十天，等满月的时候，我应该就能回去了。"

他的回答，让陆芸芸的心情更沉重了。李忆星也眉头紧蹙，微露忧愁。三人组中，只有周水生一个人，期待着能在下一个月圆之夜，"穿越"回去。

"留在这里，不好吗？"这个问题，陆芸芸问过不止一次。但经过这次事件，她算是理解了，他的那个信仰是什么。是利他，是可以征战沙场、生死魂灭，也要为了人民大众谋福利。

他从来没有算计过，这里活得舒服，那里痛苦艰辛。他所思考的，从来都不是个人的生死安危。

一时之间，小小的会议室陷入了沉寂。

被颠覆了认知的濮阳老师，沉吟了许久，终于做出了她的决定："这样，我会想办法向学校反映这件事，最终会做出公正的处理，妥善地恢复骆师傅的名誉。"

听到这句话，三人组顿时都舒了一口气。

"至于你们两个，"濮阳老师望向陆芸芸和李忆星，"你们俩的所作所为，虽然有错，但毕竟事出有因，也情有可原。我会尽力争取，让学校里的处罚降到最低，不影响你们正常毕业。"

陆、李二人的眼睛都亮了，连声道谢。

濮阳老师的眉头再度皱起："至于王竞途，他的情况比较复杂。你们俩是违反校规，他是违法，严重程度完全不一样。这孩子脑子太不清醒了，诬陷哪里是小事情，怎么想得起来搞这个的，糊涂啊！"

老师关于"违法"和"违规"的定性没有错，李忆星和陆芸芸对望一眼，眼中是同样的紧张和担忧。陆芸芸是文学院的学生，跟辅导员的关系最为亲密，于是也不管"戴罪之身"，忍不住开口为同学辩解，外加指责学校：

"王竞途是做了错事，他是不应该，但这么说起来，难道学校就一点错都没有吗？如果当初学校能妥善处理偷拍的事情，不要遮遮掩掩的，把留学生的名字公布出来，大家就不会猜来猜去，也不会搞成这样了！"

濮阳老师没接话：虽然陆芸芸多少有点诡辩，但她指出的问题也确实存在。

"这个时候，追究学校的责任，于事无补啊，"濮阳老师沉声道，"你们还是好好劝一劝王竞途，让他主动站出来承认错误，或许学校还能宽大处理。记大过、挂处分是少不了的，最好的结果是争取延迟毕业——你们让他主动一点，写一封说明情况的道歉信，一定要态度良好，主动上报学校。"

李忆星知道，濮阳老师已经是在给王竞途"支招"了，于是赶忙点头："谢谢老师，我回去就劝他，让他照做。"

濮阳老师又将视线投向周水生："至于你，不管是不是穿越，你终究不是本校的学生。你留在校园，这不符合规定，陆芸芸和李忆星也会越错越多……"

"明白，"周水生截断了濮阳老师的"逐客令"，他笑着道，"我也正打算出去看看。这样，我今晚就离开。"

陆芸芸急了："不行！你又没有身份证，你出了学校怎么过？"

说着，她又将求助的目光投向濮阳老师，求情道："老师，你就再让他住十天，行吗？他无亲无故，连个证件都没有，哪儿也去不了啊，连住宿的地方都没有。"

"陆芸芸同志，你也太小看我了，"周水生笑道，"再说了，我也想看看外面的世界：看看城市，看看乡村，最好能看看老家——回去之前，不留遗憾。"

一句"不留遗憾"，堵住了陆芸芸所有的反对。她垂眸思忖了两秒，又抬起头来：

　　"那我也去！我请假，申请外宿！"

　　"我也离校，"李忆星跟着举起右手，"我有驾照，我开车载你们出去玩儿，看好看的，吃好吃的！"

　　毕竟是大四的学生，课业学分都已经修完，就差个毕业论文和毕业答辩，申请外宿也在情理之中。濮阳老师没有反对，只是叮嘱道：

　　"第一，你们注意安全。第二，特别是你，"她望向陆芸芸，嘱咐道，"你要听指导老师的话，好好完成论文终稿，按时回来答辩。"

　　见陆芸芸点头答应，濮阳老师接着说下去："至于处罚的事情，我无法给你们一个明确的答案和保证，但我会尽我所能。"

　　这句话，已是这位辅导员老师，能说出的最大承诺了。陆芸芸感动异常，她忍不住走上前，抱住了年长的辅导员："谢谢老师！"

　　"谢谢你们，"濮阳老师严肃的面容上，绽出了一抹温和的笑容，她又望向了周水生，柔声道，"也谢谢你。"

　　"来，我们自拍个，做个纪念嘛！"

　　陆芸芸打开了美颜相机。屏幕里的濮阳老师瞬间就被抚平了皱纹，年轻了至少十岁。于是，四名青春美少年美少女，一起聚在画面里：

　　李忆星站在最后，右手比了个"耶"。陆芸芸拉着濮阳老师，两只手拼成了个"爱心"。只有周水生表情略显严肃，动作也是中规中矩，工工整整地敬了个礼。

　　"咔。"

屏幕轻轻闪烁，留下了明朗而纯粹的笑容。

那是放下，是赤忱，是感恩，亦是告别。对于周水生来说，他的大学校园生活，就此结束了。而距离下一个月圆，只剩下十天。

第十九章 十天必做的任务清单

在"自首"的当天傍晚，三人组就收拾了行李，离开了学生宿舍。

陆芸芸和李忆星都是本地人，其实也没啥好收拾的。周水生拾掇出了一个小布包，装了几件之前买的运动服。值得一提的是，陆芸芸将之前"没收"并藏起来的"撅把子"，又偷偷摸摸地带了出来，还给了周水生。

三个人约在学校的大门口集合。暮日西斜，傍晚的霞光映在刻印着大学名称的石门上，金色的篆刻熠熠生辉。石门两旁的行道树，抽了嫩芽的梧桐绿叶，随着晚风轻轻地摇曳，仿佛是在向周水生挥手致意。

一脚踏出校门，周水生半回身，贪婪地望着校园里的道路。花草绿植的簇拥之下，平整的道路上，是年轻人们谈笑着路过的身影，那么青春，那么轻快。

他也曾经踩着轮滑鞋，穿梭在这条路上，如清风一般掠过。这短短半个多月的大学校园生活，是他人生中最畅快、最轻松、也最惬意的日子。

他在教室里蹭过课，历史地理文科听得如痴如醉，高数生化听得宛若天书，也跟其他同学一样在老教授凌厉的目光下瑟瑟发抖……

他在操场上跟大伙儿踢过球，论技术他不咋地，但论耐力他能跑完整场九十分钟，别的同学都趴下了，只有他还脸不红气不喘地戳着，还嘲笑大家看谁笑到最后……

他在食堂里请过客也蹭过饭，一食堂阿姨的手从来都不抖，饭菜量大管够，五食堂的麻辣烫最划算，荤素同价可以疯狂夹肉……

他在宿舍楼里挨门挨户地跑腿外送，也曾忍不住凑到同学的身后，围观人家寝室里的联机大战，在玩家"偷家"成功的瞬间，欢呼"哇哦"……

这是 2022 年的大学校园，如此美好，如此欢乐，如此和平。

他这一辈子，都不会忘记这半个月。

如果他能回到战场，如果他能在二鸢镇的谢家渡战役中存活，他一定要向战友们好好地描绘这里，讲述这里年轻人的生活，讲述这个时代的中国……

"嘀嘀——"

两声短促的喇叭声，唤回了周水生逐渐游离的思绪。他扭头一看，只见一辆银色的绿牌轿车停在了街对面，车窗被摇下，露出李忆星故作酷炫的拽脸：

"上来！"

李忆星冲周水生和陆芸芸招呼。看来他是真的有驾照，也是真的要兑现他"开车载你们出去玩儿，看好看的，吃好吃的"的诺言。

冲他的"周哥"勾了勾手指，李忆星又长臂一伸，为周水生打开了副驾的车门。这是周水生第一次坐在副驾的位置上，洁净的前挡风玻璃外，一片明亮：

天边红彤彤的霞光，映衬着都市里璀璨的灯火。快车道上，各色车辆飞驰，车水马龙。慢车道上，电动车和共享单车见缝插针，川流不息。地铁站前人来人往、脚步匆匆，满心欢喜地奔赴温暖的家，像是急着回巢的鸟儿。

李忆星开车的技术还不错，不过更值得夸赞的是他的心态。明明是最堵的下班高峰期，红灯一个接一个的，他都没有半分愠色，这得到了陆芸芸的大力称赞：

"心态不错啊，一点都不'路怒'。"

"那是当然，"李忆星得意地挑了挑眉，"也不看看谁在车上，咱敢'路怒'吗？"

这倒是。毕竟有个"老太爷"坐镇呢，他真要飙车或骂骂咧咧的，还不给周水生念叨死。

不过，周水生并没有注意到两个人的吐槽，他的注意力完全被车窗外的世界吸引了。

来到这个世界之后，他只坐过一次出租车，而且那时候天色已晚，他只从后排座位上看见了灯光夜景，便已经目瞪口呆。而这一次，晚霞彤光之下，他更加清晰地看见了这座城市的风貌，看见了摩天大楼，看见了汹涌人潮，看见了和平时代的人们在城市里幸福生活的模样。

李忆星一边等红灯，一边瞥了一眼坐在身侧的周哥，看对方那瞪目结舌的模样，他更加得意地挑眉，预告道："更好看的在后头呢！"

陆芸芸从后座探过头，好奇地问："你还有什么招儿？"

李忆星眨眨眼，还在那里卖关子："敬请期待。"

走走停停，堵在这市中心的主干道上，三个人却没有丝毫的烦躁，连等红灯都多了一丝趣味，悠然等待的同时，欣赏着窗外的景色。李忆星点开触屏，让 AI 精灵放起了周杰伦的《本草纲目》和陈奕迅的《孤勇者》，都是最近"翻红"的"热歌"：

> 去吗？去啊！以最卑微的梦
> 战吗？战啊！以最孤高的梦
> 致那黑夜中的呜咽与怒吼
> 谁说站在光里的才算英雄

车载音箱里流泻的唱词，不知哪里触动了周水生，让他扭过头来，凝视着屏幕上翻滚的歌词字幕。片刻之后，他轻轻扬起了唇角。

一代人有一代人的审美，一代人有一代人的旋律。在他那个年代，他们唱的是《游击队之歌》，是"我们都是神枪手，每一颗子弹消灭一个敌人"，是小号和鼓点交错的、热烈而有力的节奏。

其实，这首《孤勇者》的旋律，他多少有点欣赏不来，但他却莫名地被那一句自问自答的歌词，打动了心弦："战吗？战啊！"

这代年轻人，也有属于他们的"战歌"。

想到这里，周水生心念一动，突然开始点歌："我想听那个，什么大河。"

"哪个大河？"李忆星目不转睛，盯着前方道路。

周水生想了想，似乎努力在回忆："我在学校广播里听过一次，什么……大河波浪宽？"

后排的陆芸芸笑了，她轻哼出声：

"一条大河波浪宽，风吹稻花香两岸……你们那时候没有《我的祖国》吗？"

询问的同时，陆芸芸已经拿手机开始搜索，这一看百科，她顿时就悟了：

"……哦，你们那时候还真没有！这是《上甘岭》电影的插曲，都1956年的事情了。"

AI精灵识别出了陆芸芸的歌声，自动播放起那悠扬的旋律。这是几代人都为之沉醉的歌曲。对于周水生来说，旋律和歌词都极为陌生，但他想听也爱听。而对于陆芸芸和李忆星来说，那些旋律和歌词，就像是刻印进了DNA里：

一条大河波浪宽，风吹稻花香两岸，

我家就在岸上住，听惯了艄公的号子，看惯了船上的白帆，

这是美丽的祖国，是我生长的地方，在这片辽阔的土地上，到处都有明媚的风光；

姑娘好像花儿一样，小伙儿心胸多宽广，

为了开辟新天地，唤醒了沉睡的高山，让那河流改变了模样，

这是英雄的祖国，是我生长的地方，在这片古老的土地上，到处都有青春的力量；

好山好水好地方，条条大路都宽畅，

朋友来了有好酒，若是那豺狼来了，迎接它的有猎枪，

这是强大的祖国，是我生长的地方，在这片温暖的土地上，到处都有和平的阳光。

在动人的乐声中，轿车驶入了城市的最中心。嫣红而浅紫的天幕下，一座摩天大厦高耸入云。那是南京城的地标建筑，曾经是中国第一、亚洲第七的紫峰大厦，也是世界上第一座完全由中国投资、中国建设的超级摩天大楼。

李忆星开车驶入地下停车场，然后又领着两人乘坐电梯，按下了"78"的数字键。显然，这个数字突破了周水生的想象，他瞪大双眼，连声音都有点打颤：

"7、78楼？这、这得有多高？"

李忆星耸耸肩："78楼究竟是多高我不知道，反正这楼一共四百五十米高，好像总共82层吧？我也记不太清了，但我记得新闻报道过，紫峰大厦比紫金山的海拔高度，要高那么一点点。"

比山还要高的楼！

这个认知，让周水生张大了嘴巴，久久说不出话来。

他用pad上网课，也从视频里看到了许多"中国建造"。他已经知道了"天眼"，知道了盾构机，知道了高铁，也知道了港珠澳大桥……每个"大国重器"的介绍，都让他心驰神往，又忍不住想起他的那个时代，一个连"洋钉"都无法自由的年代。

但视频里看是一回事，亲眼看是另一回事，更别说还能真正走进去，亲身感受了。跟着李忆星的步伐上了高层的周水生，连脚步都变得有些迟疑。当电梯门开启，看到富丽堂皇的装修，周水生更是犹豫了。

"我们来干吗？"

"吃饭，"李忆星拽拽地挑眉，"我请客。"

就算是"土老帽儿"，周水生也瞧得出来："别，这里肯定不便宜。"

陆芸芸已经开始在手机APP上搜了，一看人均四百多的价格，她也有点蒙："无功不受禄啊，你这请的也太贵了，不合适啊。"

李忆星伸出长臂，大手一撮，抢着关上了陆芸芸的手机屏，然后笑着编了一个借口："没多少钱，有团购活动，打折，而且是打骨折的那种。再说了，咱们那是亲密战友的关系，怎么叫'无功不受禄'啊？"

陆芸芸一眼就看穿了李忆星的谎言，知道他是不想周水生有意见，才谎称了个"打骨折"的借口。她冲他比了个口型，无声地控诉：大忽悠。

李忆星笑了笑："我都订好套餐了，而且我们今天有一个必须在这儿吃的理由。"

"什么理由？"

"秘密。"

李忆星故意卖关子，然后他迈开长腿，抢先一步走在前面，冲两位同伴做了一个"请"的手势。

他所预订的餐桌位置，就在窗边。大透明落地窗的外面，是无尽的天幕，粉紫色的云朵似乎唾手可得，是名副其实的"云端餐厅"了。

不远处便是玄武湖，深蓝的湖面宛若明珠。规划有序的街区上，列着层层叠叠的楼宇，从高处望去，像是小小的火柴盒，排列得整整齐齐。

对于周水生来说，这顿晚饭不太实惠，说实话，牛排大餐虽然好吃，但总觉得没怎么吃饱，还没学校食堂里的麻辣烫量大管够。但是窗外的城市灯火，实在太过惊艳，美景在前，让食物的滋味都得到了"飞升"。吃到最后，他的注意力完全被风景夺走了。

天色越来越暗，傍晚殷红粉紫的霞光，渐渐被深邃的蓝色取代，夜幕笼罩了大地。地面的道路纷纷亮起了灯，暖黄的路灯之光，组成了一条条锦绣华彩的丝带，延绵向远方。

住宅楼里的灯光，一点一点地亮起，映出一间又一间小屋。那些温暖的橙黄光点，渐渐连成一片，在深沉的夜幕中联结，化作真正的"万家灯火"。

繁华，明亮，温馨。

"这就是理由。"

李忆星的发言，引来周水生和陆芸芸的侧目。只见他举起咖啡杯，冲两人做了一个"干杯"的动作，然后指向窗外的灯影：

"我想带你来看看——这是你们打下来的江山。"

周水生举杯的动作，僵硬了半拍。

他的眼前，似乎弥漫起无边的血雾，笼罩着硝烟弥漫的战场。恍惚中，他闻见了血腥的气味，听见了枪炮之声、战友同志们的呼喊与哀号，而那炮火轰炸的闪光，也似乎历历在目。

不知过了多久，眼前的一切慢慢散去了，血色浓雾弥散开来，露出了宁静的夜晚，露出了这八十年后璀璨的灯华。

这是你们打下来的江山。

这是战友们、同志们用命拼来的新世界。

值得。

周水生扬起嘴角，他举起装满柠檬水的玻璃杯，与两名"00后"碰杯：

"敬希望，敬和平。"

这是老一辈所希冀的祝福，而两名年轻人回应周水生的祝词，则怀着更多的感激：

"敬你们，敬英雄。"

最终，无论是期盼还是感恩，又汇成了一句无限美好的祝福：

"敬祖国，敬人民。"

这一顿饭，三人组吃得感慨万千，边吃边聊，一直吃到了晚上九点多。说着说着，周水生突然拜托服务员送来纸笔，开始勾勾画画，在纸面上列起了条目。

陆芸芸凑过头去看，只见白纸黑字，列下的都是周水生的愿望：

> 回宜兴老家。
>
> 坐一次高铁。
>
> 去南京长江大桥……

看他奋笔疾书，陆芸芸却觉得心里头有点硌硬，甚至有点感觉不妙。她拉过李忆星，压低了声音，小小声跟他商量：

"他这写的，怎么感觉有点像那个……遗愿清单？"

"那不正常嘛，"李忆星倒是心大，随口回应，"他都要回1942年去了，最后剩十天，想在这个时代看够、玩够、过把瘾，这很正常啊。"

此时的陆芸芸和李忆星，并不知道那个关键时刻的存在……

二鸢镇的谢家渡战役。战役真正打响的时刻，是在1942年中秋节的后一天。也就是说，周水生实现穿越的那个夜晚在1942年9月24日，并不是新四军和日军激战的关键时间点。按照老兵回忆录的记载，1942年9月25日的午后，才是周水生真正的死期。

然而此时，两名年轻单纯的大学生，还不明白周水生口中的"回去"意味着什么。他们只是看着那张遗愿清单，笑呵呵地拍了胸脯、夸下海口，嬉笑而兴奋地做出承诺：

"安排！统统安排上！"

陆芸芸和李忆星只希望周水生能玩好，能玩得痛快。他们俩想尽了方法，甚至开始搜索起南京城的游览路线，做起了游玩攻略，想把最好玩的、最好吃的，全都呈现给周水生，呈现给这位兼容了"小兄弟"和"老同志"两个标签属性的"斜杠青年"。

说到做到，陆、李二人一合计，当下一拍即合，决定立即离开紫峰大厦，开车去夫子庙——夜游秦淮。

半小时后，三个人就已经坐在画舫之上，游览秦淮河的夜景了。

天下文枢的牌匾，映着龙纹的照壁，承载着千百年来多少科举入仕、飞黄腾达的文人梦。仿古灯笼的路灯下，桥上的游客来往如织，在乌衣巷前听导游说起"旧时王谢堂前燕，飞入寻常百姓家"的诗句。

河上波光粼粼，映着五彩华光。两岸的石壁上，是灯光投影出的戏剧。一叶扁舟，轻轻滑过，在河面上拉开圈圈层层的涟漪。画舫里茶香四溢，袅娜的烟气，萦绕在谈笑风生的青年们身旁。

这一晚，三人组尽兴而归。晚上分别时，李忆星先送陆芸芸回了学校宿舍，又开车载着周水生，住进了自己的家里。

他忽悠了自家爹妈，只说"好朋友要在家里借住几天"，便把周水生带进了自己屋里。李忆星还偷偷翻出了太爷爷的照片，又把之前新四军研究会给拍的《老兵回忆录》视频，放给了他的"周哥"。

坐在工学椅上，周水生感慨又怅然地翻阅着那一幅幅、一页页相片。画面里的李大伟，从中年步入了老年，直到满面皱纹，直到和老婆、儿子、儿媳、孙子、孙媳妇一起拍了全家福……

一张张照片，承载的是美好的记忆，更是成长的痕迹。周水生的手指轻轻拂过战友苍老的面庞，停在那满是皱纹沟壑的脸上：

"真好啊。"

刚洗完澡出来的李忆星，一边擦头一边疑惑："什么真好？"

周水生抬起头，送上一个微笑。他的眉眼弯弯，笑成了月牙，一句"没什么"的回应，意味深长。

然而，此时的李忆星完全没能理解他这位"周哥"的感慨——在那句"真好啊"的感慨中、意味深长的语气里，有着藏不住的歆羡。

对生存的歆羡，对美好生活的歆羡。

一夜过去，在距离"回归日"的倒数第九天，李忆星又开车载着周水生、接上陆芸芸，去了"必去打卡计划"列表里的重要选项——南京长江大桥。

桥头堡上的红旗雕塑，好似迎风猎猎。碧空之下一抹鲜红，在阳光的映照下熠熠生辉。

周水生还站在小桥头堡上的雕塑下，与那"工农兵学商"群像一同合了影。他在陆芸芸的解释说明下，学到了新的、毛主席的诗句：

钟山风雨起苍黄，百万雄师过大江。
虎踞龙盘今胜昔，天翻地覆慨而慷。

站在大桥上，望向滚滚天际流的浩瀚长江，以及江面上百舸争流的辽阔景象，周水生吟诵着这诗句，幻想着诗里描写的场景，不由得露出了惋惜的神色。

很可惜，那"百万雄师过大江"的雄壮场面，他是瞧不见了……

"怎么了？"瞧出他面色不对，陆芸芸好奇地问他。

"没什么。"周水生摇了摇头，只是轻笑着带过。

倒数第八天，陆芸芸和李忆星各自安排了个节目：下午去南京博物院看展出，晚上去保利大剧院看话剧，顺便还去逛了一趟"南京眼"步行桥。

这座步行长桥，又是一个颠覆了周水生认知的存在，两道巨大的白环牵动钢铁之骨，重重拉索与桥体相连，配以多彩的灯光，仿若琴弦上跳跃的音符。

夜幕之中，弯弯的上弦月，远在天边，"南京眼"与弦月交相辉映。交错的光影，流畅的线条，随手一拍，就是无与伦比的摄影佳作。

接下来的几天，每一天都是满满的美景与美食。

不过有些遗憾的是，周水生"坐高铁"的这个愿望，陆芸芸和李忆星确实是安排不了——他没有身份证，别说坐高铁了，连南京南站的大门都进不去。

思来想去，陆、李二人想了个招儿：他们带周水生在南站边上找了一间咖啡屋，三人一边喝饮料，一边看高铁进出站。

周水生叼着吸管，喜笑颜开的，他目不转睛地盯着高架桥上穿梭的列车，看着一列又一列的"和谐号"和"复兴号"进进出出，直看了两个多小时，他都没觉得腻、没觉得烦。

每一天都是欢声笑语，每一天都是兴致勃勃。在这些"倒计时"的日子里，陆芸芸和李忆星带着周水生，把南京城彻彻底底地玩儿了个遍。

从石头城、明孝陵、台城、瞻园这些承载着中华历史的名胜古迹，到总统府、中山陵、雨花台烈士陵园这些爱国主义教育基地，能去的，都去了。

站在雨花台烈士陵园里，望着那高耸的烈士就义群雕，周水生默然垂首，无声哀悼。

他们不是他的战友，却是他的前辈——在追寻信仰的道路上，为了求一个光明的中国，而祭出年轻生命的前辈们。

站在他身后的陆芸芸和李忆星，突然听见了一个异样的声音：

有些轻盈，有些灵动，那调子似熟悉，但又是断断续续、极不熟练的样子，像极了刚学竖笛的学生，磕磕绊绊地进行着拙劣的演奏。

陆芸芸循声望去，惊讶地瞪大了眼：竟然是周水生，拿着片随手捡来的树叶，在勉强又磕巴地吹奏着他新学的曲目：

一条大河波浪宽，风吹稻花香两岸……

那是陆芸芸他们从小听到大的曲调，可怎么听怎么怪。周水生那笨手笨脚的演奏，硬是把一条大河吹成了潺潺湲湲的小溪流，把拂动两岸的微微清风，吹成了时有时无、时大时小的狂风。

那乐曲的声韵实在太怪，怪到陆芸芸忍不住扯了下嘴角。她想笑，但又不敢。毕竟这可是烈士陵园啊，从小到大受到的爱国主义教育，让她知道在重要场合必须保持庄严肃穆。

"不用憋着，想笑就笑呗。"放下叶笛，周水生笑着说道。

陆芸芸摇头，一句"那怎么行？"的反驳之后，她又微微皱起眉头，困惑不解地望向周水生：

"那么惨烈的年代，那么多舍生取义的烈士，站在他们面前，你怎么还笑得出来啊？"

她真的不明白，为什么周水生能笑得出来？如果面前的大男孩，不是这个穿越而来的新四军战士，而是换作一个嬉皮笑脸的青年学生，陆芸芸是一定要不爽到"开喷"的。毕竟是南京姑娘，从小所受的教育，不但不容她在烈士陵园里戏谑调笑，见到不合时宜的行为，甚至会主动"维持秩序、维护正义"。

然而，周水生却没有收起他的笑容。他抬眼望向那高耸的烈士群雕，望向远处高耸的纪念碑，似乎透过那碑铭，看见了更多人的模样。

那些伤痕累累、满身血污、戴着手铐脚镣，却将脊梁挺得笔直的人。

那些立于中国最黑暗的年代，却始终为了寻求光明而战斗到底的人。

望着望着，周水生的笑容不减反增，反而更加灿烂，也更加温柔了。

"为什么不能笑？若他们都能像我一样，亲眼看见这个时代，亲眼看见这样的中国，大约都会笑出声吧。毕竟，他们为之付出的生命没有白费，他们想争取的、他们所希望的，现在，就在我眼前。"

周水生顿了顿，他黑亮而深邃的双眼，锁定了群雕上那一张张年轻的、刚毅的面容，他扬起唇角，绽开由衷的、明亮的微笑：

"各位前辈，你们，还有我们，我们做到了啊。"

是的，他们做到了。

没有什么，比这更值得开怀大笑的了。

朦朦胧胧的，陆芸芸似乎意识到了什么。她说不太清楚，她只能迷茫又困惑地，听着周水生再度吹响的叶笛，在那不甚完美的、嗡鸣般的曲调中，感受到他的欣喜。

所谓的爱国主义教育——这些祭奠与凭吊，到底为了什么？仅仅是在墓碑前保持庄严与肃穆的形式吗？或许，大家更该做的，是理解，是体悟，是把今天的日子过得更开心、更美妙，然后带着感恩与谢意，对那些英雄和烈士说："看，我们现在很好，很好。谢谢你们的付出。"再然后，就是把这份日子的美好延续下去，不负前辈，不负当代，也不负后来人。

在那磕磕绊绊的曲调中，陆芸芸慢慢地放下了那个"必须如何"，她不再刻意隐忍，而是任由眉眼弯弯，享受这份静谧、这份平和。

一曲终了，周水生将叶笛握紧在手心里，突然扭过头，望向陆芸芸和李忆星，略带遗憾地感慨道："要是有身份证就好了。"

"怎么？你要身份证干吗？"陆芸芸疑惑。之前她说在现代社会没身份证就没法活，周水生却一点儿都不介意，甚至还笑着说没关系，可以去睡大街。怎么到了这时候，他都要回1942年了，却突然想起身份证这档子事了？

"有身份证，就能坐高铁、出市区了。我想去新四军纪念馆看看。"

周水生的感慨，让陆芸芸心弦一颤。

她能理解周水生的想法和心情，却无法帮他弥补这份遗憾。她也在手机上百度过，新四军纪念馆在江苏盐城市。在全球疫情蔓延的大背景下，就算是李忆星愿意驱车260公里，他们也无法在全程不查身份证、不做检测的情况下，跨城市进行游览。

好在李忆星有办法，他打破了因遗憾而生的沉重无奈的气氛，笑着提议道："新四军纪念馆是去不了，但还有历史研究馆啊，就在南京的溧水区，别名'红色李巷'。"

这几天，李忆星是出谋划策的军师、导游还兼任司机，虽然辛苦，却任劳任怨，一点儿抱怨都没有。在他的提议下，就在三人组打算立刻"杀"去李巷的时候，他的手机突然响了。

李忆星接通电话，"嗯嗯啊啊"地应承了一番，表情微变，严肃了起来。

陆芸芸和周水生对望一眼，彼此眼神里写满了好奇和困惑。

此时，李忆星也挂断了电话，他望向两名同伴挤出一个尴尬的笑容：

"呃，今天咱们去不了了，下次吧。"

"怎么了？"陆芸芸担忧地问他。

李忆星沉默了片刻，只是静静地望着她，有点欲言又止的样子。

被他这么盯着，陆芸芸心里直发毛："到底怎么了？你别吓人好不好！"

李忆星伸手挠了挠头，表情尴尬又纠结，可终究还是支支吾吾地揭开了谜底：

"发榜了……考研初试的国家线，公布了。"

"……"

陆芸芸无言以对。她心心念念地期待并为之"拼"了将近四年的研究生考试，其初试结果终于出来了——只是这个结果里，根本没有她。

因为她的考试，被眼前这位"同志"，硬生生地搅黄了。

第二十章　空心人

　　四年多前，笙笙的离世，让她的高考之路彻底失利。她是好不容易才聚起了新的斗志，并在大学里重新苦读、"拼"成"卷王"，想通过研究生考试来逆转她的人生，重新进入更好的高校、更好的专业……只是这份持续了近四年的期待，却在笔试的那一天化为了泡影——因为李忆星那双该死的轮滑鞋。

　　陆芸芸不由自主地咬住了下唇，她神色复杂，望向了面前的这位"罪魁祸首"。而害得自己希望落空的李忆星，也是一脸的不自在。后者用一种小心翼翼的语调，轻声地、试探性地建议道：

　　"要不……我先送你回去吧？"

　　虽然经过这些日子的相处，两人已经化敌为友，但此时旧事重提，陆芸芸的心态还是"崩"了。她没法伪装出什么好脸色，更没法强颜欢笑，只能阴沉着脸，默默地点了点头。

　　同样被"搅黄"了的，还有三人组的参观游览计划。

　　如芒在背的李忆星，耷拉着脑袋，加快了脚步，领着另外俩人走出了雨花台烈士陵园。走进停车场，他快速发动了汽车，操作导航 APP 锁定了回学校的路。

这一路上，陆、李二人都一言不发。唯有导航地图的 AI 女声，机械地陈述着道路的状况。

"……"

周水生有点蒙，他感觉到了车里这明显的"低气压"，却不知道症结所在。他只能左瞅瞅，右瞧瞧，在李忆星脸上读出了歉意，又在陆芸芸的脸上读出了怒气。周水生困惑地眨了眨眼，压下了满心满脑的困惑，将问题憋了一路。

三十多分钟的车程之后，银色的电动轿车停在了学校门口。直到推开车门、即将下车的那一刻，陆芸芸才终于打破了沉默：

"你过了吗？"

"……"李忆星噎了一下，他的嘴唇张了张，又闭上了。

国家线，他是过了。但他怕这个答案说出口，会更加刺激陆芸芸，让她更难受。

陆芸芸不是笨人，别看她此时脸黑，但她的心思玲珑剔透着呢。她知道，李忆星的沉默，已经是一种回答了。

"恭喜。"

她的嘴角抽动了一下，想挤出一个微笑，可最终还是失败了。她只能丢下这冷冰冰、硬邦邦、言不由衷的"恭喜"两个字，然后快速下车，头也不回地走向了学校大门。

"唉……"

李忆星长叹一声，把头埋在了方向盘上，又用力地撞了撞。

此时，坐在副驾上的周水生终于逮到机会，可以问出那些憋了一路的问题了：

"你们俩到底怎么了？这考研，不也是一种考试吗？你们俩各考各的，跟你有什么关系？"

从穿越而来的第一天起，周水生就知道，陆芸芸的考研失败了，加上家庭的种种复杂情况，一时想不开，才会阴差阳错地在冰湖里救下了他。但他始终不知道陆芸芸考研失败的原因。直到今天，他才意识到，陆芸芸的考试失利和李忆星有关联。

听了他"周哥"的问题，李忆星抬起头，却向周水生垮下脸来：

"这事儿，确实怪我……"

李忆星将当初与陆芸芸初遇的情况给说了个清楚明白。周水生听了火大，劈头盖脸就是一顿数落，那口气真跟自家爷爷辈儿的老头子似的：

"你考试就考试，穿什么旱冰鞋啊？那大马路上，是你能晃来晃去溜旱冰的吗？这么大个人了，怎么做事这么没轻没重的！你看看，这么重大的考试，你要什么花样，结果害人又害己！"

"……"李忆星被他念的，连肩膀都耷拉下来了。周水生的一句"害人害己"，让李忆星更加自责了，他不敢回嘴，只是脑袋一低再低，最终又撞在了方向盘上，久久不肯抬起。

他这副"尿样儿"，让周水生更来气了："男子汉大丈夫，你这是什么姿态？你好歹是军人家的孩子！"

一句"军人家的孩子"，却像是突然戳中了李忆星的肺管子，让他猛然挺直了脊背。只见这个高大的青年，眉头拧成了炸豆皮儿，带着恼羞成怒的表情突然吼出了声：

"军人军人！满口就是军人！军人家的孩子怎么了？就不能选择自己的人生了吗？就必须照着命令过活吗？！"

李忆星这突如其来的反抗，让周水生看蒙了。

认识这么些日子了，这个"星星同学"在周水生面前，一直维持着颇为乖巧的形象——毕竟就像陆芸芸说的，"这是你太爷爷的救命恩人，四舍五入就是你的救命恩人，没他，就没有你"，所以李忆星一直不敢在周水生面前造次，"周哥"长"周哥"短的，一直以来，很是恭敬。

这快一个月的时间，今儿个是李忆星第一次跟周水生急了眼，还是李忆星有错在先、被指出错误、被念叨的情况下，周水生立刻意识到：事情没那么简单。

"你是……"周水生微微眯起眼，观察着对面大男孩的表情，"你是故意的？"

上一秒积攒了怒气值、似乎分分钟就要爆炸的李忆星，听到这句反问，瞬间又泄了气。李忆星的眉头仍是紧蹙成川，整个人却像是断了气一般，软趴趴地瘫倒下去，靠在驾驶座的皮椅上"葛优瘫"，有气无力地发出了低低的回应："嗯……"

周水生挑眉，继续发问："你不想考研？"

那具"尸体"一动不动，只是喉咙里发出了类似嘤嗡的声音："嗯……"

"不想考，那就不考啊。"

以周水生这些日子对大学生的观察和了解，他已经知道了，考研是一种选择，而不是什么人生的必选项，所以他对李忆星的决定，更加困惑了：

"不想读研就不读啊，不报名就好了啊。你为什么要一边去报名考试，一边又耍花样，搞软抵抗？"

"……"

李忆星半天没吭气，他在周水生困惑的目光中沉默了许久，才缓慢而机械地抬起了手臂，像是一只暴怒的"僵尸"，重重地捶在了方向盘上。

轿车喇叭发出高声的叫嚷，仿佛是在代替李忆星发出内心深处的怒吼。他一连狂捶了三下喇叭，吵到对面学校大门的保安师傅都忍不住走过来询问状况了，李忆星才终于停下了他宣泄的动作，转而望向周水生：

"因为我没的选，我只能遵从命令……"

自太爷爷李大伟当年入伍参军以降的关系，李忆星的爷爷、爸爸也都加入了军队，之后转业回了南京当地、进入体制内工作。李忆星出生在军人家庭，从小就受到军事化管理，家教极为森严。尤其是李忆星他爸，秉承着严厉的军人作风，从儿子一出生开始，就给他制定了严格的人生规划。

在爸爸的规划中，李忆星从幼儿园开始，一直到小学、初中、高中的教育历程，都是严格计划、精心打造、精确执行的。他会在每一个阶段开始前，提示儿子按照规划的路径执行，不允许有一丁点儿的差错。于是，在李忆星人生的前二十年里，他的生活都是同一种模式：

被父亲安排目标—认真学习、刻苦训练，达成父亲安排的目标—被父亲布置下一个阶段的目标—认真学习、刻苦训练，达成父亲安排的目标—被父亲布置再下一个阶段的目标……如此循环往复，李忆星就像是一个精准运行的机器人，永远在奋斗，永远"在路上"。

他按照父亲所制定的目标，考上了名牌高中，进入了大学。连他所学的这个"计算机科学与技术"专业，也是他那位退伍转业到网信办的老爸给他计划好的所谓"优势专业"。

不过，正所谓"人算不如天算"，李忆星人生中的"变数"，仍是出现了。

按照父亲原先的计划，李忆星应该在考入大学的计算机学院、读完大一之后，通过校园征兵的路径，进入部队并服役。然而，就在李忆星升入大二、准备入伍的那一年，突如其来的疫情，打乱了每个人的规划。

本来该在 2020 年上半年组织的大学生征兵工作被推迟到了下半年的 8 月。而就在那个"上半年"，全国人民都在家闷了好长一段时间，大学的教学方式也不得不为之改变。那段时间，大学都是采用网络授课，憋在家里的李忆星，一边刷网课一边疯狂地打游戏，硬生生把自己给"作"成了近视眼。体检时一查：得，裸眼视力 4.0，入伍没戏了。

父亲万万没想到，自己给儿子苦心经营二十年的计划，毁在了这短短的半年里。在把儿子好好训了一顿之后，他做出新决定：给李忆星做视力矫正手术，看眼睛的恢复情况，再做具体打算——如果视力能恢复，就入伍；恢复不了，就考研。

做完手术康复的那段时间，是李忆星人生中最轻松的几个月。因为一切决定，都要等他的康复结果，所以他爹难得没有给他定下什么目标，而是摆出了"到时候再看"的态度。

一直紧绷了二十年的那根弦，突然间松弛了下来。失去了目标的李忆星，突然发现自己这段时间可以休息了，不用奋斗了，可以做自己想做的事情了！

可是……他想做的，究竟是什么？李忆星惶恐地发现，这个问题的答案，他竟然不知道。

他突然意识到，从前的他，就像是被安装上了辔头的骏马，他的视野里只有一个方向，只有一条路，他得一直快速奔跑，冲锋向前。

可此时，他的眼睛坏了，做了视力手术后，视野却陡然变得开阔起来。长久以来，套在头上的那个"辔头眼罩"，终于消失了。他看见的缤纷世界一片光明，有无数条道路，有无数种可能性。

然而，面对这繁华世界，他却又觉得迷茫，空虚，无所适从。

自己究竟想做什么？

他突然意识到，自己人生前二十年所付出的一切努力，以前奋力拼搏的那些目标，都只是在执行父母为自己强行设定的计划。事实上，自己都二十岁了，至今没有特别热衷的事情，也没有特别想达成的愿望，就连小时候说出的"我要当兵"的梦想，也不过是父母强加给他的、不曾质疑过的洗脑话术和理想。

他只明确地知道那不是自己想要的，却不知道自己真正想要的到底是什么。

休养的那段时间里，李忆星呼朋引伴，广泛交友，跟留学生院那帮朋友们的交情，就是这段时间打下来的。他常常跟朋友们泡吧聊天，很羡慕这些远道而来的外国朋友——他们都有自己的梦想，都有自己的人生目标。而李忆星，仍然没有找到属于自己的。

时间一晃而过，术后康复得差不多了，可他的左眼始终没有达到4.8的标准。最终，父亲只能放弃了最初的计划，继而给儿子定下新的目标：考研。

新的目标，重新给予了李忆星一个新的、奋斗的方向。然而这一次，他却又无比迷茫：他不想再戴上那个辔头，完成父母指定的目标。他选择和规划属于自己的人生，真正为自己而活。

虽然他意识到了这一点，却无法和父亲沟通。他甚至找不到半个理由，可以去反驳父亲"考研"的安排。毕竟，他连自己感兴趣的事、自己真正的梦想，都不曾找到过……于是，单纯的"不想去考研"，成了他最后的倔强。

考试当天，他是故意穿上轮滑鞋，在街上游荡的。或许在他的内心深处，已经进行了预演：最好是撞上点儿什么小事情，搅掉他考研的计划。

可他没想到的是，为自己这一举动买单的是陆芸芸，一个拼了四年、满心满脑都是"考研"两个字的"卷王"。

考试，是被搅黄了，可黄了的不是他，而是陆芸芸。

这些日子，李忆星心存愧疚，他不敢告诉陆芸芸：其实，他是故意撞了她的……

他当时只是想，撞了，摔了，他就有了借口，不用去考试了。可他没有料到，陆芸芸那么有责任心，硬是打着车把他先送去了考场。结果，她四年的苦读，就这么毁于一旦了。

他真的对不起她，但他不敢说啊。

……

面对眼前的少年——这个既像是自己的太爷爷又像是平辈的朋友，既像大哥又像小弟的周水生，李忆星终于将深藏心底已久的愧疚、纠结宣泄了出来。

看着李忆星无力地瘫在驾驶座上，周水生良久无言。他不知道该说些什么，只是静静地望着他。

认识李忆星的这些日子，周水生只看到了他优秀的一面：成绩好，能力强，热情好客，善于与人交流，点子多、办法也多……周水生从来不知道，他也从没看出来，李忆星的心里竟藏着那么多的迷茫，那么多的纠结，那么多的愧疚。

其实，他真的闹不明白，这些孩子生在如此幸福的年代，为什么会有那么多的烦恼和困惑。但另一方面，他又有些明白了：为什么初见之时，陆芸芸会对他吼"我们这代人，也有我们的烦恼啊！"因为他们是真的要面对太多，要处理太多……

反观 1940 年代，他和他的战友们，所追求的梦想，宏大却又具体：要活下去，活着才能战斗，才能把日本侵略者赶出去！为了这清晰而明确的梦想，他们可以战斗到底，哪怕付出自己的生命。

可是现在的年轻人们，又该为什么而战呢？

如今的他们，在歌曲中高唱的"战吗？战啊！"，又是指向哪一个战场呢？

在置身的这个 21 世纪，多元化的存在、多元化的目标、多元化的表达，决定了与过往完全不同的、新的人生百态。互联网带来无限的可能，海量的、丰富的信息，是他们一辈子都读不完也学不尽的——而这些，反而让这一代的年轻人，更加困惑了。

未来的道路似乎有千条万条，而他们却难以找出属于自己的那条道儿——那条他们愿意一门心思走下去、不撞南墙不回头的道儿。

"周哥，我该怎么办？"

终于，李忆星向他开了口，发出了直白的求助。

"首先，必须向陆芸芸同志道歉，"周水生斩钉截铁地回答，"就算她生气，你也必须说明真相！"

李忆星纠结地点了点头，这个道理，他其实也懂的。他只是不愿面对，不愿面对陆芸芸的怒火，毕竟考研也算是人生大事，他补偿不了，也赔偿不起。

"另外，你还可以为她做一件事……"

周水生的话让李忆星猛地抬起头，两眼放光："做什么？"

第二十一章　饭局

　　离开烈士陵园回到学校的陆芸芸，直接冲回宿舍化作"躺尸"，连晚饭都不想吃。横在床铺上的她，谁都不想搭理，手机也切换成了飞行模式，只那么不声不响地横着，彻底"躺平"。

　　说实话，不恨李忆星是不可能的。这家伙搅黄了她的考试，自己却顺利地通过了国家线，这强烈的境遇对比让陆芸芸妒火中烧，羡慕又嫉妒，还有一点小愤怒。

　　如果不是李忆星的出现，如果她能够顺利赶考，那么她完全有理由相信，经过将近四年的准备，她一定能通过国家线！她本该在今天欢庆"过线"，本该在今天狂吃海喝、兴奋地大喊"pass"，而不是陷入无边的迷茫。

　　她的考研计划被打乱，她的毕业论文还没有最终提交，而在此之前几年的计划中，"找工作"这三个字从来都不是她聚焦的选项，她甚至没有做过简历，没有参加过一次校园招聘会，没有做过实习……

　　她好像在追赶着一辆高速运行的列车，本该拿着考研成绩"上车"的她，因为错过了"检票"，就错过了未来人生的所有——只差了那一步，她就成了一个没有学上、也没有找到工作的 loser。只能眼睁睁地看着那辆高铁载着许许多多的人飞驰而去，奔向景色瑰丽的远方，而她却滞留在原地，直到无边无垠的灰暗雾霭从四面八方纷纷涌来，遮蔽了眼前的所有。

没有未来，没有方向。

无力地瘫倒在床铺上，陆芸芸用手臂遮住了自己的双眼。那团无尽的灰雾，似乎侵入了她的大脑，让她的思维陷入了混沌。

好丧，好想死……

这个念头一闪而过，陆芸芸深深地吸了一口气，很快地，她用力甩了甩头，将它抛诸脑后。

毕竟，此时的陆芸芸，和一个月前的她已经不一样了。

毕竟，她已经"死"过一回了。

周水生的出现，的确教会了她一件事：生死之外无大事。当初那些看似迈不过去的坎儿，事实证明到了最后，总是能跨过去的。

其实，这近一个月来，她有时多多少少会感到有些后怕：如果当初没有在湖里看见周水生，如果当初她真的一了百了，那么这些日子的快乐，他们所做的那些有趣、有意义的事情……就不复存在，就真的没有"然后"了。

幸好，幸好。

虽然多少看开了一些，但今时今日，听见国家线发榜的消息，内心便涌现出一股股酸涩与埋怨，她还是忍不住郁闷了一阵。但她不打算忽视，更不打算压抑，只想找个方式来排解它。

翻出 pad，陆芸芸找了一部老旧的喜剧片，准备把自己彻底埋进戏剧的世界里。她随着剧情疯狂捶床，时而"哈哈哈"时而"嘎嘎嘎"，没心没肺地"笑出鹅叫"。笑出来的眼泪顺着脸颊滑落，代替那些无法倾诉的憋闷和委屈统统倾泻而下，甚至打湿了枕头。

连刷两部电影，癫狂的大笑耗去了她的力气。她平躺在床上，脑子又开始不由自主地胡思乱想，无数念头纷涌，似乎有无数个声音，在诉说她的失败。

如果那一天，她选择打车出门而不是骑自行车，是不是就碰不到那个煞星？如果那一天，她任由那个倒霉蛋摔在一边，是不是就不会落得这步田地？

陆芸芸的脑海里走马灯似的浮现出一个个假设的场景，似乎时光回溯，每一个画面都回到了考试的那一天，每一个假设都对应着一种可能性。这无数的假设、无数的"what if"，纷乱如麻，挥之不去，几乎要把她的脑子撑爆了！

突然，"叮——"的一声，打断了她的幻想，也打断了她持续的崩溃状态。

陆芸芸愣住了，她不是已经关了手机吗？怎么还会有短信提示？她低头望去，只见手机依然处在"失联"状态，倒是旁边的pad屏幕亮起了一行提示：

　　出来，我请饭。

不是微信，而是短信息，一连串的数字号码，让陆芸芸愣了一下。就在她困惑于对方是谁的下一秒，短信又亮了，这次蹦出了一张照片：

那是周水生的半身照，他笑着冲镜头伸出手，右手向上指着饭店的招牌，左手则比了一个"3"的数字。

是了，还有三天，就是他离开的日子了。

"……"陆芸芸无语。说实话，今天的她，真的没有精力去和旁人相处，只想躺平，就算是天王老子在召唤，她都不想搭理。

可那个人，偏偏是周水生。一个要回到过去的人，一个要继续为今日而战的人。在陆芸芸的心里，他是比"天王老子"还重要的存在。纵然再"丧"，再不情不愿，她也无法对着照片里的那个人、对着那个"三"字的倒计时，说"no"。

三十分钟后，陆芸芸拖着沉重的身躯，行尸走肉一般晃到了小饭店的门口，那是距离学校不远的一家土菜馆。周水生就那么笔直地站在门口，显然是已经等候多时了。

陆芸芸看着他头痛，神情萎靡地开了口，先"约法三章"："千万别告诉我，是那个谁要请客道歉啊，我不接受。"

她口中的"那个谁"，自然没有别人了。周水生笑着摇了摇头："他不在。"

"别骗我，"陆芸芸皱起眉头，"肯定是他告诉你 pad 和手机的用户账号同步，你才知道发短信息给我的。可把丑话说在前头，我现在不想见他，一旦见到，我真的会翻脸的。"

"你放心，星星真的不在。"

周水生的再三承诺让陆芸芸终于放下了戒心，跟着他走进小饭馆。只见周水生径直走向包间，轻轻地推开了门。

当目光瞥见屋里的人影时，陆芸芸的身体瞬间僵在原地，瞳孔地震：

爸？妈？

坐在包间里的两位中年人同时站了起来。母亲神色复杂地望着自己的女儿，张了张口，似乎想要呼唤，却又没有发出声音："……"

将近一个月的时间，陆芸芸和父母是处于"失联"的状态。

这是自 2 月 15 日元宵节后,他们第一次见面。

那个元宵之夜,她夺门而出,切断了母亲疯狂呼叫的电话,步入了冰冷的湖水。其实第二天,母亲也打过两次电话,但她都没有接听,因为她心里还憋着气,她不知道如何面对父母的问询。

难道要实话实说,说自己试图自杀、但没有死成吗?

她的脑海里,也曾闪过这样报复性的念头。

但,她终究不敢。她怕父母会彻底崩溃,毕竟他们已经失去过一个孩子了。想起笙笙走后,母亲抱着遗像椎心泣血痛哭的模样,陆芸芸终究是于心不忍。

但另一方面,她又唯恐父母"无感",她更害怕他们根本不会再度崩溃,而是会对她冷眼相看,用带着鄙夷的眼神质问她:

"你装什么装,这不是没死成嘛!你是不是故意演戏,搞什么一哭二闹三上吊的戏码?"

正面的,反面的;戏剧的,平静的……她想了很多很多种可能,却不敢面对其中的任何一个。

沉默,沉默,持续地沉默。不知何时起,似乎面对她的沉默和反叛,父母也发了狠、生了气,断了和她的联系。

没有一个电话,没有一个微信,他们甚至都不曾在朋友圈里给对方点上一个小小的"赞"——仿佛彼此,并不存在。

逃避似乎是一剂良方,在陆芸芸无法坦白、无法面对的时候,给了她足够的喘息空间。

与父母的失联,让她暂且忘却了来自家庭的压力,不用去想死去的弟弟,不用去想自己的失职,不用反复被那些愧疚的情绪纠缠,只需要好好地遗忘,专注于眼前的事物:

穿越的周水生,校园里的奇葩事件,毕业论文的一稿二稿……越是忙,她就越是充实,就越是不用去念想家里的一切。

然而，在她内心深处的某个地方，又隐隐生出了一丝愤懑：果然，从头到尾，父母都是怪罪她的，他们并不在意她的突然消失，又或许……他们根本巴不得她消失！

这个念头，像一根尖刺，藏在陆芸芸的心底，每每夜深人静之时，就会像破土的荆棘，攀附上她的心脏，用尖刺戳得她不得安宁……

如果那一天，她没有救下周水生；如果那一天，她真的不在了，爸爸妈妈会不会后悔？

有时候，她会不由自主地产生这样的假设，然后幻想出父母得到她的死讯、后悔万分的模样。

在幻想的世界里，她编排出了这样一出戏码：父母失声痛哭，后悔万分，乃至十年、二十年，当他们白发苍苍之时，家里一片冷寂，只有一双儿女的遗像，仍然挂在墙上……

每每幻想到这一幕，她的心底，便生起一种报复的快感。

然而下一秒，她又会觉得自己无比可悲。她什么都做不到，她始终无法面对自己的父母，更别说沟通、反驳、对抗了。她唯一的报复方式，只是轻贱自己的生命。

把命还回去，是她可悲的反抗。

多么幼稚，多么可悲，又多么渺小而无能！

她痛恨这个无能的自己，却无法打破沉默与隔阂。于是，随着“失联”的日子不断增加，她心底的那一份悲愤和苦楚，便不断聚集发酵，酿成了一坛苦酒。

而此时，父母的突然出现，像是将她心底里那个溃烂发炎的脓包，给狠狠地刺破了。脏的，臭的，烂的，那些如脓液、如血水一般阴暗晦涩的念头，全部随着戳破的伤口，被晒到了光天化日之下，晒到父母的面前。

陆芸芸的脸孔陡然扭曲起来。她不知道自己应该大声控诉父母，还是该转头离去、继续维持那"不相见就不存在，就不会互相折磨"的虚假的平和……

就在她脑中纷杂一片之时，神色复杂的母亲一个箭步越过饭桌和椅子，张开双手，狠狠地抱住了她："芸芸……"

陆芸芸僵住，她像是一只惊弓之鸟，面对未知的恐惧，她六神无主，三魂七魄皆消亡，只是一动也不敢动，任由背脊冷硬僵直。

"……不要担心，无论你怎么选，无论你想做什么，爸妈都支持你。"

耳边传来的温柔话语，让陆芸芸怔住了。

魔怔了，彻底魔怔了。

她有一百种猜想，预估了一千种可能，却从没有胆子、没敢想过这一句——爸妈支持你。

这句话，爸妈从没跟她说过。

自从弟弟笙笙走后，父母对她的话语多是指责、训斥、叮咛与嘱咐，好像她什么都做错了，或是正走在犯错的道路上。

为了保护自己，她建立了一套强硬的防护机制。所有的戒备，所有的无视，不过是她自我保护的手段，是她故作坚强的外壳。

然而此时此刻，那个坚硬的外壳，像是破裂的冰面，碎了，化了……

所有的委屈，在这一声"支持"面前，化作了动容的眼泪。其实，长久以来，她所等待的、她所期盼的，也就是这两个字——支持。

一声轻唤、一个温暖的拥抱、一句"爸妈支持"，驱散了所有不安的假设，让陆芸芸因应激惶恐而僵直的脊背，渐渐松懈下来。

"……"

她的鼻翼翕动了一下，陆芸芸用力地吸着气，努力让自己重新呼吸。但她一张口，声音就扭曲得变了调儿。她有好多话、好多话想说，可脱口而出的，却是委屈的指责："……那你们为什么不、不打电话给我了？"

话刚出口，陆芸芸就愣了。她明明满心满脑很多感动的、贴心的话想说，可说出口的却是这句绝不动听的控诉。

这一瞬，她忽然顿悟了。为什么她的父母永远在指责，永远在训斥，那不代表他们恨她、不爱她，就像自己"口非心是"的不动听的"控诉"。因为，他们都受伤了，自从笙笙离开的那一刻起。

爸，妈，还有她，他们的心都受伤了，失去了表达关爱的能力。

母亲松开了抱紧她的双手，轻轻地捧起了她的脸，用哀伤的眼神望着她。她似乎又说不出话了，她似乎无法解释，只是悲伤地摇了摇头，像是在否定她的质疑。

直到父亲无声地走上前，掏出了手机，打开了微信的界面，将那一天天的聊天对话，亮给陆芸芸看。

　　老师晚上好，请问陆芸芸回学校了吗？我们联络不上她。

　　在学校的，您放心。

　　孩子考研没成功，最近可能有些心理负担，还请老师多多关注一下，谢谢了。

绿色的对话框，每隔两三天，就会发出一次。看着看着，视野中那交错的对话框，渐渐变得模糊起来……

太好了，她没有被无视，没有被放弃。

无法与她交流的父母，迂回地联系上了辅导员，小心翼翼地打听着女儿的状况。他们知道，女儿焦虑而抑郁，所以他们也将回避作为了应对的解药。

如果不是接到了李忆星的电话，如果不是被周水生告知"陆芸芸同志曾经试图轻生"，他们还是不敢出现，不敢打破这表面冷淡的平衡。

这一次，他们终于面对面，将藏在心底的关切展露了出来。也真的一同直面悲伤，试图亮出了各自藏在心底的伤口。然后，相互治愈。

望着陆芸芸拥抱母亲的动作，周水生悄无声息地向门外退去，想反手轻轻关上包间的门。可不甚灵光的门铰链发出"吱呀"的声响，打断了母女俩的啜泣。

陆芸芸的母亲吴女士将视线投向他，冲他招了招手："小同学，请坐——谢谢你啊，咱们一起吃顿饭吧。"

陆芸芸擦了擦眼泪，重重地拍了拍椅子，大声招呼："坐这儿，吃饭吃饭！我饿了都！"

盛情难却，周水生只好乖巧又尴尬地坐下了。

一个个碗碟、一道道菜品被端上了桌面。其实，学校后街的小饭店，也做不出什么美味佳肴的花样儿来，只是些家常菜：红烧肉，油渣青菜，还有南京人爱吃的盐水鸭和芦蒿香干。

仿佛是为了掩饰"与父母和解"的尴尬与无措，陆芸芸大口干饭——只要嘴巴不闲下来，就不用考虑该说什么。她吃得越欢，母亲就越是给她夹菜添菜，碗里堆成了一座小山。

而下一秒，吴女士筷子一转，一块浓油赤酱、油晃晃的红烧肉，就被送进了周水生的碗里。周水生一愣，他抬起眼，对上了她温柔的笑容："小同学，多吃一点。"

那温柔的笑，那关切的眼神，那慈爱的表情，和遥远记忆中的母亲形象，渐渐地重叠了。

在那江南的小小村落中，夕阳映着袅袅炊烟，破破烂烂的茅草屋子前，穿着朴素的母亲，笑着招呼他和弟弟妹妹一起回家吃饭。虽是贫穷困苦、没吃没穿，虽是担惊受怕，害怕军阀和侵略者会打到乡下地方，但在那晦暗的年代，母亲的笑容，也给了他很多温暖的力量。

"多吃点儿。"

母性的、温柔的嘱咐，似是跨越了时空。吴女士热情地夹了菜，周水生一边吃，一边陷入了恍惚。

又香又甜的味道，在舌尖绽开，周水生赶忙垂下头去，慌乱地扒饭。可香喷喷的白米饭，却混出了一股咸味儿，他忽然意识到，眼泪都落进了饭里。

几乎是落荒而逃，周水生放下筷子，冲出了小饭店。

他逃窜的动作让陆芸芸的父母都看愣了，两人面面相觑，全然不解。陆芸芸也有些蒙，她丢下一句"我去看看"，便快步追到了门外。

于是，她看见了马路牙子上一个蜷缩的背影——周水生蹲坐在路边，肩膀一抽一抽的。

少年的背影，映在街道的华灯之下，掩在漫漫人群当中，显得那样单薄、孱弱和瘦削，一点都不高大。

看着看着，陆芸芸突然觉得心底里泛起一阵酸涩。

因为他自 1942 年来，因为他是新四军班长、是战士，因为他满口"陆芸芸同志",因为他总是在讲政治立场、说正确的事,所以她下意识地敬畏他,总觉得他是长辈,是"老干部"。

可眼下,望着那个蜷缩的、抽动的、瘦削的背影,她忽然意识到,他也不过是个十七岁的少年啊。一个还未成年、想家想爸妈的孩子。

十七岁,代表了什么?

在 2022 年,和十七岁对应的,是刻苦读书、备战高考的奋进,是分数上上下下、与同学攀比口角的烦恼,是高唱"我的未来我做主"和"我命由我不由天"的叛逆,甚至会让人联想到犯了错后以《未成年人保护法》为护盾作"他还是个孩子"的狡黠辩解……

而在周水生所在的 1942 年,十七岁,意味着作为一名战士,已经背着枪、扛起炮,走上了战场。他没了关心爱护他的父母与家人,他无法和敌军谈什么人权和道理。在残酷的战争中,他不得不变得坚硬,甚至要被迫残酷,不但要参与战斗、指挥战斗,作为小队里的班长,他还要为队员们的性命负责,背负战友们的遗愿把仗继续打下去……

可是,他真的还只是一个孩子啊。

母亲夹的那一筷子红烧肉,在小战士坚强的盔甲上烫出了一个小小的破洞,露出了面具下青涩的少年面庞——一个渴望母爱,渴望玩乐,渴望烦恼与叛逆的未成年人。

她轻轻地走上前,走到他的身旁,与他一起蹲坐在马路牙子上。

晚风送来轻轻的抽泣声,陆芸芸却当作没有听见,她只是与他肩并着肩,静静地坐在路旁,将视线投向更为遥远的地方。

遥远的夜空中，那轮上弦月已渐渐趋向圆满。月华之下，是灯火通明的城市。熙攘热闹的小小后街上，小摊小贩们撑起了霓虹招牌和闪烁的彩灯，也撑起了充满烟火气的日常生活。

在流连于夜市的人群中，不乏小学生和初中生，有些孩子的脸蛋虽然稚气，但个头儿已经比周水生还要高了。他们嬉笑玩闹，吃着美味廉价的小吃，又在父母有关垃圾食品的嗔怪中郁闷地垮下脸来。

"留下吧。"她轻轻地开了口。

留下来，做一个真真正正的十七岁孩子，有幸福而欢愉的生活，有光明而美好的未来。

可她听见了一个坚定且带有一丝赌气意味的回答："不。"

陆芸芸急了，转头望向他的侧脸，毫不意外地看见了一行泪痕。

这一行泪，像是烫到了她的心上，让她变得有些急躁，更有些愤怒——因为她知道，周水生是不哭的。

在枪林弹雨的战场上，拿命去拼的时候，周水生没有哭。

在尸骸遍地的废墟里，收殓战友遗骨时，周水生没有哭。

他看了太多的生死，即便是在自己中枪将死之时，他都不曾落泪。

他似乎始终是强大的，坚韧的，平稳的，像是定海神针一样的存在。可这一瞬，他不再是铁血而冷静的新四军班长，只是一个本该快乐无忧的十七岁大男孩。而这份快乐与无忧，只要他选择留在这里，留在这个和平的年代，留在这个强盛的中国，便能轻松地拥有。

陆芸芸噌地直起身，居高临下地瞪他，焦躁地质问："为什么'不'？宁为太平犬，不为乱世人。这么简单的道理，你难道没有听过吗？"

周水生抬起湿漉漉的双眼，望向她焦急的面容，轻声反问：

"没有乱世里战斗的人，又哪来今天的太平呢？"

他的反问，把陆芸芸噎住了。他说得对，他说得都对，但是……

"但是也不差你一个啊！1942年还有那么多战士在呢！你都已经穿越过来了，这是老天爷给你的第二次机会，就是让你过太平日子的……"

说到这里，陆芸芸又坐下了，她伸出双手摁在周水生的肩头，几乎是苦苦哀求：

"留下来吧——留下来，从今天起，我就是你姐！我妈就是你妈，我爸就是你爸，我们就做一家人。"

她的靠近、她的话语，让周水生瞪大了双眼。她那热忱又温柔的蛊惑，戳中了他内心深处最柔软的地方。他不怕死，但他更想要家人。

周水生无声地凝望着面前的人，从陆芸芸关切的眼眸中，他能看见自己的倒影。他知道，她是如此真诚，如此恳切，如此想要确保他的安全。

面对陆芸芸几近哀求的话语，周水生闭上双眼，无声地细嗅。

夜风微凉，送来人群的嬉闹之声，也送来夜市小吃的香。

风中的味道，诉说着时代的变迁。不再是弥散的血腥之气，也不是似乎永远无法消散的刺鼻硝烟，这里的夜风微凉，却带着煎炸蒸煮的暖烟，带着鲜香，带着甜蜜。

不用睁开眼，光是这夜风送来的气味，就能让他在脑海中描绘出眼前的场景——他用了近一个月时间才慢慢适应了的场景：

这个国家，是和平的。这里的人民，是安全的。

真好。

但这个"真好",不是平白无故就会到来的。

世上的一切美好,都存在一个代价。

他,愿意成为那个代价。

望着陆芸芸真挚而恳切的眼神,周水生轻轻地摇了摇头。汇聚在下颌处的未干的眼泪,随着他拒绝的摇头滴落在长裤上,映出了一个深色的圆点。

他扬起唇角,微笑着回答,再次重复他最坚定的答案:

"不。"

逐渐趋于圆满的月影,将清冷的银色月华洒在他单薄的双肩上。他那深邃的瞳孔里,浮着一层薄薄的水雾,而在盈盈水光之后,是无比璀璨的光华。那是如今的陆芸芸,还读不懂、也无法理解的信仰之光。

所有的质疑和反驳在这璀璨华光面前,都失去了效用。陆芸芸只觉得,胸膛里堵着一口气,吐不出来又咽不下去,只能那么憋着,憋得难受。

她默默地站起身,拽住了周水生的胳膊,将他重新领回小饭店里。

圆桌,家常菜,一家人坐下吃饭。那在盘中碗中交错的筷子,那一筷一勺的夹菜添饭,那"多吃一点"之类的温言相劝,是中国人特有的、充满蕴藉的浪漫。

陆芸芸心情复杂地咀嚼着,观察着周水生端着塞得满当当的瓷碗向自家父母连声道谢的模样。原本亲切美味的菜肴,此时却吃出了些许苦涩。

就在陆芸芸用筷子戳着饭碗、食不下咽的时候,手机突然震动起来,是来自李忆星的微信留言:

SOS
　　求见面
　　聊下

　　一连三条短信，理工男简单粗暴但不清不楚的表述，再加上
缺失的标点符号，都让陆芸芸无语。她冲手机翻了个白眼，决定
无视那闪亮的屏幕，转而继续去观察饭桌上父母和周水生热情又
客气的互动。

　　手机再震——

　　我想过了
　　得报警！

　　标点符号终于出现了，这感叹号和报警言论，终于让陆芸芸
无法再忽视信息。她满脑子问号，抓起手机刚想在对话框里回一
句"你出什么事了？"，就见对方的微信再度跳了出来：

　　报警！咱们必须把周哥关起来！

第二十二章　密谋

时间倒转，回到四个小时前……

李忆星将"考研撞车事件"的来龙去脉，一五一十地向周水生和盘托出，得到的是对方的两个建议：一是赔礼道歉，二是将功补过。

于是，李忆星先通过辅导员，找到了陆芸芸父母的联络方式，约定了晚饭的计划。然后他教周水生通过手机和pad同步用户ID的方式，发短信将陆芸芸引出来。

"我明天再跟她道歉，她现在肯定不想见到我，"李忆星非常有自知之明，做完准备工作之后，他将周水生送到小饭店的门口，嘱咐道，"我先回家，晚一点开车来接你。微信联系。"

周水生大手一挥，满满的自信，"不用你接，我坐公交回去。"这几天，他都暂住在李忆星家里，也算是熟门熟路了。

论起自理能力和生存能力，周水生那是妥妥的王者。如果不是有身份证和健康码的问题，他一个人都能徒步走到青藏高原。李忆星充分相信他这位"周哥"的能耐，于是丢下一句"那好，晚点见"，便一脚踩下油门，扬长而去。

银色轿车驶入小区，李忆星瞥见前方的内部路上一个熟悉的身影——那戴着旧头盔、骑着小电驴的人，正是他老爸，江湖人称"李主任"。

　　李忆星放慢行驶速度，摇下了车窗，并且轻轻地按了按车喇叭。随着一声轻快的"叭叭"，李主任扭过头，瞧见了自家的宝贝儿子：

　　"呦，今儿个回来得挺早啊，"他故意抬起头，望向西方天际逐渐沉向楼宇之下的暮日，惊叹道，"不得了，今天这月亮起得真早，这么亮！"

　　这"指日为月"的戏码，半是戏谑，半是埋怨。

　　有话不好好说，总喜欢带点儿刺，这是老爹一贯的臭毛病，李忆星做他儿子这么多年，早就习以为常了。放在平时，他也就当作耳旁风没听见，可今天不同，李忆星本就满肚子的不安和纠结，眼下又被老爹这么调侃，脸色更加难看了：

　　"……"

　　李忆星没吭声，只是加重了右脚的力道，脚下的油门"轰"地一踩，他连人带车，"唰"的一下就冲了出去。

　　这突如其来的加速，显然吓了李主任一跳。他也没料到儿子的"脸短"，完全没防备的李主任被擦肩而过的轿车惊到了，小电驴的车把手一歪，他差点摔倒，幸好一脚撑在了地上，才好容易稳住了平衡。

　　缓过神来，李主任皱起了眉头，望向银色的轿车屁股，脸上渐渐生起了愠色。

　　还没到家，这小区里的一段小插曲，就让父子两人"杠"上了。

　　李忆星心里藏着事儿，根本没把他老爸放在眼里，停好车上了楼，回家之后立马钻进了自个儿的房间，继续纠结怎么跟陆芸芸开口，策划并实施他的赔礼道歉计划。

而李主任则驾驶着他的小电驴，晚一步到达。进得家门，李主任刚摘下头盔，火冒三丈的他就用那双凌厉如刀的眼睛四处搜索儿子的踪迹，却只看见房门紧锁。

李主任心里头更堵了，他一脚踹开房门，劈头盖脸就是一顿数落：

"干吗呢你？成天开车到处跑，你究竟在忙什么啊？！"

盘腿坐在电竞椅上充当"沉思者"的李忆星，被破门而入的老爸吓了一跳，而这一句质问更是让他格外心烦，李忆星冲老爹翻了个大白眼，不爽地丢下一句："你不懂。"

他说的是大实话。周水生的穿越、陆芸芸的考研失利，这些事情，李忆星没法儿跟他一一交代，后者当然是不懂也不明白。

可就是这句大实话，再度刺激到了李主任的神经，儿子叛逆的表现，让他把眼一瞪："我不懂？我是不懂，我不懂你个小孩脑子里装的是什么！这都快研究生复试了，你还不收收心，还在满世界乱逛？！"

"研究生复试"这几个字，让李忆星的心情更加低落。是，他过线了，他是有复试的机会，但被他搅黄了的陆芸芸呢？

李主任不知道儿子心里愧疚万分，还在那儿继续瞪着眼数落，一副咄咄逼人的样子："……我借你车，不是让你天天游手好闲轧马路的！开车到处乱跑，还把外人带回家住，书却一点儿都不读，复试也不准备，天天就知道玩玩玩！钥匙，拿来！"

冲到书桌前的李主任，摊开了掌心，向儿子索要车钥匙，同时继续念叨："……这么大人了，一点自制力都没有，就知道玩！我和你妈费尽心思供你读书，你一点儿都不知道珍惜，还天天搁那儿唱反调，是想气死你老子吗？”

李主任的这些念叨落入李忆星的耳中，让他渐渐地握紧了拳头。那些熟悉的说辞，李忆星是从小听到大的，听得他耳朵都生了茧，听得他能将每一句话的排列组合完完全全地背诵出来。

可他早已不是那个考高中的初三学生了，也不是当初那个咬着牙渡过六月高考关的高三考生。他成年了，已经大四了，应该有自己的选择和活法！

憋在胸腔里的一团火，渐渐迸发出耀眼的火光。耳边是父亲仿佛停不下来的训斥，眼前是那张索要车钥匙的大掌，李忆星忽然抬起手，“啪”的一声，拍开了父亲的手掌。

“是！我就是要唱反调！我不考研了！”

训斥之声，戛然而止。

李主任万万没想到，儿子竟然说出这种话来。他瞪大双眼，上下打量着面前的李忆星，仿佛儿子变得无比陌生、陌生到他认不出了一般。直过了半分钟，李主任才眯起眼，难以置信地重复：

“你说什么？你再说一遍？”

“我，不，考，研。”

李忆星一字一顿，宣布他的决定。是的。他想过了，他根本不想读研。

这不是出于愧疚的决定，而是他埋藏在心底最真实的想法。从幼儿园到小学，从初中到高中，再加上四年的大学生活，这么多年来，他已经读书读够了！

他不想再念书了，他没耐心搞学术研究，也没有什么非考不可、非深造不行的专业需求。他只想运用自己学来的编程技术，找份工作，自食其力并做点儿事儿，做点儿实实在在的事儿。

李忆星决然的态度，让李主任再一次怔住了：他这个宝贝儿子从小到大，虽然行为举止颇为张扬，完全称不上乖巧听话，但在人生的大问题、大决策上，却从来没有反抗过父母。可今天，就在今天，这宝贝疙瘩，突然爆了。

李主任想不通，完全想不通，他戳在那儿愣了又有十几秒，久到李忆星都坐回了电竞椅上，他才回过神："不行！你必须去复试！"

李主任怒了，他一把摁住电竞椅的靠背，强迫儿子面向自己，和自己四目相对。他甚至顾不上考虑儿子这次为什么突然如此叛逆，而是陷入了不安与狂怒。他必须阻止对方，不能让快到嘴边的鸭子飞了！

"你知不知道，今年大学应届毕业生 1076 万人，是历年以来的最高数字！报名考研的 450 多万，录取率只有 24%，过线的总共才一百多万人。你既然达到了国家线，就是跑赢了全国 90% 的毕业生！这么好的机会，你竟然说要放弃？"

李主任不愧是搞信息工作的，刚出炉的调查数据，他是门儿清。他暂且按下了对儿子的不满，试图用丢数据、摆事实的方式，说服对方继续考研之路。

李忆星望着老爸，看着他狂怒又急切的模样，望着望着，前者轻轻地咧开了嘴角，勾出一抹嘲笑的弧度："呵呵。"

讥诮的笑声，从李忆星的喉管里溢出。他觉得面前的老爸是那么可笑，又那么让人难以置信：那些数据，当然都没错，可是……

"可是考研的目的是什么？就是为了'卷'赢 90% 的同届毕业生吗？"

"……"

面对李忆星冷笑着的质问，李主任显然噎着了。他愣了几秒，完全接不上话。

"考研，难道不该是学自己喜欢的专业知识，研究更有趣的学术问题吗？"李忆星继续质问，他真的不能理解老爸的逻辑，"可按照你的逻辑，好像学什么都不重要，好像考研只是跨过一道门槛，一道可以筛掉大多数人的门槛，所以你才会关注什么过线率……"

说话的同时，李忆星站起身，他望向比自己矮了半个头的老爸，在对方震惊的目光中，平静地陈述："……所以，你让我去考研，根本不是什么学习和深造，是为了竞争，就是为了'卷'。"

李忆星深吸一口气，道出自己的结论："……我不接受，我拒绝'卷'下去。"

李主任戳在那里，微微仰着头，凝望儿子的双眼。在那双继承了自己的基因、与自己十分相似的内双的眼睛里，这位老爸却看见了陌生的神采——既有叛逆和挑衅，亦有坚定和执着。

这是儿子从前不曾有过的眼神。

就在这一瞬，李主任感觉到了自己的衰老。他长长地叹出一口气，语速也放缓了下来：

"你不要太天真，考研不是爱好，这也不是'卷'不'卷'的问题。高学历就是一张门票，是你未来就业、未来人生的通行证。你不知道现在的工作多难找，我刚说过了，今年应届生 1076 万人，没有高学历，你拿什么跟人拼？"

老爸说的这个情况，李忆星并非不知。

今年工作特别难找，校园招聘会都没办几场，来的也是被同学团团围住，桌面上的简历都堆成了小山，明显僧多粥少。

虽然他没找工作，但周围的不少同学，都在这方面栽了跟头。比如王竞途，至少投了二十家单位，从互联网大厂到普通网络公司，但回应寥寥。想想也对，腾讯、美团、爱奇艺、今日头条的HR都忙着裁员呢，又怎么会大量招聘应届生？

他还听到风声，说他们辅导员已经找个别同学谈话了：为了保证学校的就业率，必须找单位签署三方协议。没签"三方"的，就别想拿毕业证。

这种境遇下，说心里完全不慌，也是不可能的。但李忆星还是坚定地认为，考研不是人生的唯一出路："那考了研，就能找到工作了吗？你刚才自己都说了，过线的一百多万人，那等大家读完三年研究生出来，不还是一样要为找工作头痛，一样要竞争？"

不等老爸回应，李忆星继续说下去："再说了，你口口声声都是'学历是就业的门票'，但最大的问题是，就什么业、做什么事业？难道就业不用考虑个人的志向、个人的爱好吗？照你的说法，好像我们读完大学读完研究生，就是出来找一份工作，浑浑噩噩地干，每个月到点儿拿钱？"

儿子的反问，还真让李主任没法儿回。就业和个人志向的关联问题，说实话，他自个儿都没考虑过。

李主任的人生，也是被父亲要求当兵，当了快二十年之后，作为军转干部回到地方，成了网信部门的公务员。谈不上喜好，谈不上爱不爱，就这么糊里糊涂地干了，这是组织提供给他的待遇，也是组织交给他的任务。

他原本也想让儿子走他的这条路，极稳定的路。奈何儿子不争气，硬生生把参军的路子给"作"没了。

李主任无声地叹了一口气：时代真的不一样了。这些"Z世代"的孩子，有他们自己的逻辑和想法。儿子说得也有道理，人生就业少说也得忙活三四十年，那么漫长的时光，多多少少总要有点兴趣吧？不然，工作就不是事业，而成了折磨。

李主任放缓了语速，语气中带着些许的疲惫："那你想干吗？"

"我不知道。"

李忆星这直白又干脆的回答，让李主任的血压又飙上来了，他再度提高了音量："你小子搞什么？都不知道自己想干什么，刚刚还这么横？"

"我可以找，我可以试，"李忆星直面父亲飙升的怒气，"我还年轻，我想给自己一两年的时间，找到自己喜欢也擅长的事业，找到人生的目标和意义。"

这群娃儿，真他妈太天真！青春能有几年，一眨眼就过去了，根本容不得错！听到那句"我还年轻"，李主任就忍不住上火，他强忍着升高的血压，压低自己的音量：

"那你试错了呢？如果你一年两年都没找到方向，到时候再想要考研，可就没那么容易了。以后考试只会越来越难，而你现在已经过了国家线，现在放弃，不傻吗？"

李忆星望着他明显在强忍怒火的老爸，也放缓了语速，轻声道："可是，爸，如果不是被你布置了考研的任务，这一两年的尝试，我本该在大四之前就完成了的。如果不是为了这个盲目的考研，或许我已经找到自己的方向了。"

"……"

李主任无言以对。他知道，儿子的话多少有点狡辩的意味，甚至有点诡辩。但他也知道，儿子的话，也是一种基于事实的陈述。于是，他颓然地挥了挥手，丢下一句"你自己看着办吧"，转身离开了房间。

这是一场父与子的对抗，最终，李忆星占据了上风。然而，他却并没有胜利的快感。他确实可以将人生迷茫的过错，推给那个给他制定了人生规划的老爸，但望着父亲关上房门的背影，李忆星又觉着，自己像是一只失了船锚、漂浮在茫茫大海上的小船，更加茫然了。

究竟什么才是他的方向、他的志向、他的理想和梦想？现在才思考这个问题，又会不会太迟了呢？

这些问题，在他的胸腔里翻涌。无法获得解答的他，像一只烦躁的大熊，在自己的房间里来来回回地踱步，仿佛要将地板踩穿。

徘徊中，他的目光扫过书架，瞥见了一个贴了黄色标签的信封——那是一张光盘，里面刻录的是老兵访谈的素材视频。

突然，李忆星很想看看他太爷爷李大伟的访谈。那些让他和老爸不满又迷惘的问题，是否能在太爷爷那里找到答案？

说干就干，李忆星开始上蹿下跳，寻找打开光盘的方法——这年头，早就没人用光盘了。他也是回忆了好一会儿，才想起柜子底下有一个外接式的光驱，便连忙翻箱倒柜地找了出来，将它接在了电脑上。

通了电的光驱，发出一阵类似噪声的嗡鸣。设备声音大，读取时间长，储存空间还小……李忆星一边在心中吐槽这项被淘汰的技术，一边拆开了信封，小心翼翼地将光盘送进了光驱里。

电脑屏幕上，出现了一个文件夹，里面装着若干视频文件。其中一个是剪辑完成的最终定稿，也是纪录片里正式播出的那个版本，李忆星之前在视频网站上看到的，就是这则视频。

除了那个正式播出版之外，光盘里还有好几则未经加工的拍摄素材，包括老爷子 NG 的场面。李忆星操纵鼠标，点开了像素有些糟糕的视频，那张衰老的、陌生的脸孔，便出现在他的视野里。

画面里戴着功勋章的老战士，与周水生描述的那个抱着土狗星子的新兵蛋子，似乎没有半点儿的相似。李忆星有些好笑，他拖动鼠标、拖拽进度条，看太爷爷描述自己的抗战历程：

"哪过（个）四（是）我恩（印）象最森（深）的战斗？那肯定四（是）谢家渡战役啰，那四（是）1942年的中秋节……"

他绘声绘色地描述着，日本侵略者如何打算趁着中秋节偷袭二鸳镇，新四军战士们又是如何布下天罗地网，来个瓮中捉鳖：

"……我记滴（得）很清楚，中秋节那个晚上，敌人的船就开的来喽。但我们班长不让打，要等军号，等命令。所以我们不吱声，先埋伏着，先放敌人过了河，然后憋在外头等命令。继续等啊等啊，等了一过（个）晚上，等到天都快亮了……

"……就辣（那）个时候，我跟你说，老奇怪了！在天亮之前、天最黑的时候，我看到水里头有光，彩色滴（的）光，像个圆圈圈！然后我们随森（水生）班长，就从圈子里头钻出来了！"

这啥？之前没听过这段啊！

李忆星瞪大双眼，他突然意识到了什么，放慢了视频播放的速度，听太爷爷继续说下去：

"……我就问班长，森么（什么）事情啊！随森（水生）班长跟我说，他做了个闷（梦），闷（梦）到八十年后了……他说八十年后的中国，美得不得了！"

这些话，在纪录片里完全没有出现，想来是因为太过玄幻，也跟战斗的过程无关，就被剪辑掉了。可就是这一句话，李忆星突然发现了盲点——那周水生，他究竟是什么时候战死的？

视频里的太爷爷，继续说这场了不得的谢家渡战役。

他说他们一直等到了第二天的中午，战役才打响。第一路鬼子进了白龙庙东侧，跟南通警卫团交了火。警卫团边打边撤，把鬼子引进了包围圈。六连、七连在谢家渡的外围守着，把渡口封死，准备来个关门打狗。

打打打，从中午打到下午，鬼子被围堵，被分隔歼灭，带队的保田大队长想逃，拼命往河岸边撤。他们五连一直坚守在河岸边，这时候就跟鬼子展开了白刃战。

说到这场战斗，老人家的话语里满是自豪。但片刻之后，他的神情又黯淡下去："……我们班长为了保护大家，第一个冲进船里，中了保田一枪。他当场牺牲，掉到水里头去了。我当时脑子都炸的了，就想打死鬼子，给我们班长报仇。我冲进去'乒乒乒'三枪，把保田打死啰。"

这一段，也是纪录片里采用的话语。

听到这里，李忆星才发觉大事不妙：他和陆芸芸本以为，周水生是1942年谢家渡战役战死之后穿越到2022年来的。可根据太爷爷李大伟的说法，周水生是穿越回了1942年9月25日，在战役打响的当天牺牲的！

不能让周水生回去，他会死的！得赶紧告诉周哥。李忆星慌忙划开手机，打算给周水生打电话。可刚调出通话界面，他突然意识到一件事：等等！这段老兵访谈，周水生是看过的！

他知道1942年9月25日下午，是他的死期。

陆芸芸和李忆星不知道战斗的细节，可周水生知道啊。他不是在第二天的激战里中枪并穿越的，而是在头一天中秋节晚上就穿越了，这一点，他比任何人都清楚！

他明明知道，可他还要回去？

李忆星的脑子里纷杂一片，许多之前被忽略的表现，此时纷纷涌上心头——

那一天在云端餐厅，周水生在纸上写下他的愿望，当时陆芸芸还吐槽过"怎么有点像是遗愿清单？"现在回过头来想想，那些真的是周哥在面对即将到来的死亡，列下他未完成的愿望！

他早就知道了。而他，已经做出了选择。

李忆星只觉心弦一颤，他猛地直起身，脑子里混乱又不安。

不能！他不能眼睁睁看周哥去送死！

李忆星赶忙取消了手机里和周水生的对话界面，转而拇指飞动，给陆芸芸发出了求助短信：

SOS

一连串的信息之后，李忆星和陆芸芸约了当面商量。当然，这一切要瞒着周水生进行。

家庭聚会结束之后，周水生和陆芸芸告别，坐上了公交车。望着周水生上车的背影，陆芸芸转头就给李忆星发了"已离开"的微信，后者立刻开车出门，前往约定地点。俩人的碰面，搞得神秘兮兮的，跟地下工作"接头"似的。

碰面的地点被选在市中心的一家书店，这里卖书也卖咖啡，设有专门的饮品区，可供人们看书和交谈。陆芸芸先到，就在畅销书销售区抓了一本刘慈欣的《三体》，一边等人，一边重温两页。

正在她为书中人的命运纠结的时候，李忆星也赶到了店里。这个人高马大的大四青年，大步流星地走到她的面前，先是深深地鞠了一躬：

"对不起。是我对不起你，当初是我不想考研，故意穿轮滑鞋搞事情，没想到却连累到你……对不起！"

"什么?！"

陆芸芸几乎是尖叫出声。她足足花了两秒，才意识到"我故意"这三个字带来的杀伤力。上涌的怒火让她恶狠狠地瞪向李忆星，无处发泄心中愤怒的她，猛地抬起一只脚，狠狠地踩在了对方的鞋面上。

去他妈的轮滑鞋！去他妈的不想考研！

陆芸芸的皮鞋是带点儿跟的，她这一脚踩得又狠又准，再加上鞋跟面积小、压强大，踩得李忆星眼泪都要飙出来了。但李忆星只有硬受着，他不敢叫嚷也不敢反对，硬是等陆芸芸踩累了，才哀怨地收回脚，小声陈述：

"我知道你心里憋着气，等下次我任你打任你骂，不过今天我们先搁置可以吗？我急着找你出来，是要跟你说周哥的事：他不是死了才穿越过来的，而是穿越回去就会死！"

然后，他简短地交代了自己如何因为决定不复试而跟李主任大吵一架，之后翻出太爷爷的访谈光碟，听到了素材视频里的相关内容……最后，他做结案陈词：

"……咱们必须想法子，劝住周哥！不能让他回去！"

听完李忆星的话，陆芸芸才终于理解，那个坐在马路牙子上哭泣的十七岁男孩，是怀着什么样的心情，对她说那个"不"字的。

他知道自己穿越回去，是会死的。但面对她"留下来"的恳求，他的回答只有一个字：不。

他没有看过什么网络小说，也没看过什么科幻电影，他不会知道什么"时间悖论"和"蝴蝶效应"的问题。他只是单纯地，怀着他的信仰，怀着对这个新中国的憧憬，决定继续战下去。

没有乱世里战斗的人，又哪来今天的太平呢？

他已经做出了选择。

"没用的，"陆芸芸扯了扯嘴角，那苦笑的弧度，半是悲伤，半是无奈，"我试过了，劝不住。"

她将之前与父母和解，以及她和周水生在小饭店门外的对话，复述了一遍。听完她的叙述，李忆星沉默良久，脸上挂出了同样的苦涩：

"我也猜到了，周哥是已经盘算好了，不然不会开那张遗愿清单……不过我们不能眼睁睁看着周哥送死啊！咱们得想办法！"

"所以，你打算报警，把他抓去坐牢？"陆芸芸简直要佩服李忆星的脑回路，如此神奇，如此弱智——这人怎么考上研究生的啊？

眼见李忆星点头，陆芸芸开喷了："我就问你，第一，你打算以什么罪名关他？"

"找一个还不简单，私闯民宅？"李忆星答得挺顺溜，看来这问题他想过了。

这个答案，让陆芸芸猛翻白眼，她都懒得喷，继续问，"第二，能关多久？你能保证他一辈子不出狱，一辈子不穿越回去？"

"这……"李忆星开始卡壳。

"第三，也是最重要的，你要怎么和警察交代周水生的来历？"陆芸芸乘胜追击，继续反问，"你能实话实说，交代他是1942年穿越来的？"

"……"李忆星彻底无语了。

一时间，饮品区陷入沉默，两人听着店里的 BGM，大眼瞪小眼。

李忆星已经意识到了自己的荒唐。但刚才，他的确是太慌了，所以才病急乱投医。他知道凭自己和陆芸芸劝不住周哥，才想到借助外力——有困难，找警察嘛。

沉默了许久，还是陆芸芸先打破了僵局："不过我同意，咱们先关他一阵，至少不能放他在这个月回去！多在这里待一个月，他看见更多的世界，或许能在这里找到他愿意拼搏奋斗的事业，就不想回去打仗送死了！"

李忆星猛点头，"对！能拖一个月也是好的！咱们先渡过眼前这一关，再过几个月，说不定他就不想走了。"

达成共识后，两个人立刻开始商量，用什么招数能够拖住周水生，至少在 3 月 15 日的晚上，把他关在哪里不让出门。一通操作猛如虎，两人琢磨了好一阵，才盘算好了作战计划。待一切筹划得差不多了，一看时间也不早了，李忆星要送陆芸芸回宿舍，后者却抬手做了一个"stop"的动作：

"等等，还没结束，我有话跟你说。"

"什么？你尽管说！"毕竟有愧于人，李忆星一副"听君号令"的乖巧模样。

陆芸芸的脸色有些暗淡，"我觉得，你爸说得没错，今年过线真的是太难了，你还是不要放弃复试的机会。"

"……"李忆星有些窘迫，他没想到，本该气他、恨他的陆芸芸，却还在为他考虑。

陆芸芸的心里，当然还是憋着气的。但刚和父母完成"和解"的她，多少能体会到李主任的良苦用心。而正是如今一无所有——既没成绩又没 offer——前路迷茫的她，才更能体会到，有复试的资格是多么不容易：

"如果你是因为愧疚决定弃考，那 duck 不必。咱们俩的这笔账，以后再清算。但我真觉得你不该错过考试。太难了，今年无论是考研还是就业，真的太难了，这都'卷'成啥样了……"

说到这里，陆芸芸一声叹息，既是为了李忆星的纠结，也是为了自己看不到出路的未来。长叹一声后，她继续劝说：

"……你要追梦要找理想没问题，可以一边读研一边想啊。都拿到门票了，哪有退出来的道理啊？"

　　她的说辞，与李主任如出一辙。李忆星张了张嘴，想继续反驳，但最终还是把那些对抗的话语吞回了肚子里：

　　"我再想想吧。"

第二十三章　散伙饭

翌日，3 月 13 日，也是 2022 年北京冬残奥会闭幕的日子。经过昨天晚上的商讨，两人决定先不动声色，仍跟往常一样、嘻嘻哈哈地带着周水生四处游历玩乐。到了晚上，他们还约了罗杰·盖尔和大桥清智几位留学生，一起去了上次的那家清吧，观看冬残奥会的闭幕式。

虽然在聊天的时候，来自不同国家和文化背景的人们，对当前国际时事发表了不同的看法，说辞甚至有些激烈，但在奥运冰环从空中落下、圣火熄灭的那一刻，大伙儿不约而同地停止了争论。

这是最好的时代。科技发展覆盖了全球，各个国家的人们被连接在了一起，航空航天、物流快递、社交网络，大大缩短了人与人的距离。

这也是最坏的时代。全球疫情蔓延，国家与国家之间仍有对立，战火给世界格局带来了太多的不确定，互联网上纷争不断，人们的观念冲突愈发凸显，人与人的隔阂，越来越深。

但在北京冬季残奥会面前，看着那些身有残缺的运动员不断突破自我、挑战人类的极限，人们还是暂时放下了矛盾，为了全人类共同的命运，为了全人类共同的追求，为了生命与和平，携手共庆。

在大伙儿碰杯庆祝的时候，李忆星佯装随意地丢出一句："好像神舟十三号也快回来了吧？就下个月，咱们出差了半年的三位宇航员，就该回地球了，到时候咱们再聚啊！"

朋友们当然说"好"，陆芸芸借着饮料杯的遮掩，偷偷观察着周水生的表情。在听到"神舟十三"的时候，他的双眼明显被点亮，但这份期待转瞬即逝，半秒之后便换成了遗憾。

走着瞧，一定让你看上神舟十三号着陆回家！陆芸芸暗暗起誓，然后瞥向李忆星，两人交换了一个"你知我知"的眼神。

3月14日，距离周水生计算的"回到1942"的日期，只剩下最后一天。

那张遗愿清单上的心愿，只剩下三个，都是些必须出南京市，需要身份证、核酸报告和健康码的事项。周水生知道为难，便主动把这三个愿望，用黑色水笔划掉了。

"周哥，今天你想去哪儿玩？"李忆星摆出"奉陪到底"的架势。

"就……"

平时说话做事雷厉风行、一个指令一个动作的周水生，却为难得地陷入了踟蹰。他支吾了片刻，伸手挠挠头，最终给出了一个特别模糊的答案：

"就想逛逛。看看，逛逛。"

于是，坐公交，兜风，便成了他们最终的选择。

没有特别的目的地，便随意挑了一辆公交车，顺着南京城的街道，走到哪儿算哪儿。行驶在这繁华都市里，透过车窗玻璃，遥看那抽了绿叶的梧桐树下人们往来穿梭。

兴趣来了，便下车转转，用双眼瞭望，用脚步丈量。

在市政府的门前走过，登上解放门，再看鸡鸣寺的黄墙黑瓦，看台城的百年沧桑。玄武湖畔，湖光潋滟，柳叶盈盈，老人们打着太极拳、跳着广场舞，锻炼得差不多了，再去逛超市逛菜场，准备这一天的生活。

书声琅琅，那是台城畔的第十三中学的初中生、高中生们，开启了他们的早读时刻。这是 1949 年以后，由刘伯承市长在南京组建的第一所完全高中。还有不到三个月，就是同学们决战高考的时刻了，祝愿他们心想事成，马到成功。

一行三人在小巷里找了家做鸡鸣汤包的小吃店，一边用鸭血粉丝汤等南京的特色美食填满空落落的胃袋，一边看着上班族匆匆忙忙、扒了碗牛肉面就冲出去赶地铁的人们。作为应届生的陆芸芸和李忆星，好羡慕这样的匆忙。

从清晨到中午，就这么边走边逛，周水生瞪大双眼，贪婪地将城市里的一切，一一捕捉收集。这在陆芸芸和李忆星眼中，最平凡不过的生活，对他而言，却是幻梦一般美好的图景。

而这幅美妙的图景，他要带回 1942，带回战士们的身边，告诉他们，未来的中国，是个什么样儿。

反正也没有特别的计划，陆芸芸提议"去游乐园转转"，李忆星便回家取了车，然后载着同伴们，一路"杀"去了乐园。

坐上疯狂的海盗船，坐上慢悠悠的旋转木马，操纵碰碰车用力地相撞。这一次，周水生体验到了别样的快乐，那是这个时代的孩子，平凡而寻常的生活。

玩累了，就坐在长椅上，喝一口加了冰块的奶茶，任由甜味在味蕾上绽放。不远处扎着包包头的小姑娘，五六岁的样子，穿着一身带嫣红飘带的汉服小裙，左手风车，右手冰激凌，边跑边笑，笑声犹若银铃。

周水生温柔地看着这个小姑娘，眉眼弯成了月，视野却逐渐模糊。他想起了自家的小妹，走的时候也只有六岁。她有着粉嫩嫩的脸蛋、圆溜溜的大眼睛，跟眼前这个漂漂亮亮的小妹妹，长得很像。

突然间，他又想起了陆芸芸的话，"宁为太平犬，不为乱世人。"如果小妹出生在这个年代，也能穿上汉服，吃上冰激凌，在游乐园里畅游……

"你在想什么？"

坐在周水生身侧的陆芸芸，看他突然红了眼，轻声询问。

"我在想，"周水生望着那个软萌可爱的小女孩，"人的境遇，都是时代造就的……"

陆芸芸见状心念一动，再次试图劝说："你说得对，而你可以选择，选择这个和平的时代。"

周水生淡淡地笑了笑："但和平不是平白无故就会到来的。"

他说得平淡，但这句话却像是一记重锤，重重地捶在了陆芸芸的心上。

是的，和平不是平白无故就会来的。尤其是在当年备受欺凌的旧中国，若不是那么多英雄拿命去填，怎么会有今天的和平？

这个道理，她懂。

但书本上描绘的英雄，太过遥远，远得像是一尊尊只可敬仰而无法走近的神祇。可眼前的周水生，真实可感，近在眼前。近到能感受到他的呼吸，触碰到他的温暖，这份切近，让她疯狂地想要挽留住他——能不能不回去，不去做英雄，只做一个和平年代里平凡的十七岁少年？

但是这个问题,她不敢问,问了就会暴露。她只能硬生生地憋下心中翻涌的情绪,那些自私又愧疚的情感。

"对了,陆芸芸同志,帮我个忙好吗?"

别说是帮一个忙,只要你不回去,十个忙、百个忙都成!陆芸芸在心中作答,但表面上,还是故作镇定:"你说。"

周水生掏出手机,点开微信支付,显示出零钱包里的余额:1200块8毛。这是他在大学的二十多天里,靠跑腿外送攒下来的积蓄。

"你干吗?"陆芸芸瞪大眼,一个老旧的念头,出现在她脑中,"你不是觉得自己快离开了,要把这些钱拿出来,用来交党费吧?"

学生时代课本里那篇《最后的党费》,实在太过根深蒂固,她以为周水生要上演这经典的一幕了。比起感动,更多的是尴尬,陆芸芸的内心忍不住涌现出无声的吐槽:这也太老套了!

"不是。"周水生摇了摇头。

还好还好,没有太老套。陆芸芸一边在心中感慨,一边继续猜测:"你这是要……捐希望工程?"

"也不是。"周水生还是摇头。

这下子,陆芸芸倒有些好奇了:"难不成,你这是要捐去给乡村扶贫?"

周水生咂了咂嘴,有些好笑地问她:"咱们两个究竟谁才是现代人啊?国家不都已经全面脱贫了嘛,哪儿还缺我这一千二?"

"那你想干吗?"陆芸芸蒙了。

"我是要捐,但不是捐给中国。你帮我找找渠道,给坦桑尼亚或者塞尔维亚吧。"

周水生的回答,让陆芸芸又惊又奇又蒙,疑问脱口而出:"为啥是坦桑尼亚？为什么要给这个国家？"

"我上了网课，看到咱们现在日子过得好了，就开始帮助一些其他的第三世界国家，"周水生平静地叙述，"坦桑尼亚是世界上最不发达的国家之一，我们中国搞非洲援建，它是最大的受援国。咱们都是从穷日子、苦日子走过来的，我希望坦桑尼亚的人民群众，能像咱们的新中国一样——站起来，富起来，强起来。"

他这一通分析，让陆芸芸刮目相看：这家伙刷网课，不仅仅是学了知识，还拓展了格局啊！

"哈，'达则兼济天下'啊，你这格局可以的。"陆芸芸竖起大拇指点赞。

"无论是我所在的那个旧中国，还是现在的坦桑尼亚，贫困、弱小、落后就会挨打，被列强欺凌。我希望所有的小国，都不要重复我们旧中国曾经的苦难，都能像新中国一样，走出独立自主、人民富强的道路来。"

这句话，是陆芸芸万万没想到的。她讶异地望着周水生，看这个十七岁的新四军战士，打破了他所在那个时代的局限性，说出了类似"人类命运共同体"的观念来……

不过，或许正是因为他经历过那个被列强欺凌的、至暗时刻的旧中国，他才说得出这样的话来。

因为自己淋过雨，所以才会为他人撑起伞。

因为他们那代人受过伤、遭过殃，才不想别的人、别的国重蹈覆辙，经历同样的苦难……

只见周水生将视线投向远方的道路，目光缱绻，用视线描摹着这个平和、幸福、梦幻的世界。然后，他浅浅地扬起嘴角，举高手中的奶茶纸杯，与同伴们轻轻干杯：

"愿天下没有战争。"

陆芸芸心情复杂地与他碰了杯、干了杯，喝进嘴里的奶茶，不知为何沾染了些许的苦涩。

他明明是那样期盼和平，祈愿天下没有战争，却又义无反顾地走向战场。

她不懂，她真的搞不懂，这个比他们还要年轻的男孩，为什么会做出这样的选择，不要命的选择……

这份困惑、这份矛盾，在陆芸芸的心中交战。她收下了周水生的转账，收下了那 1200 块 8 毛，心里却早已做出了自己的判定：她一定要阻止他，让他在这里活下去，让他活着、自己去捐这笔钱！

憋着这份念想，三人组又逛了大半天。到了傍晚，周水生说要请客，请大家吃顿"散伙饭"。这小子竟然事先预留了 60 块来付账。不过话说回来，他这散伙饭的预算，着实有些"抠"，这一人 20 元的标准，也只能吃吃路边小店的麻辣烫了。

走进小小的店面里，坐上廉价的蓝色塑料凳，将冰柜里取出的鸡柳、肉丸、海带、豆腐皮儿，一股脑地涮进锅子里。红油汤锅热得快，不一会儿就"咕噜咕噜"地冒起了泡。空气里弥漫出香辣的味道，在这带着点儿刺激性的香味里，周水生举起杯，以水代酒：

"陆芸芸同志，李忆星同志，这一个月来，谢谢你们了。"

他的道谢，亦是道别。陆芸芸心里不是滋味儿，她表面上回应周水生，也举起了满是划痕的玻璃杯："不，是我们该谢谢你。"

"对，"李忆星也举杯回应，"谢谢周哥！"

说话的同时，陆、李二人偷偷交换了一个眼神：

——准备好了？

——放心！ no problem ！

两人胶着的视线，传达着隐秘的信息。

周水生似乎并未察觉，只是放下玻璃杯，笑着盘算道："等吃完饭，差不多天就黑了。也不知道这个 3 月 15 号的月夜，是从凌晨算，还是从傍晚算。我打算一会儿先去蹲一蹲，不行晚上再去。"

"好嘞，周哥，别担心，无论早晚，我们都送你。"

李忆星答得斩钉截铁、无比顺溜，但内心深处的台词却十分"狗"：今天你要能去得了，他"李"字倒过来写。哦不，可以再狠点儿，他李忆星就改名姓"周"！

心里藏着事儿，陆、李二人都没咋动筷子，倒是周水生吃得满鼻梁的汗珠。李忆星趁机给陆芸芸使了个眼色，然后起身走向冰柜：

"太辣了太辣了，搞点儿冰的！周哥，你喝啥？"

"不要了，"周水生用指节敲了敲玻璃杯，"水就好。"

"那怎么行？吃麻辣烫就要来点儿豆奶，不然吃得不过瘾！"

李忆星随口回答，然后从冰柜里翻出三个玻璃瓶。陆芸芸见状，立刻探出身子，筷子伸进锅子，捞了一堆鸡肉豆皮，疯狂给周水生夹菜。

陆芸芸用自己刻意的动作，遮挡了周水生的视线，所以他并没有看见冰柜旁的李忆星在搞什么小动作。事实上，李忆星在打开了瓶盖之后，快速将两枚药片塞进了瓶口里。

走回桌边，李忆星将右手的那瓶豆奶，放在了周水生的面前。

看见已经被开了盖子的饮料，周水生的嘴角抽动了一下。他这细微的动作，落在陆、李二人眼中，登时让他们心里一紧：不会吧？难道他发现了？

"哎，你啊，都说了有白开水了，还买饮料，太浪费啦。"

两人顿时松了一口气，心中悬着的一颗大石也终于放了下去。果然，这人就不能做坏事。所谓"做贼心虚"，他们两个硬是把周水生的抠门和心疼的微表情，当成了洞察一切、东窗事发。

钱已经花了，最怕浪费的周水生，立马昂起脖子，"咕咚咕咚"地猛喝饮料。他喝得越快，陆、李二人就越开心，乐见其成的笑容里，混着阴谋得逞的狡黠。

几分钟后，周水生的眼神变得涣散，意识也逐渐混沌。察觉到情况不对的他，伸出了右手，指着李忆星的鼻子："你、你们……"

他的质问还没说完，视野便陷入了黑暗中。

一头栽向桌板的周水生，已经全然失去了对外界的一切感知。所以他并不知道，陆芸芸赶忙伸手托住了他的脑袋，避免他磕到桌面或是碰到汤锅。他也不知道，李忆星二话不说背起了他，将他送进了轿车的后排座位。

落日西沉，昏黄的夕阳之下，扬长而去的银色轿车穿行在车流之中，一路向城郊行驶。

李忆星找尽了朋友、想尽了办法，最后问一个开公司的学长借到了一间小仓库。在开往目的地的途中，他和陆芸芸都涌上了一种强烈的负罪感。

"你说我们这么搞，"李忆星咂了咂嘴，仔细一琢磨，总觉得自己挺变态的，"又是下药又是监禁的，怎么跟电影里那些国民党反动派似的……"

"……"陆芸芸无语，她心里也跟明镜似的，知道这么做不对，知道这是犯罪，她甚至东想西想的，还担心起那麻辣烫店的小老板是不是看到了一切，会不会跑去报警……但无数纠结又担惊受怕的念头，终究是被一句话压下了：

"我们……也是为他好。"

这句话，既是陆芸芸对李忆星的回应，也是她有意说给自己的，她要再次说服自己，给自己打气。

李忆星的双手搭在方向盘上，视线锁定前方的路况，他没有转移视线，却无奈地扬起了嘴角，勾勒出嘲讽的弧度："为你好——这话，怎么那么耳熟呢？"

陆芸芸咬紧下唇，再不说话了。在他们成长的过程中，实在听了太多次这句"为你好"。多少次的心碎，多少次的不满，都是因为父母打着"为你好"的幌子，却做出让他们无法认同、甚至无法容忍的事情。而今时今日的他们，竟然也重复了这套无力的话语……

陆芸芸默默地扭过头，望向躺在后座上熟睡的周水生。

接下来的车程中，陆芸芸和李忆星一路无言，就这么维持着忧心忡忡的沉默，来到了小仓库。

李忆星把周水生背到了仓管员临时搭建的行军床上，陆芸芸还给他盖了毛毯，害怕他着凉。再然后，两人便反锁了门，将沉睡的大男孩，独自留在了狭小的空间里。

顾不上体面，陆芸芸和李忆星就这么蹲在仓库的门口，守在门外。抬起头，深沉的夜幕中，圆月已近中天。

"咱们能锁他一天两天，能锁他一辈子吗？"伴着长长的叹息，李忆星发出质问。

"先过了三月再说吧，"陆芸芸无力地回答，"或许过了这阵子，到下个月，下下个月，他就不想回去送死了……"

在陆芸芸看来，周水生回到 1942 年参战的行为，无异于自杀。而差一点死过一次的她，已经充分理解了生命的可贵，她的愿望很简单：活着，她要他活着。

为了这微小的愿望，她蹲在仓库的门外，静静地看着夜空中的大月亮。

这一晚，陆芸芸和李忆星都没敢睡觉，就这么或蹲或坐地在外面等着，仿佛两个尽职尽责的狱警。

熬了整整一夜，等到月落日升，陆芸芸和李忆星时不时"换岗"，晃了晃蹲到麻痹的双腿，叫了份不怎么好吃的外卖，然后又这么继续安静地等待。

这几个小时显得无比漫长，这是真正的"度日如年"。这份等待的静默，也让他们反复思考，自己的决定是对是错……

到了上午十点多，药效终于退了，醒来的周水生试图跟他们摆事实、讲道理，试图说纪律、说党性，甚至搬出指战员的口吻，劝说他们"不要一错再错"。然而，陆芸芸和李忆星这次是吃了秤砣铁了心，完全拒绝倾听，拒绝沟通。

从正午到日暮，从落日再到月升，望着那明亮的月盘，两个人始终坚守岗位：一天，只一天，只要撑过这 24 小时就好。

终于，零点已过，日历翻了篇，时间来到 3 月 16 日。

陆芸芸和李忆星长长地舒了一口气。而被关了一天禁闭的周水生，也无奈地接受了现实："已经错过了时间，现在可以放我出去了吧？"

隔着紧锁的大门，周水生试图与两名"看守者"谈判。

"等天亮，等天亮就放你出来。"两名"狱警"如此回答。答完了，他们又面面相觑，眼神中满是自嘲：他们化身为故事里那个挡在英雄面前的反派，成了孩童们最痛恨的"反派 BOSS""大坏蛋"。

熬，继续熬，熬过时间，熬过内心的纠结，熬过正义与道德的拷问。熬到最后，陆芸芸已渐渐恍惚，她觉得李忆星举的那个例子特别好，他们就像是电影里的国民党反动派，一定要挡在共产党员的面前，一定要阻挡他们救国救民的道路……

不同于前辈战士们，在与有形的侵略者作战，或许在这个和平的年代，他们这些年轻人要对抗的，是无形的敌人，是自己的心魔。

倦意一波一波地袭来，陆芸芸和李忆星相互"换班"，轮流睡了俩小时，终于迎来了3月16日的曙光。

危机解除，疲惫的二人打开仓库的门，放出了周水生。令他们意外的是，被囚禁了两夜一天的新四军战士，没有愤怒地指责，而是好气又好笑地看着两人的黑眼圈，平静地丢下一句："早点回去休息吧。"

于是，三个人打了一辆快车回城里，真的就这么回家休息了——李忆星担心疲劳驾驶，就没敢自己开车，把车丢在了仓库门口的停车场里，准备改天再来取。

回了城，进了家，已是早上九点多了。熬了两个大夜的陆芸芸倒头就睡，睡了个天昏地暗。等到她终于睡饱睁眼的时候，窗外天都黑了。

陆芸芸迷迷瞪瞪地看了眼手机：22点40分。放下了心事的她，已经很久没有睡得这么香了。她打了一个大大的哈欠，放松地爬下床，一边走到厨房给自己倒了杯水喝，一边神清气爽地欣赏窗外的夜空。

在这繁华的都市里，灯光璀璨，有如点点星辰，落入人间。而那树梢之上的一轮圆月，宛若盈满月盘，静静地映照人间……

等等！满月？

陆芸芸突然意识到，这盈满如轮的大月亮，比昨天晚上的还要圆。隐隐觉得有什么不对的她，赶忙拿出手机翻了翻。当她看见万年历上的数字，简直蒙了！

她用颤抖的双手拨打了李忆星的电话。听筒那头，传来对方慵懒的声音，似乎还没睡醒："喂？怎么了？"

"周水生呢？他人呢？"

"周哥啊，"李忆星慢条斯理地打了一个大大的哈欠，"他啊，他先前出门了，说要下楼买牛奶，估计快回来了……"

"立刻去找！"陆芸芸声嘶力竭，几近崩溃地狂吼，"他是骗我们的！他故意误导我们，真正的满月不是 3 月 15 日！是今天晚上！"

"啊？！"通话那头的李忆星，还没能反应过来。而陆芸芸已是飞快地套上了衣服，一边打电话，一边往门外狂奔。难怪昨天周水生没有臭骂他们，从头到尾，他们都中了周水生的计！

从他列举遗愿清单时说的"倒数十天"，再到他拍照的时候故意用手比了个"3"字的倒计时三天，周水生一直在误导他们，让他们以为，3 月 15 日是穿越回去的关键点！

可事实上，他是 2 月 15 日元宵节来的，对应一个月后的满月之日，应该是阴历二月十五，也就是 3 月 17 日！他们两个傻蛋，从头到尾都中了周水生的"圈套"，被他误导，漏看了阴历！

陆芸芸一边在电话里解释，一边狂奔出去打出租车，径直驶向最初相遇的市民公园。

快一点，再快一点！

圆月之下，车辆飞驰。

陆芸芸透过后排的车窗玻璃往外望，建筑外墙上的璀璨霓虹不断闪烁着，如同她和周水生初见时那样——那时他好傻，傻到为了看风景，把脖子都夹在了玻璃窗上，还被司机师傅一顿狂骂……

半个多小时的车程，出租车停在了公园门外。陆芸芸以百米冲刺的速度，跑上那条青石板的林间小路，冲向湖边。朦胧的路灯，映出曲折的小路，也映出一幕幕的回忆——刚来到这个世界，他连路灯都没有见过，坐在长椅上感慨中国工业可以造出洋钉……

　　公园很大，陆芸芸飞奔赶路，更是与时间赛跑，她必须赶在凌晨之前，制止周水生！

　　跑着跑着，在那幢幢树影之间，她看见了那个年轻的身影。他已经走进了湖中，水漫到了他的大腿上。周水生换上了初见时的那套新四军军装，灰扑扑的，打着补丁的，那柄"撅把子"被他绑在腰间，一如初见时那样。

　　"周水生！"

　　听见她的呼喊，步入湖中的人转过身来望她。今晚的月色太过清朗，映出他年轻的脸庞，也映出他嘴角微微上扬的弧度，那么平和，那么无畏。

　　"……"那恬淡而坚定的笑容，让陆芸芸失去了语言的能力。她有许许多多要说的话，那些试图阻拦、试图劝说的话语，全都堵在了嗓子眼儿里。

　　她了解他，懂他，所以也能理解他的决定。

　　就像他说过的——和平，不是平白无故就会到来的。而他，还有那许许多多的战士，为了追求和平，自愿付出血肉的代价。

　　陆芸芸垂下眼，眼泪落在她脚下的地面上，晕出深色的印迹。步伐没有继续挪动，她没有再去追赶，没有再去拖拽。这一次，她不想再做"反动派"，不想再做那个挡在英雄面前的反派BOSS。

　　"陆芸芸同志……"

隔着盈盈湖水，他的声音被夜风送来，温柔得好像是暖暖春风："……陆芸芸同志，好好过。"

他再度轻唤，这一声"同志"，这一声"好好过"，是他的愿望，也是他的嘱托。

嘤鸣之声被她吞进了喉管里，她无声地点了点头，断了线的泪珠便因为这个动作，潸然坠落。

月到中天，盈满如轮。

水波盈盈，映着那明亮的月盘，一漾一漾的，隐隐透出别样的华彩。

时间到了。

看见那月影华光，周水生笑了。在转身步入光圈前的最后一瞬，他望着她，换掉了那一贯的"同志"，换成了另一个称呼：

"再见，芸姐。"

然后，他转身，没入那银霜如练的湖水中。

第二十四章　历史的页面

月如银盘，河水轻漾。

在遥远时空的那一端，是刚刚过去的中秋之夜——1942 年 9 月 25 日的凌晨。

秋风拂动芦苇荡，丝丝缕缕，如纷飞的初雪。在那幽暗的河水中，突然亮起点点星光，犹如群星聚汇，绘出一个若隐若现的圆环。

一个人影，猛地钻了出来，从那水中的星影里。

浑身湿透的周水生，身形微微踉跄。就在这时，一只瘦弱的手，扶住了他的肩膀。

"班长！"

一声轻唤，将意识恍惚的周水生拉回了现实时空。他抬起眼，看见的是一双炯炯有神的大眼睛，一张再熟悉不过的面孔，那是十五岁的李大伟，是那个缺了半个屁股蛋子的新兵蛋子。

看见小战士担忧的目光，周水生摆了摆手，表示自己没事："敌人呢？"

"已经过了渡口了，"李大伟向那没入无边暗夜的水域努了努嘴,"过去有好一阵子了。哎,班长,你没事吧?"

李大伟感觉到了不对劲儿:他的班长竟然会遗漏敌情?还要反过来问他?这可是从来没有过的事情啊!

面对小战士忧虑的眼神,周水生笑着摇了摇头:"我没事。"

回话的同时,他暗中摸了摸胸膛:之前肺部的枪伤并未出现,这或许是老天爷给了他第二次机会,让他可以继续作战,为了他所看见的胜利,战斗下去!

夜风吹拂,芦花飞舞。

隐蔽在芦苇荡的战士们,灰头土脸的,等待着军号的指令。周水生望向那一张张年轻的、朴素的面孔,他轻轻地扬起了唇角,轻声诉说:

"同志们,我做了一个梦……"

在李大伟"梦到了啥?"的疑问中,周水生继续说下去:"……我梦见了八十年后的中国。"

听了他这句话,原本沉默的队伍掀起了些许的动静。李大伟忙不迭地靠上来,瞪大亮晶晶的双眼,好奇地问:"那时候咱们啥样?我们赢了吗?"

周水生重重地点了点头,他的眼前浮现出许许多多瑰丽的画面,他无法一一描绘、无法一一解释给自己的战士们听,他只能用最简单、最朴实的语言,告诉他们:

"那是一个新的中国,人人有饭吃,人人有衣穿,有最亮的灯,有最先进的大炮……那时候,没有任何侵略者敢侵犯中国,没有任何国家敢欺负我们中国人!"

在这个还需要抗战的年代,在这个用刀用枪和日本侵略者拼命的年代,周水生所描绘的中国,是战士们想象不出来的画面。

战士们议论纷纷,嗡嗡地讨论着。他们想象不出最亮的灯是什么样的，也想象不出最先进的大炮能射多远，但他们期待那个人人有饭吃、人人有衣穿、不被其他国家欺负的中国，一个新的中国。

周水生昂起头，望向那盈满的月盘，轻轻地笑了笑。下一秒，他又望向自己身侧的战友们，大声地向他们宣布：

"同志们，战斗下去，我们能赢——我们，赢了。"

曙光乍现。

不久之后，军号声响起。谢家渡战役，在军号声中如期打响……

鬼子和警卫团交上了火，被引诱至我军的埋伏圈里。六连、七连的将士们，封死了渡口的退路，一营、二营作为主攻，来了个关门打狗！

枪声响彻天际！

我军虽诱敌深入，但比起武器装备，无法与日军相提并论。鬼子虽然被包围堵截，但火力充足，杀伤力强。我方所占据的地形优势，因火力的差距消弭了大半。

鬼子被堵在了河滩的一侧，疯狂地放枪。河中血水翻腾，那片白茫茫的芦苇荡，被新四军战士们的鲜血，染成了淡淡的粉……

第二声军号，响起了！

指导员一声号令，早已埋伏多时的五连战士们，纷纷跳出芦苇荡，与鬼子们展开了白刃战！

命换命，血换血！

枪声，怒吼声，咒骂声，水流声，火焰声，连成了一片。

多少英雄的鲜血，顺着河流奔涌。那染上了血的红芦花，漂浮在水面之上，又顺着涌动的河水，顺流而下。

眼见情况不妙，己方伤亡惨重，鬼子的头领保田大队长，竟直接将受伤的日本兵丢进了大火之中——他用自家的伤兵吸引新四军的攻击，自己则仓皇而逃，奔上了来时的货船，准备驾船逃跑！

始终死死盯着他的周水生，飞速冲上了船。顾不上思考那"壮烈牺牲"的预言，周水生的脑子里只有一个念头：战斗！战斗下去！抓住敌人！

在登上船的那一刻，一阵迸射的火光，在他眼前绽开。与此同时，是一声轰鸣的枪响。

"班长！"

似乎身后传来了什么人的呼喊，然而，周水生已经分辨不清了。

在倒下去的那一刻，在意识陷入无垠暗夜的那一刻，周水生并没有什么遗憾。

因为他知道，他战斗到了最后一刻。因为他知道，他的小战士可以活下去，而且会活得很久很久，会替他再看一眼那个若干年后的中国——新的中国。

……

明月在天，树影在地。

当李忆星赶到的时候，看见的，只有陆芸芸孤独的背影，以及湖畔的树下，那叠成了"豆腐块"、摆放得整整齐齐的卫衣与长裤。

在叠好的衣服上横着那张遗愿清单，纸片的上面压着一部手机——他借给周哥的手机。

当场呆愣的李忆星，用了很久，才缓缓地走到那棵树下，捡起那部手机。

突然，他想到了什么似的，调出了百度页面，搜索"二窝镇""谢家渡""新四军"这几个关键词。页面加载，一段对战斗结果的描述，跳到了他的眼前——

> 谢家渡战役，我军总共击毙日军82人、伪军122人，俘虏日军3人、伪军160人，不知下落者20多人，缴获机枪、长短枪300多支，子弹无数，手榴弹400多枚，手摇步话机、接收器各一部，指挥刀四把等。后来，我军挖坑将日伪军尸体葬于二窝庙西，即二窝小学附近；用大马驮保田尸骸还于南通的红十字会，以示我军宽宏大度。

在战斗过程的详细描述中，明确地记载了日军队长保田中佐被击毙的过程：

> 一班长周水生见保田要跑，迅速冲到船上，却不料被保田一枪击中，当场牺牲。班长身后的李大伟悲愤不已，对着保田连开了三枪，将他打死在船里。

望着那段黑色的文字叙述，不愿相信的李忆星，疯狂地按动拇指，不停地刷新页面。

"不对！他都知道历史了，一定能避开！历史会被改写，会变的，一定会变的！"

他的拇指重重地敲击在手机屏幕上，一下又一下，速度快到仿佛装了马达。页面持续刷新，一次又一次地，将相同的文字送到李忆星的视野里。

"够了。"沉默良久的陆芸芸，走到他的身侧。她轻轻伸出手，握住了李忆星的手指，不让他再自残式地按键刷新。

李忆星的视线，终于从屏幕上挪开，带着些委屈，带着些不安，带着些懊恼，望向泪眼婆娑的陆芸芸。

"别刷了，"她轻声诉说，"历史不会改变的，你的存在，就是最好的证明。"

是了，如果历史改变了，会怎么样？1942 年的李大伟，还能活到新中国的成立吗？2000 年才出生的李忆星，还会存在吗？

李忆星的手，颓然地垂到身侧。手机摔在地上，屏幕上摔出细碎的裂痕，白底黑字的页面闪了闪，最终归于黑暗。

"早知道，应该好好道个别的……"

李忆星懊恼地捂住了脸，遗憾的声音从他的指缝中传出：

"早知道，就算做假身份证，也应该带周哥回宜兴老家看看，带他去坐高铁的……"

那张被划掉了选项的遗愿清单，被李忆星紧紧地握在手心里，皱巴巴的，就像他怎么也顺不直、抹不平的、遗憾的心：

"……还有，我都忘了告诉周哥，我爸的名字。他当然不叫李主任，当年是我太爷爷给他起的名儿……"

那个十五岁的新兵蛋子，经历过战争，迎来了和平，度过了漫长的人生。他给他的儿子取名李建国，给自己的孙儿取名——李念生。

明月无声，唯有月光朗朗，映在湖面的粼粼波光中，也映在两个年轻人挺拔的背脊之上。

尾　声

2022年6月6日，江苏南通。

一座高耸的纪念碑，如同一柄尖刀，直刺苍穹。

一名背着包的年轻女性，穿过那条掩在苍松翠柏中的道路，走到了纪念碑下。

陆芸芸抬起头，凝望着那尖刀般的建筑。

灼灼阳光之下，"谢家渡战斗纪念碑"这八个大字，熠熠生辉。

她坐在碑前，打开了自己的背包，一件一件地往外掏东西——

一束洁白的菊花。

一杯他最爱的奶茶。

一部外观可以乱真的手机。

一部同样可以乱真、纸做成的pad。

"喏，这里面可预装不了程序，你还是自己去装软件找慕课吧。"

陆芸芸轻声嘀咕着，然后一件一件地将带来的东西，齐刷刷地摆在纪念碑的正前方：

"你那一千二百零八，我已经给捐啦，就按你说的捐法。

"……星星本来也想来看你的，但他那个小程序的测试版要上线了，这个月就是 deadline，现在他一个头两个大，估计要忙一阵子的。

"哦，我是不是还没跟你说？星星决定了，不考研了，现在搞自主创业呢。他说要搞个赛博灵堂，专门给你们这些老兵建个数据库，把音频视频资料全都放上，最好还能搞 VR，弄沉浸式对话。

"我也顺利毕业啦！答辩成功，一次通过！谢谢你给我的灵感，答辩老师夸了我的论文选题，说是特别与众不同嘿！"

说到这里，陆芸芸拿出自己崭新的毕业证，冲纪念碑扬了扬，仿佛要亮给谁看一样。她笑着拿出另一杯奶茶，用吸管"啪"的一声戳穿纸盖："干杯！"

她笑眯眯地举起奶茶杯，向纪念碑示意，然后吸了满满一口奶茶，任由香甜的味道沾满舌尖。

"对哦，说到毕业，王竞途推迟毕业了。学校没给他开除学籍，就留校察看，大概要延迟几个月才能毕业。不过以他当时捅出来的娄子，这已经算是学校网开一面了。

"我想想，还有啥——哦，对，那个陈光，就是星星和王竞途他们的辅导员，完全不管事的那个，被学校倒追了责任，已经被开除了。我是觉得他挺活该的，没那个责任心，就别来当老师嘛！

"还有柳心仪，你不是把人家的入党申请书给撕了吗，她后来决定不入党了。不过她确实是强，是我们之中最早就业的，拿到了大厂的 offer，一毕业就去上海了。

"至于我嘛……"

陆芸芸抬起头，望向纪念碑的那双明亮的眉眼，笑弯成了月牙：

"……既然爸妈都说支持我，所以我决定，还是继续去考研！我要去 gap year，再战一年！我还想继续读书，读下去。

"等明年，等我拿到研究生的录取通知书，第一个给你看！"

夏日的风，吹动了纪念碑前的白菊。白色的花瓣轻轻摇曳，仿佛是随着清风，微微颔首一般。

一代人有一代人的长征。

有些人的战斗，已经结束了。而另一些人的战役，才刚刚打响。

【完】

图书在版编目（CIP）数据

来自 1942 的重修生 / 赖尔著 .—北京：作家出版社，2022.12
ISBN 978-7-5212-2027-8

Ⅰ.①来…　Ⅱ.①赖…　Ⅲ.①长篇小说－中国－当代
Ⅳ.① I247.5

中国版本图书馆 CIP 数据核字（2022）第 173038 号

来自 1942 的重修生

作　　　者：赖　尔
责任编辑：向　萍
助理编辑：陈亚利
装帧设计：孙惟静　杜　江
出版发行：作家出版社有限公司
社　　　址：北京农展馆南里 10 号　　邮　　编：100125
电话传真：86-10-65067186（发行中心及邮购部）
　　　　　86-10-65004079（总编室）
E-mail:zuojia @ zuojia.net.cn
http://www.zuojiachubanshe.com
印　　　刷：北京盛通印刷股份有限公司
成品尺寸：145×210
字　　　数：245 千
印　　　张：10.5
版　　　次：2022 年 12 月第 1 版
印　　　次：2022 年 12 月第 1 次印刷
ISBN 978-7-5212-2027-8
定　　　价：42.00 元